한시의 맛

두보 율시 분석을 통한
율시 작법 능력 제고

③

성기옥

文憲齋
문헌재

        율시 작법 과정에서 부딪히는 공통적인 어려움
은 첫 구의 실마리를 어떻게 이끌 것인가와 평/측 안배, 대장(對仗) 방법
및 어떠한 압운자를 사용해야 할 것인가의 고민에 있다. 이러한 문제를
해결하기 위한 효율적인 방법은 작법의 조건을 잘 지켜 구성한 참고작품을
압운별로 분석 제시하는 것이다. 이러한 효율성을 제고를 위해서는 당연히
두보 율시가 참고작품이 되어야 할 것이다. 두보는 격률(格律)의 완성자로
알려져 있으며, 그의 율시 777수는 격률의 다양한 조화로 문질빈빈(文質彬
彬)의 모범사례를 보여주기 때문이다.

  지금까지 우리는 율시는 평측을 엄격하게 지켜 지은 형식으로 인식해왔으
나, 두보 율시 777수를 분석한 결과 표현을 우선하여 평측을 조율한 형식이
라는 점을 명확하게 알 수 있었다. 한시라는 형식이 탄생한 이래 '시언지(詩
言志)'의 의미는 달라지지 않았다. 제아무리 평측법이 가미되었을지라도 표
현 우선의 진리는 불변이라는 점을 재차 깨달을 수 있었다. 이전의 연구에서
요체는 정격과 같다는 점을 밝혔지만, 요체(拗體)와 구요(救拗) 또한 후인의
얕은 연구에서 비롯된 용어라는 점을 밝혀둔다. 즉 요체, 요구, 구요는 율시
의 형식을 나타내는 데 불필요한 용어이다. 다만 이를 명확하게 대체할 용어
를 찾지 못해 일단 '초서 형태의 평측 구성' '초서 달인 형태의 평측 구성'이
란 말로 대체해둔다. 이 책에 실은 200여 수는 가능한 압운별로 분석했으며
연작일 경우 제1수의 압운 작품을 우선했다. 〈春日江村〉을 예로 들면 제1수
는 侵운, 제2수는 先운, 제3수는 東운으로, 東운이 제일 앞서지만 侵운을
우선으로 삼았다.

율시의 평측 기본 구성은 다음과 같다.

5언(仄起)	5언(平起)	7언(仄起)	7언(平起)
측측평평측	평평평측측	측측평평측측평	평평평측측평평
평평측측평	측측측평평	평평측측측평평	측측평평측측평
평평평측측	측측평평측	평평측측평평측	측측측평평측측
측측측평평	평평측측평	측측평평측측평	평평측측측평평
측측평평측	평평평측측	측측평평평측측	평평측측평평측
평평측측평	측측측평평	평평측측측평평	측측평평측측평
평평평측측	측측평평측	평평측측평평측	측측측평평측측
측측측평평	평평측측평	측측평평측측평	평평평측측평평

그런데 이와 같은 기본 구식에 의해서만 구성된다면 대체할 만한 운자가 매우 제약되어 다양한 표현을 구현하기 어렵다는 의문이 당연히 들 수밖에 없다. 요구와 구요 방법이 아니면 다양한 표현이 어렵다는 점은 신진 연구의 《당시삼백수(唐詩三百首)》 분석 결과로 밝힌 바 있다.

본 연구에서는 범위를 좀 더 확장하여 시성이라 불리는 두보 율시의 분석을 통해 작법 구성의 다양한 방법을 살펴보고자 했다. 777수 분석을 통한 연구 내용은 표현을 우선하기 위한 초서 형태 평측 구성 방법과 대장(對仗) 구성 형식의 분석에 중점을 두었다. 이 책에 실은 200여 수는 선인의 주석이나 풀이에 의문이 생긴 작품이나 표면적인 자구의 뜻만으로는 이해하기 어려운 작품을 위주로 선정했으며, 대장(對仗) 분석을 통해 좀 더 올바른 풀이를 시도해보고자 했다. 신진 연구 과정에서 분석한 두보 작품 중에서 풀이가 미흡했던 몇 편을 제외하고는 중복되지 않는다. 연구 결과의 핵심은 평측의 조율과 다양한 대장 방법을 통한 표현의 확장성에 있다.

초서 또는 초서 달인 형태 평측 구성의 예

① 제6구를 제5구의 고평으로 조율. 〈宿贊公房〉

제5구 放逐寧違性　측측측평측　측측측평측
제6구 虛空不離禪　평평측평평　평평평측평

② 점대 원칙과 수미일관한 표현을 위해 구를 뒤바꾸어 조율. 〈寄贈王十將
軍承俊〉(20쪽 풀이 참조) 초서 달인 형태의 평측 구성이다.

제1구 將軍膽氣雄　측평측측평
제2구 臂懸兩角弓　측평측측평
제3구 纏結靑驄馬　평측평평측
제4구 出入錦城中　측측측평평
제5구 時危未授鉞　평평측측측
제6구 勢屈難爲功　측측평평평
제7구 賓客滿堂上　평측측평측
제8구 何人高義同　평평평측평
⇕
제1구 將軍膽氣雄　측평측측평
제4구 出入錦城中　측측측평평
제3구 纏結靑驄馬　평측평평측
제2구 臂懸兩角弓　측평측측평
제5구 時危未授鉞　평평측측측
제6구 勢屈難爲功　측측평평평
제7구 賓客滿堂上　평측측평측
제8구 何人高義同　평평평측평

③ 고평에 고측으로 조율: 제3구의 측측평측측은 봉요(蜂腰)이며 금기 원칙으로 잘못 알려져 있으나 율시에서 봉요 금지는 적용되지 않는다. 상용하는 방법이다. 〈宴胡侍禦書堂〉

제3구 暗暗春籍滿 측측평측측 측측측평측
제4구 輕輕花絮飛 평평평측평 평평평측평

④ 하삼측에 상삼측으로 조율. 〈蔔居〉

제7구 桃紅客若至 평평측측측(하삼측)
제8구 定似昔人迷 측측측평평(상삼측)

⑤ 2/4 평평 동일 안배의 조율: 제7구는 학슬(鶴膝)로 잘못 알려져 있으나 율시에서 학슬 금지 원칙은 적용되지 않는다. 〈宴戎州楊使君東樓〉

제7구 樓高欲愁思 평평측평평 평평평측평
제8구 橫笛未休吹 평측측평평 평측측평평

⑥ 각 구의 첫 부분 고평의 허용: 제3구의 고평은 제4구에서 대부분 고평 또는 고측으로 조율하지만, 절대 원칙 우선으로 조율하지 않아도 상관없다. 상용하는 방법이다. 〈野人送朱櫻〉

제3구 數回細寫愁仍破 측평측측평평측(고평)
제4구 萬顆勻圓訝許同 측측평평측측평(조율하지 않음)

⑦ 자연스럽고 수미일관한 표현을 우선한 평측 조율: 〈暮春〉 외 7언 150편

중 28수 이상이 이처럼 조율되었다. 초서 달인 형태의 평측 구성이다.

제1구 臥病擁塞在峽中 측측측측측측평 측측측평측측평
제2구 瀟湘洞庭虛映空 평평측평평측평 평평측측측평평
제3구 楚天不斷四時雨 측평측측측평측 측평측측측평측
제4구 巫峽常吹千里風 평측평평평측평 평측평평평측평
제5구 沙上草閣柳新暗 평측측측측평측 평측측평평측측
제6구 城邊野池蓮欲紅 평평측평평측평 평평측측측평평
제7구 暮春鴛鷺立洲渚 측평평측측평측 측평평측측평측
제8구 挾子翻飛還一叢 측측평평평측평 측측평평평측평

⑧ 표현 우선을 위한 2/4 평평의 조율. 〈謁眞諦寺禪師〉

제7구 未能割妻子 측평측평측 측평평측측
제8구 蜀宅近前峰 측측측평평 측측측평평

⑨ 고평에 고측, 하삼측에 상삼측의 조율. 〈薄暮〉

제3구 寒花隱亂草 평평측측측(하삼측)
제4구 宿鳥擇深枝 측측측평평(상삼측)
제5구 舊國見何日 측측측평측(고평)
제6구 高秋心苦悲 평평평측평(고측)
제7구 人生不再好 평평측측측(하삼측)
제8구 鬢髮白成絲 측측측평평(상삼측)

⑩ 점대 원칙과 표현을 우선한 구 전체의 조율: ⑦번과는 차이가 있다.
〈宣政殿退朝晚出左掖〉

제1구 天門日射黃金榜 평평측측평평측 평평측측평평측
제2구 春殿晴曛赤羽旗 평측평평측측평 평측평평측측평
제3구 宮草微微承委佩 평측평평평측측 평측평평평측측
제4구 爐煙細細駐遊絲 평평측측측평평 평평측측측평평
제5구 雲近蓬萊常好色 평측평평평측측 평평평측평평측
제6구 雪殘鳷鵲亦多時 측평평측측평평 측측평평측측평
제7구 侍臣緩步歸青瑣 측평측측평평측 측측측평평평측
제8구 退食從容出每遲 측측평평측측평 측평평측측평평

⑪ 구 자체에서 2/4/6 부동(不同)을 조율. 〈曲江對酒〉

제5구 縱飲久判人共棄 측측측측평측측 측측측측평측측
제6구 懶朝眞與世相違 측평평측측평평 측평평측측평평

⑫ 고평에 고측으로 조율: 각 구의 첫 부분 고평은 점대 원칙 우선으로
허용되지만 대부분 고측으로 조율한다. 상용하는 방법이다. 〈黃草〉

제7구 莫愁劍閣終堪據 측평측측평평측
제8구 聞道松州已被圍 평측평평측측평

⑬ 점대 원칙 우선의 조율: 조율하면 제7구에 하삼측이 나타나지만 제8구
에서 상삼측으로 조율되었다. 치밀한 계산 아래 조율되었다. 〈徐步〉

제5구 把酒從衣濕 측측평평측 측측평평측
제6구 吟詩信杖扶 평평측측평 평평측측평
제7구 敢論才見忌 측측평측측 측평측측측

제8구 實有醉如愚 측측측평평 측측측평평

⑭ 2/4/6 부동 원칙을 맞추기 위한 평측 조율: 상용하는 방법이다. 〈王十七侍禦…〉

제7구 戲假霜威促山簡 측측평평측평측 측측평평평측측
제8구 須成一醉習池回 평평측측측평평 평평측측측평평

⑮ 2/4/6 부동 원칙을 맞추기 위한 평측: 조율 상용하는 방법이다. ⑭번과 위치만 다르며 방법은 같다. 〈奉待嚴大夫〉

제3구 常怪偏裨終日待 평측평측평측측 평측측평평측측
제4구 不知旌節隔年回 측평평측측평평 측평평측측평평

⑯ 점대 원칙을 맞추기 위한 조율: 이 경우 제3구의 두 번째 운자는 측성으로 안배해야 한다. 〈題鄭縣亭子〉

제1구 鄭縣亭子澗之濱 측측평측측평평 측평측측측평평
제2구 戶牖憑高發興新 측측평평측측평 측측평평측측평
제3구 雲斷嶽蓮臨大路 평측측평평측측 평측측평평측측
제4구 天晴宮柳暗長春 평평평측측평평 평평평측측평평

⑰ 점대 원칙을 우선한 고평 조율. 〈南鄰〉

제3구 慣看賓客兒童喜 측평평측평평측(고측)
제4구 得食階除鳥雀馴 측측평평평측평(고측)
제5구 秋水才深四五尺 평측평평측측측(고측 하삼측)

8

제6구 野航恰受兩三人 측평측측측평평(고평 중삼측)

제7구 白沙翠竹江村暮 측평측측평평측(고평)

제8구 相對柴門月色新 평측평평측측평(고측)

⑱ 하삼평 금지와 2/4/6 부동 원칙을 지키기 위한 위아래 조율: 제3구의 조율에 하삼측이 나타나지만 제4구에서 하삼평으로 다시 조율되었다. 〈赤甲〉

제1구 葛居赤甲遷居新 측평측측평평평 측평측측측평평

제2구 兩見巫山楚水春 측측평평측측평 측측평평평측평

제3구 炙背可以獻天子 측측측이측평측 측측측평측측측

제4구 美芹由來知野人 측평평평평측평 측평평측평평평

제5구 荊州鄭薛寄書近 평평측측측평측 평평측측측평측

제6구 蜀客綘岑非我鄰 측측평평평측평 측측평평평측평

⑲ 표현 우선을 위한 고측에 좌우 평평 안배로 조율: 제8구에 고평 또는 고측 조율이 일반적이지만 이처럼 제7구의 2/4/6 부동 조율만으로도 충분하다. 〈諸將〉

제7구 武侯祠屋常鄰近 측평평측평평측

제8구 一體君臣祭祀同 측측평평측측평

⑳ 점대 원칙을 우선한 평측 조율: 이러한 경우에 제6구의 두 번째 운자는 평성으로 안배해야 한다. 〈送路六侍禦入朝〉

제3구 更爲後會知何地 측평측측평평측 측평측측평평측

제4구 忽漫相逢是別筵 측측평평측측평 측측평평측측평

제5구 不分桃花紅勝錦 측평평평평측측 평측평평평측측

제6구 生憎柳絮白於綿 평평측측측평평 평평측측측평평

　이밖에도 다양한 방법으로 평측을 조율할 수 있으나 결국 2/4 또는 2/4/6 의 기본 구식으로 되돌리는 방법은 마찬가지다. 대장 방법은 작품 분석을 통해 다양한 표현을 구성할 수 있는 예를 제시했다. 참고문헌은 《한시의 맛》 1, 2와 대동소이하여 생략한다. 한시의 올바른 풀이와 작법 대중화에 한 줄이나마 참고가 될 수 있기를 기대하며, 어려운 여건 속에서도 기꺼이 출판을 감내한 책과이음에 깊이 감사드린다.

2022년 봄을 기다리며
성기옥 삼가 쓰다

차례

對雪
폭설 같은 슬픔을 마주하고

戰哭多新鬼 　전쟁의 통곡 신입 귀신 수 늘어나니
전 곡 다 신 귀

愁吟獨老翁 　근심으로 신음하는 고독한 늙은이여!
수 음 독 노 옹

亂雲低薄暮 　어지러운 전운이 땅거미에도 머무니
난 운 저 박 모

急雪舞回風 　폭설 슬픔 회오리바람에 조롱당하듯!
급 설 무 회 풍

瓢棄樽無綠 　표주박 버린 까닭 술동이에 술 없고
표 기 준 무 록

爐存火似紅 　화로는 있어도 불씨는 홍진과 같네
노 존 화 사 홍

數州消息斷 　벌써 여러 고을 소식 단절되었으니
수 주 소 식 단

愁坐正書空 　시름으로 앉아 문장 고친들 헛될 뿐
수 좌 정 서 공

• 시제는 내용을 총괄하므로 위와 같이 풀이해둔다. 눈과 구름은 실제의 눈과 구름이 아니다. 은유 표현으로 《시경(詩經)》의 흥(興) 수법과 같다. 두보 시의 대부분은 흥의 수법을 구현해내었으므로 표면적인 풀이만으로는 내용을 제대로 이해하기 어려운 작품이 많다. • 戰哭: 전장에서 통곡하는 병사의 울음에만 한정하지 않는다. 書空과 더불어 전인의 주석과 전고에 의하지 않더라도 자의대로 잘 통한다. • 低: 머무른다는 뜻도 있다. • 急雪: 폭설과 같다. 전쟁의 슬픔을 상징한다. • 舞: 조롱하다. • 綠: 녹의(綠蟻)로 탁주를 가리킨다. • 紅: 속세의 티끌을 뜻하는 홍진(紅塵)으로 풀이해둔다. 綠이 명사이므로 紅도 명사로 풀이해야 한다. 紅이 압운이므로 이처럼 표현한 것이다.

제3구 亂雲低薄暮 측평평측측
제4구 急雪舞回風 측측측평평

亂雲과 急雪은 형용사/명사, 低/薄暮와 舞/回風은 동사/목적어로 함련은 상용하는 대장 구성 방법이다.

제5구 瓢棄樽無綠 평측평평측
제6구 爐存火似紅 평평측측평

瓢棄와 爐存은 주어/동사로 瓢와 爐는 인공의 구성이다. 樽/無/綠과 火/似/紅은 주어/동사/목적어로 경련은 복문 형태이다.

雨晴
비가 개다

天外秋雲薄 천 외 추 운 박	하늘 저 멀리 가을 구름도 옅고
從西萬里風 종 서 만 리 풍	서쪽으로부터 만 리에 걸친 바람
今朝好晴景 금 조 호 청 경	오늘 아침 이 쾌청한 날씨
久雨不妨農 구 우 불 방 농	장마도 농사 망칠 수 없네
塞柳行疏翠 새 류 행 소 취	변방의 버드나무 옅은 비취색으로 줄지었고
山梨結小紅 산 리 결 소 홍	산 주변 배나무 열매는 연붉은색으로 달렸네
胡笳樓上發 호 가 루 상 발	피리 소리는 누각 위에서 나고
一雁入高空 일 안 입 고 공	한 마리 기러기 높은 하늘 나네

• 塞: 변새(邊塞)로 진주를 가리킨다. • 胡笳: 피리의 일종으로 고대 북방 민족의 악기.

제3구 今朝好晴景 평평측평측
제4구 久雨不妨農 측측측평평

今과 久는 부사, 朝는 시각, 雨는 상황을 나타낸다. 시각에 따른 상황의 대장은 상용하는 방법이다. 好와 不은 부사, 好晴景과 不妨農은 동일한 품사의 구성이다.

제5구 塞柳行疏翠 측측평평측
제6구 山梨結小紅 평평측측평

塞와 山은 위치, 柳와 梨는 사물로 상용하는 방법이다. 行과 結은 형용동사, 疏와 小는 상태, 翠와 紅은 색깔 구성이다.

寄贈王十將軍承俊
왕승준 장군에게 증정하다

將軍膽氣雄 　장군의 담대한 기상은 영웅이라 칭할 만하니
장군 단 기 웅

臂懸兩角弓 　팔에는 짐승 뿔로 만든 억센 활을 걸었네
비 현 량 각 궁

纏結靑驄馬 　청총마 묶은 밧줄
전 결 청 총 마

出入錦城中 　금성을 출입하네
출 입 금 성 중

時危未授鉞 　시절 위태로운데도 도끼를 하사받지 못해
시 위 미 수 월

勢屈難爲功 　기세 꺾여 공 세우기 어려운 상황이었지!
세 굴 나 위 공

賓客滿堂上 　빈객은 당을 메울 정도로 상소를 올렸으니
빈 객 만 당 상

何人高義同 　누구인들 고아한 의로움 같을 수 있겠는가!
하 인 고 의 동

•수련의 평측과 함련의 대장이 맞지 않아 고풍 율시로 취급하기 쉬우나, 행이 뒤바뀐 채 전사되었다고 보아야 한다. 올바른 전사라면, 왕 장군의 능력을 사람들이 잘 몰랐듯이, 일부러 구를 도치시킴으로써 자신의 능력을 몰라주는 사람들을 조소했을 추측이 강하게 드는 작품이다. 다음과 같이 바로잡는다. 將軍膽氣雄/ 出入錦城中/ 纏結靑驄馬/ 臂懸兩角弓/ 時危未授鉞/ 勢屈難爲功/ 賓客滿堂上/ 何人高義同 •축하한다는 한마디 말 없는 이러한 축하작품은 참으로 참고할 만하다. •王十將軍承俊: 누구인지는 알 수 없다. •寄贈: 증정하다. •兩角弓: 짐승의 뿔로 만든 강한 활. 兩은 활의 대칭을 말한다. •纏: 밧줄. •鉞: 장군에게 내리는 큰 도끼. •難: '나'로 읽는다. 어찌. 부사로 보아야 한다.

제3구 纏結靑驄馬 평측평평측
제4구 臂懸兩角弓 측평측측평

纏/結/靑驄馬와 臂/懸/兩角弓은 주어/동사/목적어 구성이다. 靑과 兩은 색깔과 숫자로 이 구에서는 절묘하게 대장되었다. 靑驄馬는 푸른색과 흰색이 섞인 말이므로 兩은 이 두 색깔을 나타낸 것이다.

제5구 時危未授鉞 평평측측측
제6구 勢屈難爲功 측측평평평

時危와 勢屈은 주어/동사, 未와 難는 부사, 授/鉞과 爲/功은 동사/목적어 구성이다. 鉞과 功은 방법과 결과를 상징하므로 묘미 있는 구성이다.

寄賀蘭銛
하란섬에게

朝野歡娛後 　근무와 퇴근 후도 함께하면 즐거웠는데
조 야 환 오 후

乾坤震蕩中 　잘 알다시피 천지가 요동치는 중이라네
건 곤 진 탕 중

相隨萬里日 　서로 만 리 길이라도 함께하자고 맹세한 지난날
상 수 만 리 일

總作白頭翁 　이제는 둘 다 흰머리로 변한 늙은이일 뿐이라네
총 작 백 두 옹

歲晚仍分袂 　세월의 끝자락에서도 빈번히 소매를 가른 일 많고
세 만 잉 분 메

江邊更轉蓬 　강변에서 만났을 때는 더욱 쑥 신세를 한탄했었지!
강 변 갱 전 봉

勿雲俱異域 　홀연 먹구름이 이역에도 동반하니
물 운 구 이 역

飮啄幾回同 　마시면서 세사 쪼는 일 몇 번일까!
음 탁 기 회 동

• 편지 형식의 구성이다. 이 작품을 구성하는 심정으로 풀이해둔다. • 賀蘭: 고대 북방 선비족 성씨이다. • 銛: 두보의 절친이다. • 歡娛: 종정환오(縱情歡娛)의 준말. 즐겁다. • 後: 중(中)에 대장하기 위해 습관적으로 썼다. • 總: 두 사람 모두. 兩을 쓰면 위에도 숫자 개념을 안배해야 하며, 兩에 相으로 대응해도 어색하지는 않다. • 晚: 위치를 나타낸다. 끝. 邊과 대장을 이루면서도 서술이 자연스럽다. • 仍: 빈번히. • 分袂: 헤어지다. 이별하다. • 袂: 옷소매. • 分: 가르다. 자의대로 풀이해야 더 묘미 있다.

22

제1구 朝野歡娛後 평측평평측
제2구 乾坤震蕩中 평평측측평

朝野와 乾坤은 명사로 네 운자의 비중은 같다. 歡娛와 震蕩은 선명한 반대 (反對)를 이룬다. 반대는 인대(鄰對)보다 우선하지만 적절하게 섞이기 마련 이다. 後와 中은 위치의 구성이다.

제3구 相隨萬里日 평평측측측
제4구 總作白頭翁 측측측평평

相/隨/萬里/日과 總/作/白頭/翁은 부사/동사/목적어/명사로 대장했다. 이러한 구성은 다양한 표현에 참고할 수 있다. 萬과 白은 숫자와 색깔의 대장으로 자연스러운 서술은 묘미 있다.

제5구 歲晚仍分袂 측측평평측
제6구 江邊更轉蓬 평평측측평

歲晚과 江邊은 명사/위치, 仍과 更은 부사, 分袂와 轉蓬은 동사/목적어 구성이다.

洞房
신혼 첫날밤

洞房環佩冷 신혼 첫날밤의 옥노리개 한 신부는 생소했으니
동 방 배 패 랭

玉殿起秋風 옥 궁전 기분인데 가을바람 같은 냉기 일으켰네
옥 전 기 추 풍

秦地應新月 진나라 땅의 남자가 응당 미인 맞이했어야 하니
진 지 응 신 월

龍池滿舊宮 용연못으로 오랜 정분 아내 만족시켰을 것인데!
용 지 만 구 궁

系舟今夜遠 배에 매인 금일 밤은 또 이렇게 깊어가고
계 주 금 야 원

淸漏往時同 맑은 물시계 소리의 지난날도 한결같았지!
청 루 왕 시 동

萬里黃山北 만 리 떨어진 이곳 황산 북쪽
만 리 황 산 북

園陵白露中 뜰과 언덕에 이슬 내리는 중
원 릉 백 로 중

• 한평생 고생시킨 아내에 대한 그리움과 미안함을 표현한 내용으로 보아야 수미일관한
다. •洞房: 동방화촉(洞房華燭)의 준말. 희방(喜房), 신방(新房)으로도 쓴다. •佩: 노리
개. 명사로 풀어야 한다. •冷: 차다. 낯설다. •玉殿: 궁전 또는 선계의 궁전이지만,
신혼 첫날밤이므로 분에 넘치는 아내를 맞이했으니, 궁전이라고 생각할 수도 있을
것이다. •新月: 초승달. 여인의 아미(蛾眉)를 상징한다. 미인의 눈썹. •龍池: 봉지(鳳池)
와 같다. •遠: 밤이 깊어가다. 深은 평성이므로 안배하기 어렵다. •舊: 오래다. •宮:
임금의 아내 또는 첩. 자신의 아내를 가리킨다. 東운에서는 아내를 높일 만한 운자를
찾기 어렵다. •淸: 맑다. 정신이 들다.

제3구 秦地應新月 측측평평측
제4구 龍池滿舊宮 평평측측평

秦地와 龍池, 新月과 舊宮 모두 상징어, 應과 滿은 동사의 구성이다. 함련
은 주어/동사/목적어로 상용하는 대장 구성 방법이다.

제5구 系舟今夜遠 평평평측측
제6구 清漏往時同 평측측평평

系舟와 清漏는 동사/목적어로 보아야 문법에 맞게 풀이된다. 今夜/遠과
往時/同은 주어/형용동사의 구성이다.

耳聾
귀마저 어두워지니

生年鶡冠子 운명 자체가 《갈관자》 쓴 은자 신세였던가!
생 년 갈 관 자

歎世鹿皮翁 평생토록 세상을 탄식하는 녹피옹 처지라네
탄 세 녹 피 옹

眼復幾時暗 눈은 또 언제부터 침침해졌는가!
안 복 기 시 암

耳從前月聾 귀조차 지난달부터 어두워지네
이 종 전 월 롱

猿鳴秋淚缺 원숭이 울어도 이 가을 눈물 적어지고
원 명 추 루 결

雀噪晩愁空 참새 지절대도 저물녘 근심 부질없네
작 조 만 수 공

黃落驚山樹 낙엽이 산촌 놀라게 할 정도의 계절이지만
황 락 경 산 수

呼兒問朔風 괜히 아이 불러 북풍 언제 불지 물어보네
호 아 문 삭 풍

•《갈관자》는 선진시대 작품으로 주역과 황로 사상이 주된 내용이다. 초나라 은사의 작품으로 알려져 있다. •鹿皮翁: 전설상의 선인 이름이지만 부정적으로 쓰였다. 선인처럼 살고 싶은 것이 아니라 현실에서 부귀영화를 누리며 살기를 원하므로 세상을 탄식하는 녹피옹으로 표현했다. •從: 지금까지. 여태껏. 부사 형태로 쓰였다. •缺: '적어지다'로 풀이해야 제6구와 호응한다. •朔風: 겨울바람. 북풍. 미련만 따로 분리한다면, 千紫萬紅의 가을 지나는 것이 아쉬워 북풍 불까 걱정하는 뜻으로도 풀이할 수 있지만, 경련까지 연계하면 위와 같이 풀이해야 한다.

26

제3구 眼複幾時暗 측측측평측
제4구 耳從前月聾 측평평측평

眼과 耳는 신체를 나타낸 명사, 複과 從은 부사, 幾時와 前月은 형용사/명사, 暗과 聾은 명사형 형용동사의 구성이다. 품사를 정확히 구분하여 풀이하면 정확하게 풀이되는 전형이다.

제5구 猿鳴秋淚缺 평평평측측
제6구 雀噪晚愁空 측측측평평

猿鳴과 雀噪는 주어/동사, 秋淚와 晚愁는 명사형 형용사/명사, 缺과 空은 형용동사의 구성이다.

野人送朱櫻

야비한 인간이 붉은 앵두를 보내다

西蜀櫻桃也自紅   서촉 지방 앵두 입술이야말로 절로 발그레해
서 촉 앵 도 야 자 홍

野人相贈滿筠籠   야인은 서로 선물하며 욕심 바구니를 채우네
야 인 상 증 만 균 롱

數回細寫愁仍破   여러 차례 부드럽게 베끼면 근심 이내 사라지고
수 회 세 사 수 잉 파

萬顆勻圓訝許同   온 알은 균등히 둥글어 칭찬도 아마 같을 듯
만 과 균 원 아 허 동

憶昨賜霑門下省   어젯밤 그리움에 제왕은 문하성을 하사하며 젖어들었고
억 작 사 점 문 하 성

退朝擎出大明宮   앵두 입술은 조정에서 밀려나도 대명궁을 들고 나왔네
퇴 조 경 출 대 명 궁

金盤玉箸無消息   금쟁반 교태 옥 수저 섬섬옥수 소식 없어도
금 반 옥 저 무 소 식

此日嘗新任轉蓬   이날 맛보자 새로 매달리며 쑥 머리 굴리네
차 일 상 신 임 전 봉

• 신의 경지 표현이다. 황제나 권력자의 여색을 통렬하게 꾸짖었다. 경련의 표현으로 미루어보면 현종을 뜻한다. 수련은 전란 후에도 여전히 딸을 팔아 욕심을 채우려는 야비한 부모, 함련은 간택된 여인을 시험할 황제를 상징한다. 제5구는 현종과 비견될 만한 양귀비의 권력, 제6구는 이로 인한 망국의 한탄이다. 제7구는 죽임을 당한 양귀비의 모습, 제8구는 이에 비견될 만한 서촉 지방의 미인에게 빠져드는 황제 모습이다. 蓬은 압운이기도 하지만 轉蓬으로 정사의 절정을 한탄했다. 백거이의 〈장한가〉와는 반대의 표현이지만, 〈장한가〉 탄생 이전에 수많은 이야기가 회자되었음을 짐작할 수 있다. 앵두는 앵두가 아니요, 야인은 야인이 아니며, 바구니는 바구니가 아니요, 만 알은 만 알이 아니요, 금쟁반은 금쟁반이 아니요, 옥 수저는 옥 수저가 아니며, 쑥은 쑥이 아니다. 의도를 짐작할 수 없도록 교묘하게 표현했으니, 들켰다면 목이 달아났을지도 모르겠다. • 野人과 破의 올바른 이해가 풀이의 핵심이다. 破의 안배에 무릎을 친다. 양귀비 부친은 蜀州司戶를 지냈으니, 양귀비의 고향임을 짐작할 수 있다. 也와 같은 어조사는 감탄사를 대신한다. 절묘한 어조사 안배이다. 이 같은 경우 외에 어조사 안배는 대체로 금기어에 속한다. • 寫는 쏟는다는 瀉와 같으며 瀉로 안배하면 더 직설이

제3구 數回細寫愁仍破　측평측측평평측
제4구 萬顆勻圓訝許同　측측평평측측평

數回와 萬顆는 숫자, 細寫와 勻圓은 동사, 愁/仍/破와 訝/許/同은 동사/부사/동사 대장이다. 愁는 동사로 쓰였다.

제5구 憶昨賜霑門下省　측측측평평측측
제6구 退朝擎出大明宮　측평평측측평평

憶昨과 退朝, 賜霑/門下省과 擎出/大明宮은 동사/목적어로 門下省과 大明宮은 인공으로 권력 상징 대장이다.

다. •萬은 온통으로 풀이해야 생동감이 있다. 萬顆勻圓으로 미인의 형용은 감탄조차 나오지 않을 정도이다. •筥籠: 대바구니. •仍: 빈번하다. •訝: 위로하다. 영접하다. 譽와 같은 뜻으로도 쓰인다.

暮春
저무는 봄

臥病擁塞在峽中　와병으로 옹색해져 협곡 속에 있으니
와 병 옹 색 재 협 중

瀟湘洞庭虛映空　소상강 동정호 허무하게 하늘 비춘 듯
소 상 동 정 허 영 공

楚天不斷四時雨　초 지방 날씨 끊임없이 사계절 비
초 천 부 단 사 시 우

巫峽常吹千里風　무협에 항상 부는 천 리 걸친 바람
무 협 상 취 천 리 풍

沙上草閣柳新暗　사상누각에는 버들 새로워도 암울하고
사 상 초 각 류 신 암

城邊野池蓮欲紅　성 변의 들 연못 연꽃만 붉어지는 듯
성 변 야 지 련 욕 홍

暮春鴛鷺立洲渚　저무는 봄 원앙 백로도 물가에 서 있다가
모 춘 원 로 입 주 저

挾子翻飛還一叢　새끼 끼고 훨훨 날며 무리로 돌아가는데!
협 자 번 비 환 일 총

• 미련의 뜻을 바르게 보아내는 것이 풀이의 핵심이다. 아 다르고 어 다른 풀이에
유의해야 한다. 표면적인 뜻은 경물의 묘사이지만, 절박한 신세 한탄이다.

제3구 楚天不斷四時雨 측평측측측평측
제4구 巫峽常吹千里風 평측평평평측평

楚天과 巫峽은 天과 峽에 중점이 있다. 不斷과 常吹는 부사/동사, 四時와 千里는 숫자, 雨와 風은 자연 대장이다.

제5구 沙上草閣柳新暗 평측측측측평측
제6구 城邊野池蓮欲紅 평평측평평측평

沙上/草閣과 城邊/野池는 형용사/명사로 上과 邊은 위치를 나타낸다. 沙上樓閣으로 안배하면 樓와 閣은 같은 비중이지만, 野池는 池에 비중이 있어 偏枯의 대장이 된다. 柳와 蓮은 식물, 新暗과 欲紅은 부사/동사로 暗과 紅은 색깔 대장이다.

江雨有懷鄭典設
강촌의 비 신세만 유독 정전설을 품다

春雨暗暗塞峽中 봄비 도리어 어둑어둑 변경 협곡 속 신세
춘 우 암 암 새 협 중

早晚來自楚王宮 종일 내리자 혼자 초 왕궁에 유폐 신세
조 만 래 자 초 왕 궁

亂波分披已打岸 혼란한 물결 갈래갈래 이미 언덕을 쳤듯
난 파 분 피 이 타 안

弱雲狼藉不禁風 약한 구름 낭자해도 바람 못 막는 신세
약 운 랑 자 불 금 풍

寵光蕙葉與多碧 총애 영광 같은 혜초 잎은 많은 푸름 짝이어야 하는데
총 광 혜 엽 여 다 벽

點注桃花舒小紅 점점 붓는 도화 얼굴만 엷은 붉음 편히 하네
점 주 도 화 서 소 홍

谷口子眞正憶汝 협곡 입구 자진 은자만 진정 그대 추억하니
곡 구 자 진 정 억 여

岸高瀁滑限西東 언덕 높고 이슬 미끄러워 동서에 국한되네
안 고 양 활 한 서 동

• 정전설의 재능을 높이 평가하면서 제대로 쓰이지 못하는 안타까움을 나타냈다. 江雨가 풀이의 핵심이다. 두보 자신을 상징한다. 제5구는 정전설, 제6구는 두보 자신이다. 봄비는 봄비가 아니요, 물결은 물결이 아니며, 언덕은 언덕이 아니요, 구름은 구름이 아니다. 바람은 바람이 아니요, 혜초는 혜초가 아니며, 도화는 도화가 아니요, 이슬은 이슬이 아니다. •有: 유독. •蕙: 혜초. 향기로운 약초로 은자의 상징이다. •子眞: 한나라 은자. 두보 자신을 일컫는다. •點注桃花: 자꾸 술만 따르다 얼굴이 붉어지는 모습의 형용으로 부정의 의미로 쓰였다. •舒: 편안하다. •瀁: 이슬이 깨끗하고 윤이 나다. 이슬이 많이 내린 모양. •제8구는 반어법으로 쓰였다. 언덕 높고 이슬 윤택한 상황은 든든한 배경과 관직의 중용을 상징하지만 둘 다 그렇지 못하다는 신세 한탄이다. •西東: 두보와 정전설.

제3구　亂波分披已打岸　측평평평측측측
제4구　弱雲狼藉不禁風　측평평측측평평

亂波와 弱雲은 형용사/명사, 分披/已/打/岸과 狼藉/不/禁/風은 동사/부사/동사/목적어 대장이다.

제5구　寵光蕙葉與多碧　측평측측측평측
제6구　點注桃花舒小紅　측측평평평측평

寵光/蕙葉과 點注/桃花는 형용사/명사로 蕙葉과 桃花는 식물 대장이다. 與/多碧과 舒/小紅은 동사/목적어로 多와 小는 숫자 개념, 碧과 紅은 색깔 대장이다.

謁眞諦寺禪師
진제사의 선사를 배알하고

蘭若山高處 난야산의 높은 곳에 진제사 있는데
난 야 산 고 처

煙霞嶂幾重 산봉우리 감싼 안개 노을 몇 겹인가!
연 하 장 기 중

凍泉依細石 시린 샘물은 좁다란 석굴에 의지하고
동 천 의 세 석

晴雪落長松 맑은 눈은 소나무 가지 처지게 했네
청 설 락 장 송

問法看詩忘 불법 묻다 보니 시구 생각 잊을 정도
문 법 간 시 망

觀身向酒慵 처신의 반성에 술 생각도 줄어드네
관 신 향 주 용

未能割妻子 아직은 처자식을 버려둘 수는 없으니
미 능 할 처 자

蔔宅近前峰 거처라도 봉우리 근처에 정하고 싶네
복 택 근 전 봉

• 蘭若: 아란야(阿蘭若)의 준말. 蘭若山 또는 난초와 두약으로 풀이해도 통한다. •嶂: 산봉우리. 측성이므로 峰을 안배하지 않았으며, 峰은 미련의 압운으로 쓰였다. •凍: 시리다. 샘물은 얼지 않는다. •依細石: 샘물이 석벽의 좁다란 구멍을 통해 흘러나오는 모습의 표현이다. •向: 누리다. 향하다. 권하다. 탐닉의 뜻이 더 어울린다. •觀: 감계. 반성과 같다. •慵: 게으르다. 나태하다. 술 생각이 없어진다는 말과 같다. •冬운에서는 慵 외에 대체할 압운이 없다. 慵이 압운이어서 안배하기도 했지만, 솔직한 표현이다. 불법을 듣는다고 해서 어찌 단번에 술 생각이 없어지겠는가! •蔔宅: 살 곳을 정하는 일.

제3구 凍泉依細石 측평평측측
제4구 晴雪落長松 평측측평평

凍泉과 晴雪은 형용사/명사, 依/細石과 落/長松은 동사/목적어 구성이다.

제5구 問法看詩忘 측측평평측
제6구 觀身向酒慵 평평측측평

問法과 觀身은 동사/목적어, 看/詩/忘과 向/酒/慵은 동사/목적어/동사의
구성이다.

進艇

(아내의) 배로 나아가다

南京久客耕南畝　남경 지방 오랜 객 남쪽이랑 경작하며
남 경 구 객 경 남 무

北望傷神坐北窗　북쪽 원망 마음 상심에 북창에 앉았네
장 망 상 신 좌 북 창

晝引老妻乘小艇　낮에는 늙은 처에 이끌려 작은 배 오르고
주 인 로 처 승 소 정

晴看稚子浴清江　갠 날에는 아이 보며 맑은 강에서 목욕하네
청 간 치 자 욕 청 강

俱飛蛺蝶元相逐　함께 나는 다정 나비 원래 서로 뒤쫓는 법
구 비 협 접 원 상 축

竝蒂芙蓉本自雙　한 꼭지에 달린 연꽃 원래 절로 쌍이라네
병 체 부 용 본 자 쌍

茗飲蔗漿攜所有　차 음료 사탕수수즙 같은 마음 소유했으니
명 음 자 장 휴 소 유

瓷罌無謝玉爲缸　질그릇 병이 보답 못 할 옥이 항아리 신세
자 앵 무 사 옥 위 항

• 고생하는 아내에 대한 감사와 미안함을 표현했다. 실제 배에 올랐다는 뜻이 아니라 가장 역할 대신하는 아내의 배에 편승했다는 말과 같다. 제3구는 실제 배에 오른 상황이 아니라 아내의 보살핌을 받는 상황의 형용이다. 실제로 배에 올랐다면 경련은 배에 오른 이후의 상황을 표현해야 한다. 제4구의 清江은 아이를 바라보며 벼슬의 의지를 다지는 결의로, 경련에서 아내를 위해 힘내겠다는 마음과 서로 통한다. •傷神: 상심과 같다. •竝蒂: 두 개의 꽃이나 열매가 한 꼭지에 달리다. 서로 아끼고 사랑하는 부부를 상징하는 말로 쓰인다. •茗飲蔗漿: 차와 사탕수수즙은 마음의 안정에 필요한 음료수이다. 아내의 따뜻한 위로의 말을 상징한다. •瓷: 질그릇. •罌: 양병. •謝: 갚다. •玉, 缸: 두보의 아내를 나타낸다.

제3구 晝引老妻乘小艇 측측측평평측측
제4구 晴看稚子浴淸江 평평평측측평평

晝와 晴은 관대에 속한다. 引/老妻와 看/稚子, 乘/小艇과 浴/淸江은 동사
/목적어로 함련은 상징 대장이다.

제5구 俱飛蛺蝶元相逐 평평측측평평측
제6구 竝蒂芙蓉本自雙 측측평평측측평

俱와 竝은 숫자의 개념으로 대장되었다. 飛와 蒂는 상태, 蛺蝶과 芙蓉은
동물과 식물의 대장이다. 동물에는 동물 또는 식물로 대장한다. 元과 本은
부사, 元/相/逐과 本/自/雙은 부사/부사/형용동사로 逐과 雙은 관대에 속
한다. 표현이 우선이다. 경련은 상징 대장이다.

九日曲江
중양절의 곡강

綴席茱萸好 좌석을 장식한 수유는 좋으나
철석수유호

浮舟菡萏衰 배 주위 떠도는 연꽃 시들었네
부주함담쇠

百年秋已半 백 년 가을 이미 절반 지났으니
백년추이반

九日意兼悲 중양절 뜻도 아울러 슬퍼질 뿐
구일의겸비

江水清源曲 강물처럼 맑아보려 하지만 근원 굽어
강수청원곡

荊門此路疑 가시나무 문의 길 회의만 들 뿐이네
형문차로의

晚來高興盡 저녁 되자 고상한 척하던 흥취도 끝
만래고흥진

搖蕩菊花期 요동치는 중양절의 국화주 기약이여!
요탕국화기

•시인의 슬픈 감정이 가슴에 비수처럼 내리꽂힌다. 자의대로는 두보의 감정을 읽어내기 어렵다. 위와 같은 풀이가 아니라면 작품의 가치를 인정하기 어렵다. •綴: 장식하다. •菡萏: 연꽃 봉우리. •季秋: 음력 9월 늦가을. •荊門: 산 이름이지만 자의대로도 잘 통한다. •高興: 실제의 고상한 흥취가 아니라 자조 섞인 표현이다. 搖蕩이 이를 뒷받침한다. 실제로 고상한 흥취라면 전혀 수미일관하지 않는다.

제3구 百年秋已半 측평평측측
제4구 九日意兼悲 측측측평평

百年과 九日은 숫자, 秋/已/半과 意/兼/悲는 주어/부사/동사 구성이다.

제5구 江水清源曲 평측평평측
제6구 荆門此路疑 평평측측평

江水와 荆門은 명사형 형용사/명사로 水와 門에 중점이 있다. 清과 此는
관대, 曲과 疑는 형용동사 구성이다.

陪諸貴公子丈八溝攜妓納涼晚際遇雨 ⑴

기녀를 데리고 여러 귀공자를 모시면서 납량할 때 저녁 무렵 비를 만나다 ⑴

落日放船好　해 질 무렵 배 띄워 더욱 좋은 데다
낙 일 방 선 호

輕風生浪遲　산들바람이 물결 일으키자 지체하네
경 풍 생 랑 지

竹深留客處　대숲 심원한 곳 바로 객이 머물 곳
죽 심 류 객 처

荷淨納涼時　연꽃은 청정하여 납량할 만한 때라네
하 정 납 양 시

公子調冰水　귀공자가 얼음물처럼 굳은 기녀 선택하니
공 자 조 빙 수

佳人雪藕絲　미인은 연뿌리의 실처럼 마음을 드러내네
가 인 설 우 사

片雲頭上黑　조각구름이 미인 머리 위에서 검어지니
편 운 두 상 흑

應是雨催詩　운우지정은 응당 화합의 시를 재촉할 때
응 시 우 최 시

• 遇雨: 실제의 비가 아니라 저녁 무렵 귀공자와 기생의 희희낙락하는 모습을 해학적으로 표현한 것이다. 귀공자라고 표현했지만 실제로는 권문세도가의 한량 짓을 비꼰 표현이다. •丈八溝: 당나라 때 만든 인공 연못. •納涼: 승량(乘涼)과 같다. 더위를 피하다. •輕風: 산들바람. •遲: 산들바람에 굳이 서둘 필요가 없다는 뜻으로 쓰였다. •調: 고르다. 희롱하다. •佳人: 미인과 같다. •藕: 연뿌리. •藕絲: 연뿌리에서 나는 실이므로 서로 마음이 통했음을 나타낸다. 冰에 대장하기 위한 상징어이다. •雪: 씻다. 표명하다. •片雲: 조각구름. 片雲頭上黑은 귀공자가 기녀를 앉은 모습이다. 구름은 머물지 않기 때문에 片雲이라 한 것이다. 黑은 한량의 흑심이 드러나는 때이다. 처음 만난 남녀의 서먹서먹한 감정이 화합되는 과정을 잘 보여준다.

40

제3구 竹深留客處　측평평측측
제4구 荷淨納涼時　평측측평평

竹深과 荷淨은 주어/동사, 留/客/處와 納/涼/時는 동사/목적어/명사의
구성이다.

제5구 公子調冰水　평측측평평
제6구 佳人雪藕絲　평평측측평

公子와 佳人은 인명의 개념, 調/冰水와 雪/藕絲는 동사/목적어로 冰水와
藕絲는 해학 상징 구성이다.

陪諸貴公子丈八溝攜妓納涼晚際遇雨 (2)

기녀를 데리고 여러 귀공자를 모시면서 납량할 때 저녁 무렵 비를 만나다 (2)

雨來霑席上 폭우가 내려 좌석을 적시듯 난잡해지고
우 래 점 석 상

風急打船頭 바람 급하듯 뱃머리 두들기며 희희낙락
풍 급 타 선 두

越女紅裙濕 월 지방 미녀 붉은 치마 엎지른 술에 젖었고
월 녀 홍 군 습

燕姬翠黛愁 연 지방 무희 비취 눈썹 비위 맞추려 애처롭네
연 희 취 대 수

纜侵堤柳系 닻줄이 제방의 버드나무 해치듯 얽매려 하니
남 침 제 류 계

幔宛浪花浮 휘장 같은 치마는 물보라에 뚜렷해지며 뜬 듯
만 완 랑 화 부

歸路翻蕭颯 귀로는 도리어 쓸쓸하고도 시들해지니
귀 로 번 소 삽

陂塘五月秋 장팔구 연못에는 5월인데도 가을 기운
피 당 오 월 추

• 미련은 난잡한 술자리의 허무한 뒤끝을 표현했다. 실제의 비라면 제1수의 수련, 함련 표현과 완전히 어긋난다. •侵: 침범하다. 해치다. •浪花: 물보라. •翻: 뒤집히다. 도리어. •颯: 시들다.

제3구 越女紅裙濕 측측평평측
제4구 燕姬翠黛愁 평평측측평

越女와 燕姬는 지명/인명 개념, 紅裙/濕과 翠黛/愁는 주어/형용동사로
紅과 翠는 색깔 대장이다.

제6구 纜侵堤柳系 측평평측평
제7구 幔宛浪花浮 측측측평평

纜/侵/堤柳/系와 幔/宛/浪花/浮는 주어/동사/목적어/형용동사로 纜과
幔은 상징어의 대장이다.

江亭
강촌 정자

坦腹江亭暖 배 드러내고 누운 강변 정자 따뜻하지만
탄복강정난

長吟野望時 길게 〈야망〉 시를 탄식하며 읊조리는 때
장음야망시

水流心不競 물 흐르듯이 내 마음은 다툴 수 없지만
수류심불경

雲在意俱遲 구름 머물자 내 뜻도 함께 지체하는 듯
운재의구지

寂寂春將晚 쓸쓸한 나의 봄은 다 지나가려 하는데
적적춘장만

欣欣物自私 나 외의 물정만 득의해하며 사사롭네
흔흔물자사

故林歸未得 고향 숲으로 돌아갈 기약 없으니
고림귀미득

排悶強裁詩 번민 떨치려 억지로 시를 재단하네
배민강재시

•坦: 편안하다. •腹: 배의 뜻이므로 일반적으로는 편안하게 누워 쉬는 모습을 형용하지만 〈野望〉과 관련지어 생각해보면 강변 정자에 누웠어도 편안하지 않은 마음을 나타낸다. 〈野望〉은 761년에 지은 2수로 이 작품보다 약간 앞서 지었음을 추측할 수 있다. 전란이 끝나지 않은 근심의 표현이 주된 내용이므로, 강변 정자에 누워도 마음은 편치 않은 것이다. 제3/4구의 水流心不競, 雲在意俱遲는 회자되는 구로 풀이에 주의해야 한다. 단순히 '물 흐르듯 내 마음은 세속과 다투지 않고, 구름 흘러가듯 내 뜻 역시 한가롭다'로 풀이하면 시인의 뜻과 어긋난다. 흐르는 물과 같이, 떠가는 구름과 같이 그렇게 살고 싶지만 그렇게 살 수 없는 안타까움을 표현했다. •寂寂: 외롭고 쓸쓸하다. •欣欣: 기뻐하거나 왕성한 모습의 형용이지만 득의해하는 뜻으로도 쓰인다. •將晚: 봄이 다 지나가려 한다는 뜻으로 쓰였다. •物: 나 이외의 타인 또는 물정 등을 포괄적으로 나타내는 말이다. 자연에만 한정되지 않는다. •私: 각자의 사사로움으로, 전란이 아직 끝나지 않아 근심하는 자신과는 달리, 세상 물정은 각자의 이익만을 도모한다는 원망의 뜻도 들어 있다.

제3구 水流心不競 평평평측측
제4구 雲在意俱遲 평측측평평

水流와 雲在는 주어/동사, 心/不/競과 意/俱/遲는 주어/부사/동사의 구
성이다. 不과 俱의 대장은 참조할 만하다.

제5구 寂寂春將晚 측/측/평/평측
제6구 欣欣物自私 평/평측/측/평

寂寂과 欣欣은 첩어, 春과 物은 명사, 將晚과 自私는 부사/동사의 구성이
다. 將은 동사의 뜻이 강하지만 이 구에서는 장차의 뜻인 부사로 두 운자는
올바른 구성이다. 명가의 평가는 다음과 같다.

• 寂寂春將晚, 欣欣物自私는 자연스러운 표현으로 장식한 흔적이 없다.
[元대 방회(方回) 《영규율수(瀛奎律髓)》]
• 함련은 '신(神)' 한 자로 말할 수 있다. 나타낼 수 있다. 미련의 맺음이
미약하다. [명대 당여순(唐汝詢) 《唐詩歸》]
• 제3/4구의 뜻은 현묘하다. 제5/6구가 시인의 본래 뜻이다. 미련의 排悶,
強詩 표현은 홀연 감개(感慨)가 더해졌다. 두보 시의 다양한 변화를 알 수
있다. [명대 주정(周珽) 《당시선맥회통평림(唐詩選脈會通評林)》]
• 제3/4구는 경물과 마음의 융합, 신(神)과 경물의 만남으로 정도에 알맞
은 말이다. [명대 왕사석(王嗣奭) 《杜臆》]
• 雲在意俱遲의 在는 타인이 더는 도달할 수 없는 경지이다. [청대 하작(何
焯) 《의문독서기(義門讀書記)》]

薄暮

어스름에

江水長流地 강수장류지	강물 유유히 흘러가는 곳
山雲薄暮時 산운박모시	산 구름 옅은 저녁 무렵
寒花隱亂草 한화은란초	늦가을 국화 혼란한 풀 감추었고
宿鳥擇深枝 숙조택심지	잠든 새는 무성한 가지를 택했네
舊國見何日 구국견하일	고향은 어느 날에 볼 것인가?
高秋心苦悲 고추심고비	가을날 마음은 괴롭고 슬프네
人生不再好 인생부재호	인생에 다시 좋은 날 없으려니
鬢發白成絲 빈발백성사	귀밑머리만 흰 실처럼 변했다네

• 寒花: 추운 계절에 피는 꽃. 국화의 별칭으로 쓰인다. 국화로 풀이해둔다. • 寒花隱亂草 구는 국화가 무성하게 핀 상태를 묘사했다. • 舊國: 고향과 같다. 제4구의 鳥가 측성이므로 점대 원칙을 맞추기 위해 國을 안배한 것이다. • 高秋: 심추(深秋)와 같다. 깊은 가을.

제3구 寒花隱亂草 평평측측측
제4구 宿鳥擇深枝 측측측평평

寒/花와 宿/鳥는 형용사/동사로 寒을 菊으로 쓰면 평측 안배에도 관계되지만, 宿과 대장되지 않는다. 隱/亂草와 擇/深枝는 동사/목적어 대장으로 상용하는 구성이다.

제5구 舊國見何日 측측측평측
제6구 高秋心苦悲 평평평측평

舊國과 高/秋는 형용사/명사, 見/何日은 동사/목적어, 心/苦悲는 주어/동사의 구성이다. 경련은 관대에 속한다.

雨
비

| 冥冥甲子雨 | 어둑어둑한 정월 초팔일 비 |
| 명 명 갑 자 우 | |

已度立春時　벌써 입춘 시기 헤아려보네
이 탁 입 춘 시

輕箑煩相向　가벼운 부채가 빈번히 서로 향하듯
경 삽 번 상 향

纖絺恐自疑　섬세한 칡 베인가 절로 의심할 정도
섬 치 공 자 의

煙添才有色　안개 더해지자 비로소 색 있는 것 같고
연 첨 재 유 색

風引更如絲　바람이 끌어당기자 또한 음악 소리 내네
풍 인 갱 여 사

直覺巫山暮　곧바로 무산신녀 저녁 모습 느끼게 하고
직 각 무 산 모

兼催宋玉悲　아울러 송옥과 같은 비애를 재촉하는 듯
겸 최 송 옥 비

•정월에 내리는 비를 묘사한 작품이다. 함련에서는 비의 전체적인 모습을, 경련에서는 비의 색깔과 소리를 묘사했다. 甲子의 간지가 풀이의 핵심이다. 《구사(舊史)》에서는 정월 초팔일(正月初八日)로 밝히고 있다. 입춘을 약 한 달 앞둔 날이다. •度: 탁으로 읽는다. 헤아리다. •箑: 부채. 궁녀가 양쪽에서 교차시킨 의장선(儀仗扇)을 연상시킨다. •絲: 8음의 하나로 슬(瑟) 또는 현악기를 가리킨다. •미련은 송옥의 〈고당부(高堂賦)〉를 연상하여 구성되었다.

제3구 輕箠煩相向 평측평평측
제4구 纖絺恐自疑 평평측측평

輕/箠과 纖/絺는 형용사/명사의 구성이다. 煩과 恐, 相과 自는 부사, 向과 疑는 동사 구성이다.

제5구 煙添才有色 평평평측측
제6구 風引更如絲 평측측평평

煙添과 風引은 주어/동사, 才와 更은 부사, 有色과 如絲는 동사/목적어 형태로 대장되었다. 色과 絲는 묘미 있는 구성이다. 색깔에는 색깔이나 소리로 대장한다. 소리에 상당하는 絲로써 색깔에 대장했다. 支운에는 絲를 대체해서 소리를 대신할 만한 압운이 없다.

首白
머리 희어지니

垂白馮唐老 수 백 풍 당 로	백발의 풍당도 벼슬 받기에 늙었었고
清秋宋玉悲 청 추 송 옥 비	맑은 가을 송옥도 회재불우 슬퍼했네
江喧長少睡 강 훤 장 소 수	강이 시끄러워 항상 부족한 수면
樓迥獨移時 누 형 독 이 시	누각 멀어도 홀로 옮겨갈 때라네
多難身何補 다 난 신 하 보	많은 불행에 몸 어디에 의탁하겠는가!
無家病不辭 무 가 병 불 사	집도 없는데 병조차 사양할 수 없네
甘從千日醉 감 종 천 일 취	기꺼이 천 일 동안의 취함을 따르려니
未許七哀詩 미 허 칠 애 시	〈칠애〉의 표현 정도에는 동의할 수 없네

•〈垂白〉으로도 알려져 있다. 내용으로 짐작하면 白首나 垂白보다는 노병(老病)이 더 어울린다. 전인의 불우에 의탁하여 자신의 신세를 한탄하고 있다. 5언은 함축이 심하여 자의만으로는 본의를 헤아리기 어려운 경우가 많다. •馮唐: 서한(西漢) 문제 때 낭중서 장(郎中署長)을 지냈다. 경제(景帝) 때 초(楚)나라 재상으로 임명되었으나 곧 파면되었다. 경제 사후 무제가 즉위했는데, 당시에는 흉노의 침입이 지혜로운 재상의 역할이 요구되던 때였다. 무제는 뛰어난 인재를 널리 찾았으며, 풍당도 추천되었으나 이때 풍당의 나이가 90세가 넘어 임명되기 어려웠다. •송옥(宋玉)은 초나라 문인으로 회재불우한 자신의 처지를 〈풍부(風賦)〉〈고당부(高唐賦)〉 등에서 나타낸 바 있다. •難nàn이 재난, 불행의 명사일 때는 거성 한(翰)운에 속한다. •補: 돕다. 맡기다. •千日醉: 천일취주(千日醉酒)와 같다. 미주 또는 세속의 근심을 잊게 해주는 술이라는 뜻으로 쓰인다. •甘從: 기꺼이 따르려 하다. •許: 동의하다. 〈칠애〉 시에 나타난 표현만으로는 부족할 정도로 슬픔이 깊다는 뜻이다.

제3구 江喧長少睡　평평평측측
제4구 樓迥獨移時　평측측평평

江/喧과 樓/迥은 주어/동사, 長과 獨은 부사, 少/睡와 移/時는 동사/명사 구성이다.

제5구 多難身何補　평측평평측
제6구 無家病不辭　평평측측평

多難과 無家는 동사/명사, 身과 病은 명사로 신체와 병의 형태는 상용하는 구성이다. 何補와 不/辭는 부사/동사 구성이다.

宿昔
예전에

宿昔青門里 예전에 장안성의 푸른 성문 속에서는
숙석 청 문 리

蓬萊仗數移 봉래산 신선 의장 자주 우러러보았지!
봉 래 장 삭 이

花嬌迎雜樹 미녀가 교태 부리며 뒤섞인 나무처럼 맞이하자
화 교 영 잡 수

龍喜出平池 희색의 용 인물 넘실대는 연못가에 나타났었지!
용 희 출 평 지

落日留王母 해 질 무렵까지 서왕모 같은 미녀와 머물고
낙 일 류 왕 모

微風倚少兒 봄바람 같은 여인에게 아이처럼 기대었었지!
미 풍 의 소 아

宮中行樂秘 궁중의 행락에는 비밀 무수히 많아
궁 중 행 락 비

少有外人知 빙산의 일각만 외부에 알려졌었지!
소 유 외 인 지

•조정에서 벼슬할 때 보았던 여러 가지 일들을 상상할 수 있도록 구성되었다. •宿昔: 숙석(夙昔)과 같다. 오래지 않은 옛날. •青門: 장안성 동남문. 청색이어서 청문으로 부른다. 青은 동쪽을 나타낸다. •蓬萊: 신선이 사는 산. •龍: 반드시 임금이나 천자로 보지 않아도 무방할 것이다. •數: 삭으로 읽는다. 자주. •移: 우러러보다. 支운에서는 대체할 만한 압운을 찾기 어렵다. •平池: 물이 넘치는 연못으로 보아야 雜樹에 대장된다. •王母: 선계의 최고 선녀. 일몰의 여신이라고도 한다.

제3구 花嬌迎雜樹　평평평측측
제4구 龍喜出平池　평측측평평

花嬌와 龍喜는 주어/동사, 迎/雜樹와 出/平池는 동사/목적어 구성이다.

제5구 落日留王母　측측평평측
제6구 微風倚少兒　평평측측평

落日과 微風은 형용사/명사로 日과 風에 중점이 있다. 留/王母와 倚/少兒
는 동사/목적어로, 王母와 少兒는 인명 개념 구성이다.

孟冬
초겨울

殊俗還多事　풍속 다른 지방이라 적응할 일 많았는데
수 속 환 다 사

方冬變所爲　겨울에 접어들자 집안의 행위로 바뀌었네
방 동 변 소 위

破甘霜落爪　감귤 쪼개자 서리가 손톱에 내리는 것 같고
파 감 상 락 조

嘗稻雪翻匙　쌀밥을 맛보자 눈이 숟가락에 뒤집히는 듯
상 도 설 번 시

巫峽寒都薄　무협의 추위는 대체로 견딜 만하고
무 협 한 도 박

烏蠻瘴遠隨　오만 지방에서 걸린 장독이 꽤 차도
오 만 장 원 수

終然減灘瀨　마침내 병은 여울물처럼 줄어드니
종 연 감 탄 뢰

暫喜息蛟螭　잠시 기뻐하며 지팡이를 쉬게 하네
잠 희 식 교 리

•孟: 첫. 처음. •孟冬: 겨울로 접어드는 음력 시월로 양력 11월 중순에 해당한다.
•所: 처소 집안. •所爲: '소위' '하는 바'의 뜻이지만 자의대로도 잘 통한다. 한가해졌다
는 의미로 쓰였다. •薄: 옅다. 긍정의 의미로 쓰였다. •霜: 감귤 속의 하얀 부분.
露도 잘 어울리지만 측성이어서 안배하기 어렵다. •遠隨: 병에 차도가 있다는 뜻이다.
隨가 압운이며 都薄의 대장으로 이처럼 구성된 것이다. •終然: 마침내. •灘瀨: 여울.
제7구는 겨울이어서 강물이 많이 줄어들었다는 뜻이다. •蛟螭: 구불구불한 지팡이.

54

제3구 破甘霜落爪 측평평측측
제4구 嘗稻雪翻匙 평측측평평

破甘과 嘗稻는 동사/목적어, 霜/落/爪와 雪/翻/匙는 주어/동사/목적어로
甘과 稻는 식물, 霜과 雪은 자연의 구성이다.

제5구 巫峽寒都薄 평측평평측
제6구 烏蠻瘴遠隨 평평측측평

巫峽(지명)/寒과 烏蠻(지명)/瘴은 명사형 형용사/명사, 都薄과 遠隨는 부
사/동사로 遠은 형용사지만 부사처럼 쓰였다. 관대(寬對)에 해당한다.

螢火
개똥벌레

幸因腐草出
행 인 부 초 출
썩은 풀에 의지하여 태어났으면서도

敢近太陽飛
감 근 태 양 비
감히 태양처럼 빛을 내며 날려 하네

未足臨書卷
미 족 림 서 권
부족하나마 책을 볼 수 있고

時能點客衣
시 능 점 객 의
때로는 객의 옷에 불 밝히네

隨風隔幔小
수 풍 격 만 소
바람 따르다 숨어든 장막에서는 미소한 빛

帶雨傍林微
대 우 방 림 미
비를 띤 근처 숲에서는 희미하게 빛나네

十月淸霜重
시 월 청 상 중
10월의 찬 서리 점점 심해지니

飄零何處歸
표 령 하 처 귀
영락하면 돌아갈 곳 어디인가!

• 반딧불이를 빌려 환관의 무리가 정치를 어지럽힌 상황을 풍자한 작품으로 알려져
있으나 드러난 표현만으로는 짐작하기 어렵다. 자신의 신세를 한탄한 내용으로 보아야
더 어울린다. • 수련은 자포자기의 심정에 가깝다. 敢近太陽飛구는 개똥벌레 무리가
분주히 날며 빛을 내는 모습을 나타낸다. •隔: 사이가 뜨다. 숨기다. 치다(=擊). •淸霜:
찬 서리.

제3구 未足臨書卷 측측평평측
제4구 時能點客衣 평평측측평

未足과 時能은 부사/동사, 臨/書卷과 點/客衣는 동사/목적어 구성이다.

제5구 隨風隔幔小 평평측측측
제6구 帶雨傍林微 측측측평평

隨風隔幔/小와 帶雨傍林/微는 주어/동사 구성이다.

月圓
달이 차니

孤月當樓滿　외로워 보이는 달이 누각에 가득하니
고 월 당 루 만

寒江動夜扉　찬 강물 내 마음 밤 사립문 이동시키네
한 강 동 야 비

委波金不定　물결에 내맡겨진 금빛은 고정되어 있지 않고
위 파 금 부 정

照席綺逾依　자리 밝히는 환한 비단 더욱 의지하고 싶네
조 석 기 유 의

未缺空山靜　이지러지지 않은 달빛 깊은 산 고요하고
미 결 공 산 정

高懸列宿稀　중천에서 비출 때의 별자리는 희미하네
고 현 열 수 희

故園松桂發　고향 동산 소나무 계수나무 드러날 때
고 원 송 계 발

萬里共淸輝　만 리 밖에서도 환한 달빛을 맞이하네
만 리 공 청 휘

• 왕사석(王嗣奭, 1566~1648)의 《두억(杜臆)》에서 "강물에 거꾸로 비친 달이 물결에 요동치며 누각 위의 문까지 이동하게 되어 대체로 그림과 같은 뜻을 나타낸다(江月倒影水搖而閣上之扉爲動 大是畫意)"는 제2구의 풀이는 불완전하다. •當: 필적하다. 어울리다. •寒江: 추월한강(秋月寒江)의 준말로 가을 달과 찬 강물처럼 맑고 깨끗한 상태를 가리키지만, 찬 강물처럼 쓸쓸한 마음으로 보아도 무방하다. 달을 바라보는 두보 자신의 마음을 나타낸다. •動: 옮기다. 動夜扉는 달이 밝아 사립문을 열고 나서 누각을 향한다는 뜻이다. 제4구의 照席과 연관해서 생각해보면 분명하게 알 수 있다. •逾: 더욱. 갈수록. •空山: 심산(深山)과 같다. 쓸쓸한 산. •未缺과 高懸 모두 달의 상태를 나타낸다. •列宿: 열수로 읽는다. 늘어선 별자리. •發: 나타나다. •淸輝: 환한 달빛. •共: 함께하다. 맞이하다.

제3구 委波金不定 측평평측측

제4구 照席綺逾依 측측측평평

委/波/金과 照/席/綺는 형용동사/목적어/명사로, 金과 綺처럼 진귀한 존재에는 상당한 존재이거나 반대로 매우 하찮은 존재로 대장한다. 不定과 逾依는 부사/동사 구성이다.

제5구 未缺空山靜 측측평평측

제6구 高懸列宿稀 평평측측평

未缺과 高懸은 부사/동사로 달의 상태를 뜻한다. 空山과 列宿는 형용사/명사로 空과 列은 숫자의 개념으로도 볼 수 있다. 숫자에는 숫자로 대장한다. 靜과 稀는 형용동사 구성이다.

九日諸人集於林
중양절에 사람들이 모여 숲으로 가면서도

九日明朝是 중양절 밝았으나 이 아침이란!
구 일 명 조 시

相要舊俗非 초청은 하지만 옛 풍속 아니네
상 요 구 속 비

老翁難早出 늙은이 일찍 출발해도 겨우 오를 뿐인데
노 옹 난 조 출

賢客幸知歸 약삭빠른 사람들은 알아만 보고 가버리네
현 객 행 지 귀

舊采黃花剩 한참 동안 국화 따도 사방에 널렸는데
구 채 황 화 잉

新梳白髮微 또다시 백발 빗질할수록 성기어질 뿐
신 소 백 발 미

漫看年少樂 질펀하게 노는 연소자들의 쾌락 보니
만 간 년 소 락

忍淚已霑衣 눈물 참으려 해도 이미 옷깃을 적시네
인 루 이 점 의

•중양절은 중국 전통 명절로 높은 곳에 올라 풍경을 감상하거나 약초를 캐거나 산수유 가지를 머리에 꽂거나 국화를 따거나 경로잔치를 여는 풍습이 유행했다. 함련은 경로사 상의 쇠퇴를 나타낸 표현이다. 이전 같으면 힘들게 걸어가는 노인을 젊은이가 부축해주 었겠지만, 지금은 알아보기는 해도 끼리끼리 그냥 지나치는 사람들을 서운하게 여긴 것이다. •要는 邀와 같으며, 相要의 겉 뜻은 이웃에서 함께 가자고 권유하는 척하지만, 속마음은 쇠약한 자신이 빠져주었으면 하는 마음이 들어 있다. 고향에서라면 그렇지 않았을 것이라는 아쉬움도 내포한다. 제4구는 이를 뒷받침하며, 7언의 〈등고(登高)〉는 이 작품을 우선해야 더 잘 이해할 수 있을 것이다. •賢客의 표면상 뜻은 현인이지만, 약삭빠르다는 뜻으로 쓰였다. •幸은 요행이지만 이 구에서는 '그나마'의 뜻에 가깝다. •剩: 남다. 경련은 높은 곳에 올라 국화 따는 풍습에 자신의 처지를 대비시켰다. 한참 국화를 따도 사방에 널렸지만, 머리 빗질할수록 성기어지는 모습에 처량한 생각은 금할 길이 없는 것이다. •梳 반드시 빗질을 해서가 아니라 한참 국화를 따다가 흘러내린 땀을 닦는 동시에 머리카락을 정리한다는 뜻에 가깝다. 대장 구성에 상용하는 방법이다. •微: 성기다. 微운에서는 대체할 압운을 찾기 어렵다. •漫: 질펀하다. •미련은 노쇠한

제3구　老翁難早出　측평평측측
제4구　賢客幸知歸　평측측평평

老翁과 賢客은 형용사/명사, 難/早/出과 幸/知/歸는 부사/동사/동사의 구성이다.

제5구　舊采黃花剩　측측평평측
제6구　新梳白髮微　평평측측평

舊/采/黃花/剩과 新/梳/白髮/微는 부사/동사/목적어/형용동사로, 黃과 白은 선명한 색깔의 구성이다.

자신을 한탄하는 뜻도 있지만, 객지이므로 자신을 냉대하는 서운함과 동시에 더욱 고향이 그리워지는 마음을 나타냈다.

宴胡侍禦書堂
호 시어의 서재에서 술자리를 가지며

江湖春欲暮 　강호의 봄은 깊어만 가는데도
강호춘욕모

牆宇日猶微 　방에는 햇빛 여전히 미약하네
장우일유미

暗暗春籍滿 　슬며시 슬며시 봄은 서적처럼 충만해지고
암암춘적만

輕輕花絮飛 　가벼이 가벼이 꽃은 버들개지처럼 날리네
경경화서비

翰林名有素 　문단 명성 질박하다 정도의 소문
한림명유소

墨客興無違 　묵객의 흥취는 어긋남이 없다네
묵객흥무위

今夜文星動 　오늘 밤 문운을 주관하는 별 움직인다면
금야문성동

吾儕醉不歸 　우리 둘 취하여 나는 돌아갈 수 없으리!
오제취불귀

•書堂: 서재와 같다. •暮는 긍정으로 쓰였다. 깊어진다는 뜻과 같다. •深은 평성이므로
수구불압운을 원칙으로 하는 5언이어서 안배하지 않은 것이다. •牆宇: 방으로 풀이해둔
다. •暗暗: 암암리에. •春籍: 춘경(春耕)과 같지만 자의대로도 잘 통한다. •翰林: 문단과
같다. •素: 질박하다. 아직 크게 드러나지 않았다는 뜻으로 쓰였다. •文星: 문운을
주관하는 별. •動: 요동치다. 감응하다. •文星動: 별처럼 많은 시구를 떠올린다는
말과 같다. •제8구의 不歸는 두보가 보충되어야 한다. 호 시어의 집이므로 호 시어는
돌아갈 필요가 없다.

제3구 暗暗春籍滿 측측평측측
제4구 輕輕花絮飛 평평평측평

暗暗과 輕輕은 첩어, 春과 花는 명사, 籍과 絮는 형용사 형태, 滿과 飛는
형용동사 구성이다. 첩어는 첩어로 대장한다.

제5구 翰林名有素 측평평측측
제6구 墨客興無違 측측측평평

翰林/名과 墨客/興은 명사형 형용사/명사, 有/素와 無/違는 형용동사/동
사로 有와 無는 상용하는 구성이다.

宣政殿退朝晚出左掖
선정전 조회를 마치고 늦게 문하성을 나서

天門日射黃金榜　천자 문 햇살이 황금빛 쏘아 알릴 때마다
천문일사황금방

春殿晴曛赤羽旗　봄 궁전 맑다 어두워진 깃 없는 깃발이여!
춘전청훈적우기

宮草微微承委佩　궁전 잡초처럼 미미하게 받들며 명패 달고
궁초미미승위패

爐煙細細駐遊絲　화로 연기처럼 가늘게 머물며 실로 떠도네
노연세세주유사

雲近蓬萊常好色　구름 간신 봉래산에 가까워 항상 좋은 색
운근봉래상호색

雪殘鳷鵲亦多時　눈꽃만이 지작 궁전 해치며 역시 많을 때
설잔지작역다시

侍臣緩步歸青瑣　신하 대기시킨 느린 걸음 문하성에 돌아가
시신완보귀청쇄

退食從容出每遲　퇴청 후 식사에도 위용 따라나서 매일 늦네
퇴식종용출매지

•지독한 은유로 자신의 낮은 관직을 한탄하는 표현이다. 임용과 승진에 부정부패가 만연했음을 짐작할 수 있다. 미련은 오늘날 악덕 사장이나 회장을 수행하는 힘없는 회사원 또는 오만한 고위공무원을 상관으로 둔 말단 관료의 신세와 같다. •曛: 황혼. •雪: 부정적으로 쓰였다. 눈이 궁전 지붕을 덮을수록 좋은 상황이 될 수 없다. •鳷鵲: 궁전 명. •蓬萊는 신선이 사는 이상적인 곳이지만 각각의 자의는 쑥과 명아주이므로 이에 대한 대장으로 안배되었다. •殘: 해치다.

제3구 宮草微微承委佩 평측평평평측측
제4구 爐煙細細駐遊絲 평평측측측평평

宮草와 爐煙은 草와 煙에 중점이 있다. 微微와 細細는 첩어, 承/委/佩와 駐/遊/絲는 동사/동사/목적어로 함련은 상징 대장이다.

제5구 雲近蓬萊常好色 평측평평평측측
제6구 雪殘鴟鵲亦多時 측평평측측평평

雲/近/蓬萊와 雪/殘/鴟鵲은 주어/동사/목적어, 常/好/色과 亦/多/時는 부사/형용사/명사로 蓬萊와 鴟鵲은 인공 건물 개념이면서 식물/동물 형태로 묘미 있게 구성되었다. 경련은 상징 대장이다.

紫宸殿退朝口號

자신전 조회를 마칠 때마다 신세 한탄 입버릇

戸外昭容紫袖垂
호 외 소 용 자 수 수
문밖의 빛나는 얼굴에 자주색 소매 늘어서자

雙瞻禦座引朝儀
쌍 첨 어 좌 인 조 의
나란히 천자 우러러보도록 조회 법도 이끄네

香飄合殿春風轉
향 표 합 전 춘 풍 전
향기 음성 궁전 떠돌면 봄바람이 굴리는 듯

花覆千官淑景移
화 부 천 관 숙 경 이
꽃 자태로 온 신하 덮다 맑은 모습 옮겨 가네

晝漏希聞高閣報
주 루 희 문 고 각 보
낮 누설 희귀 소문은 높은 누각이 알려주듯

天顏有喜近臣知
천 안 유 희 근 신 지
천자 얼굴 만면희색은 가까운 신하만 안다네

宮中每出歸東省
궁 중 매 출 귀 동 성
궁중에 매일 출근했다 문하성으로 돌아가면

會送夔龍集鳳池
회 송 기 룡 집 봉 지
회의 후 전송한 용과 기 또 봉지에 모여 있네

•하급 관리의 피곤한 하루를 묘사했다. •口號가 풀이의 핵심으로 신세 한탄의 중얼거림
이다. •수련은 조정 조회 때의 뒤치다꺼리, 함련은 어전 회의 모습, 경련은 조회 후에
빈둥거리며 천자와 함께 은밀한 자리를 갖는 고위 권력자, 미련은 소속 부서인 문하성으
로 돌아오면 또다시 모셔야 하는 지긋지긋한 상관을 형용한다. •紫袖垂: 자주색 소매를
늘어뜨린 것이 아니라, 고위 관료들이 늘어선 상태이다. 垂가 압운이므로 이처럼 표현되
었다. •향기는 향기가 아니요, 춘풍은 춘풍이 아니며, 꽃은 꽃이 아니요, 숙경은 숙경이
아니며, 누각은 누각이 아니요, 기룡은 용과 기가 아니다. •紫袖: 고위 관료의 관복을
상징한다. •禦座: 천자 좌석. 천자를 가리킨다. •合殿: 신하들이 모두 모인 궁전. 合은
千의 대장으로 안배했다. •覆: 부로 읽는다. 덮다. •漏: 누설과 같다. •高閣: 천자와
자리를 함께했던 고관 스스로 은밀히 자랑하며 제 입으로 털어놓는다는 말과 같다.
•제5구는 낮말은 새가 듣고 밤말은 쥐가 듣는다는 속담과 다를 바 없다. •夔: 순임금
때의 악관장. •龍: 고위 관료를 상징한다. 夔龍은 원래의 뜻과는 달리 부정의 의미로
쓰였다. •鳳池: 봉황 연못. 중서성을 가리킨다.

제3구 香飄合殿春風轉　평평측측평평측
제4구 花覆千官淑景移　평측평평측측평

香/飄/合殿과 花/覆/千官은 명사/동사/목적어, 春風/轉과 淑景/移는 주
어/동사로 合과 千은 숫자를 나타낸다. 함련은 상징 대장이다.

제5구 畫漏希聞高閣報　측측평평평측측
제6구 天顔有喜近臣知　평평측측측평평

畫漏希聞과 天顔有喜는 관대, 高閣/報와 近臣/知는 주어/동사 대장이다.

立春
입춘

春日春盤細生菜 춘 일 춘 반 세 생 채	봄날 봄 쟁반의 부드러운 생채를 보니
忽憶兩京梅發時 홀 억 량 경 매 발 시	홀연 장안 낙양 매화 무렵 때 생각나네
盤出高門行白玉 반 출 고 문 행 백 옥	쟁반은 부잣집 상징의 백옥 쟁반을 쓰고
菜傳纖手送青絲 채 전 섬 수 송 청 사	생채는 섬섬옥수의 전달로 청사를 보냈었지!
巫峽寒江那對眼 무 협 한 강 나 대 안	이제 무협의 찬 강에서 어찌 대하리오!
杜陵遠客不勝悲 두 릉 원 객 불 성 비	사직에서 멀어진 객 슬픔 이길 수 없네
此身未知歸定處 차 신 미 지 귀 정 처	이 몸 돌아가 정착할 곳 알지 못하니
呼兒覓紙一題詩 호 아 멱 지 일 제 시	아이 불러 종이 찾아 시 한 수 쓸 뿐

•勝은 4성으로 측성에 속하지만 평성 蒸운에도 속한다. 현대 작법에서는 측성으로만
사용해야 할 것이다. •盤出~青絲구는 부잣집에서는 백옥 쟁반에 청사 고명을 얹어
여인의 섬섬옥수로 돌려 나누며 입춘을 즐겼다는 뜻이지만, 대장하기 위해 위와 같이
구성된 것이다. •生菜: 부추의 일종인 구황(韭黃)으로 입춘이 되면 이 생채를 나누어
먹는 것이 당시의 풍습이었다. •梅發: 전성(全盛)으로 전사된 판본도 있으며 평/측
안배에는 영향이 없다. 평/측 안배에 영향이 있다면 두 판본 중 하나는 잘못 전사된
것이다. •那: 어찌. •高門: 고문대호(高門大戶)의 준말. 지체 높은 집. 부잣집. •青絲:
청매실 등의 열매를 잘게 썰어 고명으로 얹은 것. 식욕을 돋우는 목적이다. 여자의
검은 머리 또는 버드나무 가지를 가리키기도 한다.

제3구 盤出高門行白玉 평측평평평측측
제4구 菜傳纖手送靑絲 측평평측측평평

盤과 菜는 밀접한 관계, 出/高門과 傳/纖手, 行/白玉과 送/靑絲는 동사/
목적어로 白과 靑은 색깔 대장이다. 盤出高門行白玉은 高門白玉出行盤,
纖手靑絲傳送菜의 도치로 부잣집의 백옥은 쟁반으로 돌고, 섬섬옥수 검은
머리의 미인이 생채를 전달한다는 뜻이다.

제5구 巫峽寒江那對眼 평측평평측측측
제6구 杜陵遠客不勝悲 측평측측측평평

巫峽과 杜陵은 지명, 寒/江과 遠客은 형용동사/명사, 那/對/眼과 不/勝/
悲는 부사/동사/명사의 대장이다. 不은 동사 앞에 습관적으로 붙어 부사
역할을 한다. 이 구성을 잘 익혀 활용할 필요가 있다.

曲江對酒
곡강에서 술을 마시며

苑外江頭坐不歸　부용원 부근 강어귀에 앉아 귀가하지 않음은
원 외 강 두 좌 불 귀

水精宮殿轉霏微　수정궁 전전하며 눈발처럼 자질구레 일 때문
수 정 궁 전 전 비 미

桃花細逐梨花落　복숭아꽃 가늘어져 배꽃 따라 떨어지는 세월
도 화 세 축 양 화 락

黃鳥時兼白鳥飛　노랑 새 수시로 백조 겸해 나는 듯 바쁠 뿐
황 조 시 겸 백 조 비

縱飮久判人共棄　방종 음주의 오랜 비판 타인 모두 포기하고
종 음 구 판 인 공 기

懶朝眞與世相違　의욕 없는 조정 일 참으로 세상과 어긋났네
나 조 진 여 세 상 위

吏情更覺滄洲遠　말단 관리 은거 때 깨달아도 더욱 멀어지니
이 정 갱 각 창 주 원

老大徒傷未拂衣　익숙할수록 헛근심하며 관직 떨치지 못하네
노 대 도 상 미 불 의

• 말단 관리의 비애를 표현했다. 격무에 시달리다 직장 그만두고 싶은 심정과 같다.
• 霏: 비나 눈이 날리다. • 微: 자질구레하다. • 老大: 관리 생활을 하면 할수록. • 滄洲:
은사들의 은거처로 애호되었으므로 은거의 별칭으로 사용된다. 의역해둔다. • 拂衣:
관직을 떨치고 낙향하다. • 복숭아꽃 배꽃은 꽃이 아니요, 노랑 새 백조는 실제 새가
아니다.

제3구 桃花細逐梨花落　평평측측평평측
제4구 黃鳥時兼白鳥飛　평측평평측측평

桃花와 黃鳥는 花와 鳥에 중점이 있으며 桃와 黃은 절묘한 색깔 대장이다. 桃는 붉은색 상징이다. 細/逐/梨花/落과 時/兼/白鳥/飛는 부사/동사/목적어/동사 대장이다.

제5구 縱飮久判人共棄　측측측측평측측
제6구 懶朝眞與世相違　측평평측측평평

縱飮과 懶朝는 형용사/명사, 久/判/人/共/棄와 眞/與/世/相/違는 부사/동사/목적어/부사/동사 대장이다.

黃草
누런 풀 신세 되려는가

黃草峽西船不歸　황초 협곡 서쪽 배 돌아올 수 없으니
황초협서선불귀

赤甲山下行人稀　구당 관문 적갑산 아래 덕행 드무네
적갑산하행인희

秦中驛使無消息　진 지방 역참 관리 여전히 무소식이니
진중역사무소식

蜀道兵戈有是非　촉 지방 전쟁 처리 시비 따져야 하네
촉도병과유시비

萬里秋風吹錦水　만 리의 전쟁 바람 금수 지방에 불었으니
만리추풍취금수

誰家別淚濕羅衣　누구 집의 이별 눈물 명주 치마 적셨던가!
수가별루습라의

莫愁劍閣終堪據　검각현에서만 끝내 버티면서 근심 말라니!
막수검각종감거

聞道松州已被圍　송주 지방 이미 적에게 포위되었다는데도!
문도송주이피위

• 行이 덕행을 나타낼 때에는 측성으로 안배한다. • 黃草는 지명과 위험을 동시에 나타낸다. 내용에 연유하여 시제를 풀이해둔다. • 제4구가 풀이의 핵심으로 당시 촉 지방에서 최간이 반란을 일으켰다가 진압되었으나, 뒤처리를 위해 파견된 관리가 최간뿐만 아니라 토벌에 참여한 장수들의 공을 제대로 따지지도 모두에게 벼슬을 내렸다. • 두보는 이 작품으로 일처리의 부당함을 항의했다. 미련은 다른 지방의 토벌에 미적거리는 장수들에 대한 일침이다. 선인의 이러한 주석이 바탕이 되지 않으면 자의와 행간의 의미만으로는 이 작품을 이해하기 어렵다. • 秋風: 전쟁 바람을 뜻한다. 의역해둔다. • 劍閣: 지명. • 堪: 버티다. • 據: 근거지 삼다.

見螢火

반딧불이를 보며

巫山秋夜螢火飛 무산의 가을밤 반딧불이 어지러이 날다가
무산추야형화비

簾疏巧入坐人衣 주렴 성긴 사이 교묘히 들어와 옷에 앉네
염소교입좌인의

忽驚屋里琴書冷 홀연 방 안에 놀란 듯 거문고 책 차가웠으니
홀경옥리금서랭

複亂簷邊星宿稀 다시 처마 변 어지러이 날자 별자리 성긴 듯
부란첨변성숙희

卻繞井闌添個個 도리어 우물 돌며 불어난 마리 또 마리
각요정란첨개개

偶經花蕊弄輝輝 우연히 꽃술 지나다 즐기는 듯 반짝반짝
우경화예농휘휘

滄江白髮愁看汝 창강 백발노인 근심하며 너를 보는 까닭은
창강백발수간여

來歲如今歸未歸 내년 이때 지금 신세 돌아갈 수 있을지를!
내세여금귀미귀

• 闌: 난간. 蕊에 대한 대장으로 안배되었다.

제3구 忽驚屋里琴書冷　측평측측평평측
제4구 複亂簷邊星宿稀　측측평평평측평

忽/驚/屋里와 複/亂/簷邊은 부사/동사/목적어로 里와 邊은 위치를 나타
낸다. 琴書冷과 星宿/稀는 주어/동사로 琴書와 星宿은 인공/자연 대장이다.

제5구 卻繞井闌添個個　측측측평평측측
제6구 偶經花蕊弄輝輝　측평평측측평평

卻/繞/井闌/添과 偶/經/花蕊는 부사/동사/목적어/동사, 個個와 輝輝는
접어 대장이다.

過客相尋
객으로 들르는 곳마다 상대가 심문했으니

窮老眞無事　궁벽 지방 노인 이제는 출사할 일 없으니
궁 로 진 무 사

江山已定居　이 강산은 이미 거처를 정해준 것과 같네
강 산 이 정 거

地幽忘盥櫛　사는 곳은 유폐된 곳 같아 대야와 빗을 잊을 정도
지 유 망 관 즐

客至罷琴書　객은 이르는 곳마다 거문고와 책을 포기해야 했네
객 지 파 금 서

掛壁移筐果　벽에 걸어두었던 광주리 과일을 옮기라 하고
괘 벽 이 광 과

呼兒問煮魚　아이 불러 삶는 물고기의 상황을 물어도 보네
호 아 문 자 어

時聞系舟楫　수시로 배 묶을 곳 물어본 까닭
시 문 계 주 즙

及此問吾廬　이르는 곳마다 내 집을 물은 것
급 차 문 오 려

• 미련의 표현에 눈물이 앞을 가려 잠시 풀이를 멈춘다. •無事: 부정의 의미로 쓰였다.
제2구가 뒷받침한다. •江山: 부정의 의미로 쓰였다. 조정을 뜻한다. •至: 이르다.
•幽: 부정의 의미로 궁(窮)과 비슷하다. •舟楫: 배와 노이지만 배의 뜻으로도 쓰인다.

제3구 地幽忘鹽櫛 측평측측측
제4구 客至罷琴書 측측측평평

地幽와 客至는 주어/동사, 忘/鹽櫛과 罷/琴書는 동사/목적어 구성이다.

제5구 掛壁移筐果 측측평평측
제6구 呼兒問煮魚 평평측측평

掛壁과 呼兒, 移/筐果와 問/煮魚 모두 동사/목적어 구성이다.

秋清
가을날 맑아

高秋蘇肺氣 고 추 소 폐 기	가을날이 폐 기운을 소생시키니
白髮自能梳 백 발 자 능 소	늙은이 스스로 빗질할 수 있겠네
藥餌憎加減 약 이 증 가 감	약 음식 싫지만 가감하여 조절하고
門庭悶掃除 문 정 민 소 제	문 앞의 뜰 보기 민망하여 청소하네
杖藜還客拜 장 려 환 객 배	명아주 지팡이 신세에 객의 예방 맞이하고
愛竹遣兒書 애 죽 견 아 서	대 막대를 붓 삼아 아이 글로 감정을 푸네
十月江平穩 시 월 강 평 온	10월의 강물 잔잔한 모습 바라보니
輕舟進所如 경 주 진 소 여	배는 뜻한 바대로 나아갈 수 있겠네

• 《두보시전석(杜甫詩全釋)》의 풀이는 대체로 다음과 같다. "가을 기운 좋아 폐 기운이 소생하니, 백발을 빗는 힘이 생겼네. 약물 효과는 없어서 약은 매우 싫어하게 되었고, 응대에 게을러서 정원을 청소하지 않았네. 지팡이 짚고 손님을 맞이하며, 대나무 막대기를 좋아하여 아이 불러 시를 쓰게 하네. 시월의 풍랑이 잠잠해지면, 기주의 동쪽으로 내려가 작은 배에 올라 떠나리라!" 두보가 이처럼 썼다면 시성이라 불리기 어려울 것이다. 문장은 논리성이 우선이다. 수련에서 가을날 맑고 폐 기운이 소생했다는 말은 자구대로이지만, 힘이 생기게 한 원동력은 약물이니만큼, 싫증나면서도 잘 조절해야 하며, 그동안 병으로 인해 손보지 못한 집을 청소할 힘이 생겼다는 뜻이 함련의 표현이다. 제5구에서는 병으로 인해 그동안 거절했던 손님들을 맞이하면서 아직 완전히 회복되지 않은 몸을 지팡이에 의지한 표현이다. 제6구는 뾰족한 대나무 막대기로 땅에 문장을 쓰면서 답답한 마음을 푸는 모습을 兒書로 표현한 것이다. 미련은 당시 두보가 기주를 떠날 때 쓴 작품으로 알려져, 물결 잔잔해지면 배 타고 떠나고 싶다고 풀이하지만, 자구만으로는 숨은 뜻을 짐작할 수만 있을 뿐이다. 5언은 함축이 심해 행간의 의미를 보충하지 않으면 이해하기 어려운 구성이 종종 나타난다. 《전석》에서는 불충분한 풀이가

제3구 藥餌憎加減 측측평평측
제4구 門庭悶掃除 평평측측평

藥餌와 門庭은 명사형 형용사/명사로 약물과 음식, 문과 뜰로도 풀이할
수 있지만, 약 음식과 문 앞의 뜰로 풀이해둔다. 실제로는 약물과 정원의
뜻이지만 대장하기 위해 이처럼 구성한 것이다. 憎과 悶은 동사, 加減과
掃除도 동사의 구성이다. 동사/목적어의 형태로 보아 가감을 싫어하고 청소
에 게으르다고 풀이하면 수련 및 미련과 수미일관하지 않는다.

제5구 杖藜還客拜 평평평측측
제6구 愛竹遣兒書 측측측평평

杖藜와 愛竹은 동사/목적어(자연물), 還/客拜와 遣/兒書도 동사/목적어
구성이다. 대장 구성의 이해가 올바른 풀이에 영향을 끼치는 예로 삼을 수
있다.

종종 보이며, 이처럼 불충분한 풀이는 대장과 함축의 의미를 파악하지 못하고 풀이한
데서 그 원인의 일단을 찾을 수 있다. •白髮: 흰머리 노인. 빗질을 할 수 있다는 표현은
빗질에 한정해서가 아니라 몸을 추스른 뜻으로 보아야 할 것이다. •遣: 보내다. 감정
따위를 풀다. •愛竹遣兒書: 뾰족한 대나무 막대기로 아이처럼 땅에 그림을 그리거나
글씨를 써보며, 답답한 마음을 달랜다는 뜻이다. •輕: 하루라도 빨리. •所如: 나아갈
바.

畵鷹

송골매 기상 같은 일을 계획해도

素練風霜起 평소 단련되어 있어도 풍상 자꾸 일어나니
소 련 풍 상 기

蒼鷹畵作殊 당황한 송골매 신세는 계획해도 끊겨버리네
창 응 획 작 수

竦身思狡兔 움츠러든 몸 교활한 토끼 같은 신하가 나을 듯
송 신 사 교 토

側目似愁胡 외면하려는 눈빛은 시름에 겨운 호족과 같네
측 목 사 수 호

絛鏇光堪摘 실과 고리와 같은 속박의 세력이 내치려 하니
조 선 광 감 적

軒楹勢可呼 높은 수레 붉은 기둥 같은 세력에 가능한 호응
헌 영 세 가 호

何當擊凡鳥 어찌 당연한 듯 평범한 새 신세조차 타격하는가!
하 당 격 범 조

毛血灑平蕪 사직에 쓰일 털과 피가 황무지에 뿌려지는 신세
모 혈 쇄 평 무

•치밀한 구성이다. •蒼: 허둥지둥하다. •畵: 획으로 읽는다. •側: 외면하다. •絛鏇:
송골매를 묶는 실과 고리. 속박과 견제를 상징한다. •光: 세력. •摘: 때리다. 치다.
척으로 읽어 '내동댕이치다'로 풀이해도 통한다. •경련의 光과 勢는 부정의 뜻으로
썼다. •毛血: 종묘사직의 제사에 쓰이는 짐승의 털과 피. 두보 자신의 능력을 나타낸다.

제3구 竦身思狡兔 측평평측측
제4구 側目似愁胡 측측측평평

竦身과 側目은 형용사/명사, 思/狡兔와 似/愁胡는 동사/목적어로 兔와 胡는 동물 대장에 속한다.

제5구 條鏇光堪摘 평측평평측
제6구 軒楹勢可呼 평평측측평

條鏇과 軒楹은 명사로 네 운자의 비중은 같다. 光/堪/摘과 勢/可/呼는 주어/동사/동사의 구성이다.

陪李金吾花下飮
이금오를 모시고 꽃 아래서 마시다

勝地初相引 승 지 초 상 인	좋은 장소의 첫 대면에 서로 이끌려
餘行得自娛 여 행 득 자 오	같이 다니면서 득의양양 즐거워지네
見輕吹鳥毳 견 경 취 조 취	경멸당해도 새 깃털 불 듯 대수롭지 않고
隨意數花鬚 수 의 수 화 수	뜻 가는 대로 수염 같은 꽃술 헤아려보네
細草稱偏坐 세 초 칭 편 좌	부드러운 풀에 부합하듯 비스듬히 앉았다가
香醪懶再酤 향 료 라 재 고	향기로운 술에 취해 나른해졌다가 다시 드네
醉歸應犯夜 취 귀 응 범 야	취해서 돌아갈 즈음이면 응당 밤 지새웠으니
可怕李金吾 가 파 이 금 오	화류 여인 가히 이금오를 두려워할 만하다네

• 주당의 객기를 그림처럼 미화시켰다. 화류 여인과 질펀하게 노는 장면의 묘사이다.
• 花下의 下는 습관적인 붙임이므로 반드시 꽃 아래서라고 풀이하지 않아도 무방하다.
• 勝地: 일반적인 명승지가 아니라 좋은 장소, 술집의 뜻으로 쓰였다. • 花鬚: 꽃술
수염. 여인의 음모를 연상시킨다. 虞운에서는 鬚를 대체할 압운을 찾기 어렵다. • 酤:
계명주(鷄鳴酒)로 다음 날 새벽닭이 울 때 먹을 수 있도록 빚은 술이다. 새벽까지
술을 마신다는 뜻으로 쓰였다. • 犯夜: 밤을 지새우다. • 미련은 화류 여인들이 이금오를
두려워하는 상황이다. 두려워한다기보다는 귀찮아하는 화류 여인들의 심정을 怕로
대변했다. 술장사를 끝내려 해도 취해서 밤새 돌아가지 않으니 당연한 심정일 것이다.

徐步
편히 걸으려 해도

整履步青蕪 　신발을 바로 신고 짙푸른 풀 위를 서성이다 보니
정리보청무

荒庭日欲晡 　황폐한 뜰에는 해지며 저녁 무렵이 가까워지네
황정일욕포

芹泥隨燕觜 　미나리가 풀에 섞인 진흙은 제비부리에 물렸고
근니수연취

花蕊上蜂須 　꽃술 분은 벌의 수염 같은 더듬이에 바쳐진 듯
화예상봉수

把酒從衣濕 　술잔 들어도 시중드는 모습의 옷자락만 젖을 뿐
파주종의습

吟詩信杖扶 　시 읊어도 믿어주는 모습의 지팡이만 부축할 뿐
음시신장부

敢論才見忌 　함부로 나의 재능을 논하면서 시기를 받으니
감론재견기

實有醉如愚 　이처럼 취해 있어야만 어리석은 체라도 할 듯
실유취여우

•세상사에 대한 분노의 표출이다. 시제는 단순히 천천히 걷는 상태를 나타내지 않는다.
함련의 거친 제비집과 분주히 움직이는 벌의 연상은 경련과 미련의 심정을 한껏 떠받치
고 있다. •徐: 편안하다. •蕪: 풀의 이름. •青蕪: 짙푸르진 풀. •步는 배회하는 모습으로
보아야 荒과 경련 이하의 내용과 수미일관한다. •수련은 정원을 배회하는 상황의
표현이다. •晡: 신시(申時)로 오후 3시~5시. 해 질 무렵. •芹泥: 제비가 집을 짓기
위해 물어 나르는 풀. 제비집을 살펴보면 미나리 비슷한 풀을 진흙과 섞어 만들어졌음을
알 수 있다. 자의대로도 통한다. •從: 따르다. 시중들다.

제3구 芹泥隨燕觜 평평평측측
제4구 花蕊上蜂須 평측측평평

芹泥와 花蕊는 명사형 형용사/명사로 泥와 蕊에 중점이 있다. 隨/燕觜와
上/蜂須는 동사/목적어로 燕과 蜂은 동물 개념 구성이다.

제5구 把酒從衣濕 측측평평측
제6구 吟詩信杖扶 평평측측평

把酒와 吟詩는 동사/목적어, 從衣와 信杖은 동사형 형용사/명사, 濕과
扶는 형용동사 구성이다.

野望
촌 늙은이 원망

金華山北涪水西 금화산은 현의 북쪽 부수는 현의 서쪽으로
금 화 산 북 부 수 서

仲冬風日始淒淒 한겨울 바람과 해 바야흐로 처량하게 차네
중 동 풍 일 시 처 처

山連越巂蟠三蜀 산은 월현 수현을 이어 삼촉 지방에 서렸고
산 련 월 휴 반 삼 촉

水散巴渝下五溪 물은 파주 유주로 갈라져 다섯 계곡 흐르네
수 산 파 투 하 오 계

獨鶴不知何事舞 외로운 학이 무슨 일로 춤추는지 알지 못하니
독 학 부 지 하 사 무

饑烏似欲向人啼 배고픈 까마귀가 마치 사람 향해 우짖는 신세
기 오 사 욕 향 인 제

射洪春酒寒仍綠 사홍현의 봄날 술은 차가워도 푸른빛인데
사 홍 춘 주 한 잉 록

目極傷神誰爲攜 눈 한계 상심에 누가 술이나마 가져오는가!
목 겁 상 신 수 위 휴

• 시제의 표면적인 뜻은 '들판에서 바라보다'이지만, 함의는 시골 노인의 원망이다.
• 越巂: 지명.　• 射洪: 지명.

84

제3구 山連越巂蟠三蜀　평평측평평평측

제4구 水散巴渝下五溪　측측평평측측평

山/連/越巂와 水/散/巴渝는 주어/동사/목적어, 蟠/三蜀과 下/五溪는 동사/목적어로 지명 대장이다.

제5구 獨鶴不知何事舞　측측측평평측측

제6구 饑烏似欲向人啼　평평측측측평평

獨鶴과 饑烏는 형용사/명사(동물), 不/知/何事舞와 似/欲/向人啼는 부사/동사/목적어 형태 대장이다.

暮歸
저물어 돌아가도

霜黃碧梧白鶴棲　서리가 오동 시들게 한 곳에 백학은 서식하고
상 황 벽 오 백 학 서

城上擊柝複烏啼　성 위 야경꾼 소리는 까마귀 울음과 겹치네
성 상 격 탁 복 오 제

客子入門月皎皎　객이 사립문 들어설 때 달빛만 밝고 밝으며
객 자 입 문 월 교 교

誰家搗練風淒淒　누구 집 명주 두드리듯 바람 차고 쓸쓸하네
수 가 도 련 풍 처 처

南渡桂水闕舟楫　남쪽 계수 건너려 해도 배와 노 부러진 신세
남 도 계 수 궐 주 즙

北歸秦川多鼓鼙　북쪽 진천 돌아가려 해도 전쟁 북소리만 느네
북 귀 진 천 다 고 비

年過半百不稱意　50이 지나서도 여전히 일컬어질 수 없는 뜻
연 과 반 백 불 칭 의

明日看雲還杖藜　내일도 구름 보며 여전히 지팡이 짚을 신세
명 일 간 운 환 장 려

•搗: 두드리다. •練: 무명 베. 누인 명주. 명사로 쓰였다.

제3구 客子入門月皎皎 측측측평측측측
제4구 誰家搗練風淒淒 평평측측평평평

客子/入/門과 誰家/搗/練은 주어/동사/목적어, 月/皎皎와 風/淒淒는 자연/첩어 대장이다.

제5구 南渡桂水闕舟楫 평측측측측평측 측평측측측평측
제6구 北歸秦川多鼓鼙 측평평평평측평 평측평평평측평

南/渡/桂水와 北/歸/秦川은 주어/동사/목적어, 闕/舟楫과 多/鼓鼙는 동사/목적어 대장이다. 桂水와 秦川은 지명, 舟楫과 鼓鼙의 네 운자 비중은 같다.

晚出左掖
저녁 늦게 좌습유로 재직하는 궁궐을 나서보니

晝刻傳呼淺 낮 시각 분주히 전해지던 호령 옅어진 퇴근 거리
주각전호천

春旗簇仗齊 봄날 술집 깃발 늘어놓은 병장기처럼 가지런하네
춘기족장제

退朝花底散 조정에서 퇴근한 관리들이 화류계 바닥으로 흩어지니
퇴조화저산

歸院柳邊迷 후원으로 돌아가 본 버드나무 주변은 눈이 어지럽네
귀원류변미

樓雪融城濕 기루의 설화가 관리를 녹일 정도로 취하게 하니
누설융성습

宮雲去殿低 궁궐의 나리는 전각을 포기한 것처럼 굽신거리네
궁운거전저

避人焚諫草 접대받자 타인 피해 간언 초고 불태우고
피인분간초

騎馬欲雞棲 말에 올라 암탉의 처소에 들를 참이네
기마욕계서

•左掖: 문하성. •掖: 궁궐. 두보는 좌습유(左拾遺)를 지냈으므로 좌습유로 재직하는
궁궐이라고 자의대로 풀이해도 통한다. •晝刻: 낮 시각. 종일 근무시간을 뜻한다.
•淺: 얕다. 옅다. 부드러워지다. 종일 수고 많았다는 동료들의 상호 위로로 보아도
좋을 것이다. •旗: 주기(酒旗). 술집 간판에 해당한다. •簇: 무리. •仗: 병장기. 지팡이.
제2구는 술집이 늘어선 광경을 표현했다. •城: 관리를 상징한다. 殿에 대장하기 위해
이처럼 표현했다. •濕: 취하게 한다는 뜻과 같다. 雪이 실제의 눈이라면 춘기(春旗)와
통하지 않는다. •雲: 높음의 비유. •宮雲: 시쳇말로 높으신 양반들이다. •去: 돌보지
아니하다. 소홀히 하다. •제6구는 기생에게 하룻밤을 원하며 애원하는 모습이다. •경련
은 혼란한 시대를 사는 부패한 관리들의 모습을 절묘하게 풍자했다. •諫: 간하다.
•草: 초고. •제7구는 부정 청탁을 받고 제대로 처리해야 할 공문의 초고를 없애는
상황이다. 술값은 당연히 청탁하러 나온 사람의 몫이었을 것이다. •雞棲: 문맥의 흐름으
로 보아 가계야치(家鷄野雉)의 뜻으로 풀이해둔다. 첩을 좋아하다. 항상 새로운 것만
좋아하다. 晉나라 하법성(何法盛)의 《진중흥서(晉中興書)》에 근거한다.

제3구 退朝花底散　측평평측측
제4구 歸院柳邊迷　평측측평평

退朝와 歸院은 동사/목적어, 花/底/散과 柳/邊/迷는 명사/위치/동사로, 풍자의 뜻으로 대장되었다.

제5구 樓雪融城濕　평측평평측
제6구 宮雲去殿低　평평측측평

樓雪과 宮雲은 명사형 형용사/명사로 雪과 雲에 중점이 있다. 融/城/濕과 去/殿/低는 동사/목적어/동사 구성이다. 경련은 풍자로 대장의 백미를 보여 준다.

白露
백로 절기

白露團甘子 　백로 절기부터는 감귤을 단속해야 하니
백로단감자

清晨散馬蹄 　맑은 아침부터 말발굽 흩트리듯 분주하네
청신산마제

圃開連石樹 　과수원은 석수 언덕으로 이어지고
포개련석수

船渡入江溪 　배는 가로질러 강계 물길로 들어가네
선도입강계

憑幾看魚樂 　등받이에 기대어 유유자적하며 바라보다
빙궤간어악

回鞭急鳥棲 　채찍을 돌리며 새의 노림에 조급해지네
회편급조서

漸知秋實美 　가을 열매 맛 들 때 알아 엿보는 이 많으니
점지추실미

幽徑恐多蹊 　그윽한 오솔길에 여러 길 낼까를 염려하네
유경공다혜

•白露: 흰 이슬 또는 24절기 중 처서와 추분 사이의 열다섯째 절기로 가을을 알린다.
•團: '단속하다' '보살피다'는 뜻으로 쓰였다. •散馬蹄: 말을 탄다는 뜻이 아니라 아침부
터 부지런히 말발굽을 찍듯이 과수원을 돌본다는 뜻이다. •魚樂: 《장자(莊子)·추수(秋
水)》에서 물고기는 즐거움을 아는지에 대한 장자와 혜자(惠子)의 논쟁에서 유래한다.
유유자적의 뜻으로 쓰인다. •鞭: 채찍만을 의미하지는 않는다. 새를 쫓는 물건의 일종이
다. •回鞭急鳥棲구는 감귤을 쪼는 새를 물리치는 표현이다. •棲: 일반적인 새의 서식이
아니라, 감귤을 노리며 찾아드는 광경을 묘사한 것이다. 齊운에는 棲를 대체할 만한
압운을 찾기 어렵다. •美: 맛나다. •石樹: 강 양안의 산 모습을 나타낸다. 석벽과
돌산으로 이루어져 있으므로 이렇게 표현한 것이다. •江溪: 대강으로 흘러 들어가는
물길. 石樹와 江溪는 지명의 별칭으로 쓰였다.

제3구 圃開連石樹 측평평측측
제4구 船渡入江溪 평측측평평

圃開와 船渡는 주어/형용동사, 連/石樹와 入/江溪는 동사/목적어 구성이다. 石樹는 江溪와 대장을 이루기 위한 조어일 수도 있지만, 묘미 있게 느껴진다.

제5구 憑幾看魚樂 평측평평측
제6구 回鞭急鳥棲 평평측측평

憑幾와 回鞭, 看/魚樂과 急/鳥棲는 동사/목적어 구성이다. 魚樂은 전고로, 전고에는 전고로 대장하면 더 좋은 구성이 된다.

不見

만날 수 없으니

不見李生久　이 선생 못 만난 지 오래되었으니
불견이생구

佯狂眞可哀　미친 체하는 모습 정말 가련했었지!
양광진가애

世人皆欲殺　모두 반역죄로 몰아 죽여야 한다고 했으나
세인개욕살

吾意獨憐才　나만은 오직 그의 재주를 안타까워했다네
오의독련재

敏捷詩千首　민첩한 붓놀림으로 지은 시 1,000수
민첩시천수

飄零酒一杯　영락의 한탄 술 한 잔 또 한 잔
표령주일배

匡山讀書處　광산은 선생이 젊은 시절 독서하던 곳
광산독서처

頭白好歸來　백발 되면 돌아온다고 자주 말했었지!
두백호귀래

• 生: 선생. 독서인의 통칭으로 쓰인다. • 李生: 이백을 가리킨다. 역사 사실과 더불어 내용을 미루어보아서도 이백이지만, 두보와 이백의 친밀한 관계를 알지 못하거나, 시성과 시선으로 알려지지 않은 상태에서, 내용만으로는 이백이라고 짐작하기는 어렵다. 이백이 세상에 널리 알려진 인물이 아니라면 오늘날의 시제는 이백의 호를 사용하여 不見靑蓮居士 또는 不見謫仙人이 되어야 한다. 시제에서 밝히지 않는다면 이 선생이 누구인지 다른 구에서 알 수 있도록 구성해야 한다. • 佯狂: 미친 체하다. • 飄零: 영락과 같다. • 好: 곧잘.

제3구 世人皆欲殺 측평평측측
제4구 吾意獨憐才 평측측평평

世人과 吾意는 명사형 형용사/명사, 皆와 獨은 부사로 선명하게 대장된다. 欲殺은 동사, 憐才는 동사/목적어(명사)의 구성으로 관대에 속한다. 대장 이전에 표현이 우선이다.

제5구 敏捷詩千首 측측평평측
제6구 飄零酒一杯 평평측측평

敏捷/詩와 飄零/酒는 형용사/명사로 詩와 酒는 상용의 구성이다. 千首와 一/杯는 숫자/명사로, 숫자에는 숫자로 대장한다.

早花
일찍 시든 꽃

西京安穩未 장안은 안정되었을까? 안정되었을까?
서 경 안 온 미

不見一人來 앞날 볼 수 없어 애태우는 한 사람 미래
불 견 일 인 래

臘日巴江曲 섣달 파강 물굽이의 산 꽃 신세
석 일 파 강 곡

山花已自開 이미 끝났는데 홀로 핀 것과 같네
산 화 이 자 개

盈盈當雪杏 충만한 모습 눈에 필적하는 살구꽃 같았고
영 영 당 설 행

豔豔待春梅 고운 모습 봄을 시중드는 듯한 매화 같았지!
염 염 대 춘 매

直苦風塵暗 거친 바람과 먼지 같은 무리가 은폐할 뿐
직 고 풍 진 암

誰憂容鬢催 누가 내 살쩍 근심하며 출사 재촉하겠는가!
수 우 용 빈 최

•시제는 내용을 포괄해야 한다. 早花는 일찍 핀 꽃이 아니라 일찍 시든 꽃으로 두보 자신을 나타낸다. 얼핏 생각하면 자아도취처럼 느껴지지만, 결국 슬픔의 귀결이다. •西京: 장안의 별칭. •未: 문장 끝에 쓰여 의문을 나타낸다. 이밖에는 문장 끝에 쓸 수 없다. •來: 미래로 풀이해둔다. •自開: 두보 자신을 상징한다. •臘日: 동지 뒤의 세 번째 술(戌)이 들어가는 날. 섣달. •雪杏: 하얀 살구꽃. 春梅와 더불어 실제의 꽃이 아니라 상징어로 쓰였다. •경련은 벼슬할 때의 회고이다. •當: 필적하다. •暗: 은폐하다.

제3구 臘日巴江曲 측측평평측
제4구 山花已自開 평평측측평

臘日과 山花는 명사형 형용사/명사로 日과 花에 중점이 있다. 巴江曲과
已自開는 대장되지 않는다. 억지 대장을 피해야만 생동감 있는 표현이 가능
하다.

제5구 盈盈當雪杏 평평평측측
제6구 豔豔待春梅 측측측평평

盈盈과 豔豔은 첩어, 當/雪杏과 待/春梅는 동사/목적어/명사로 雪과
春은 두보 자신을 가리킨다. 동사/목적어인 當/雪杏과 待/春梅로 풀이하면
雪杏은 두보, 春梅는 자신을 끌어주는 사람 또는 천자로 보아야 한다. 대장
분석의 중요성을 알 수 있는 구성이다.

九日 ⑴
중양절 ⑴

重陽獨酌杯中酒 중양절에 독작하는 잔 속의 술
중양독작배중주

抱病起登江上臺 병을 안고 강 위 누대에 오르네
포병기등강상대

竹葉於人旣無分 댓잎은 창백한 사람과 구분할 수 없고
죽엽어인기무분

菊花從此不須開 국화도 이날부터 피어나지 않으리라!
국화종차불수개

殊方日落玄猿哭 타향에 해지자 검은 원숭이 신세로 울고
수방일락현원곡

舊國霜前白雁來 고향에는 서리 전에 흰기러기 날았었지!
구국상전백안래

弟妹蕭條各何在 쓸쓸한 가지 신세 누이동생 어디 있는가!
제매소조각하재

幹戈衰謝兩相催 전쟁과 노병 둘 다 서로 영락 재촉하네
간과쇠사량상최

•제4수인 배율을 2편으로 계산하여 5수이다. •條: 가지. 조리. •蕭條: 쓸쓸하다는
뜻이지만 자의대로 풀이해둔다. •제3구는 자신의 파리한 얼굴을 댓잎에 비유했다.
•玄猿: 실제의 원숭이 울음일 수도 있지만, 두보 자신의 신세 한탄에 가깝다. 원숭이
울음은 비탄의 상징이다. •衰謝: 쇠퇴. 노병과 같다.

제3구 竹葉於人既無分 측측평평측평평
제4구 菊花從此不須開 측평평측측평평

竹葉과 菊花는 명사형 형용사/명사로 葉과 花에 중점이 있다. 於人과 從此
는 개사/명사와 개사/대명사의 대장으로 상용하는 대장 방법이다. 既/無分
과 不/須開는 부사/동사의 구성이다.

제5구 殊方日落玄猿哭 평평측측평평측
제6구 舊國霜前白雁來 측측평평측측평

殊方과 舊國은 형용사/명사, 日落과 霜前은 명사/상태와 명사/위치의 대
장으로 관대에 속한다. 玄猿/哭과 白雁/來는 주어/동사로, 玄과 白은 색깔
로서 玄은 현재의 슬픔, 白은 기쁨을 나타낸다. 미련이 이러한 상황을 뒷받침
한다.

九日 (2)
중양절 (2)

舊日重陽日　지난날의 중양절 되돌아보면
구 일 중 양 일

傳杯不放杯　도는 잔에 잔 놓을 틈 없었네
전 배 불 방 배

即今蓬鬢改　이제는 이런! 쑥 같은 살쩍 바뀌겠는가!
즉 금 봉 빈 개

但愧菊花開　단지 탓할 일뿐인 국화 피는 이 시절은!
단 괴 국 화 개

北闕心長戀　오래도록 연모하고 연모한 북쪽 대궐이여
북 궐 심 장 련

西江首獨回　서쪽 강으로 머리 돌려 홀로 돌아왔다네
서 강 수 독 회

茱萸賜朝士　수유 가지는 관리 하사품이어야 하는데
수 유 사 조 사

難得一枝來　이처럼 한 가지 얻기가 어렵단 말인가!
난 득 일 지 래

•수은 지금의 신세를 한탄하는 어조사로 쓰였다. •茱萸: 산수유. 붉은 열매가 액운을 막아준다고 믿어 중양절이면 술을 마시며 머리에 꽂는 풍습이 있었다. •難得: 좀처럼 ~않다. •來는 得과 연계되어 가능이나 불가능을 나타낸다.

제3구 即今蓬鬢改 측평평측측
제4구 但愧菊花開 측측측평평

即今은 부사/어조사, 但愧는 부사/동사로 어조사와 동사는 대장할 수 있다. 蓬鬢/改와 菊花/開는 주어/동사 형식 구성이다.

제5구 北闕心長戀 측측평평측
제6구 西江首獨回 평평측측평

北闕/心과 西江/首는 명사형 형용사/명사 형태로 北과 西는 방향, 長戀과 獨回는 부사/동사 구성이다.

九日 (3)
중양절 (3)

舊與蘇司業 지난 중양절 소사업과 함께하며
구여소사업

兼隨鄭廣文 아울러 정광문을 따랐네
겸수정광문

采花香泛泛 따 온 국화 향기 떠돌고 또 떠돌았고
채화향범범

坐客醉紛紛 좌정한 객 취기 어지럽고 어지러웠지!
좌객취분분

野樹歌還倚 들판 나무 같은 노래에 다시 기대었으니
야수가환의

秋砧醒卻聞 가을밤 다듬이소리는 깨어서야 들었었지!
추침성각문

歡娛兩冥漠 즐기던 두 분과의 추억 아득한 사막 같아
환오량명막

西北有孤雲 서북 하늘 아래 외로운 구름 같은 신세뿐
서북유고운

•紛에는 성하다는 뜻도 있다. 기분 좋은 상태를 나타낸다. •제5구는 소사업과 정광문의 위로, 제6구의 다듬이소리는 현실의 상징으로, 취기 속에서 현실을 잊었다는 뜻으로 보아야 제5구와 통한다. •歡娛: 기뻐하다. 즐기다.

제3구 采花香泛泛 측평평측측
제4구 坐客醉紛紛 측측측평평

采花/香과 坐客/醉는 형용사/명사 형태, 泛泛과 紛紛은 첩어 구성이다.

제5구 野樹歌還倚 측측평평측
제6구 秋砧醒卻聞 평평측측평

野樹/歌와 秋砧/醒은 주어/동사 형태, 還倚와 卻聞은 부사/동사 구성이다.

九日 (4)
중양절 (4)

故里樊川菊 중양절 고향 번천 지방의 국화주 그리우니
고 리 번 천 국

登高素滻源 높은 곳 오르면 소산강 근원 알 수 있었지!
등 고 소 산 원

他時一笑後 그 당시 모여 한 번 웃은 후로
타 시 일 소 후

今日幾人存 지금은 몇 사람이나 살아 있을까?
금 일 기 인 존

巫峽蟠江路 무협 협곡은 강을 두른 길
무 협 반 강 로

終南對國門 종남산은 고향 마주한 문
종 남 대 국 문

系舟身萬里 배에 얽어맨 신세 만 리 타향 객
계 주 신 만 리

伏枕淚雙痕 베개에 엎드려 흘린 두 줄기 눈물
복 침 루 쌍 흔

爲客裁烏帽 객 같은 나를 위해 두건 재단하면서
위 객 재 오 모

從兒具綠尊 아내는 아이 시켜 술잔 갖추게 하네
종 아 구 록 존

佳辰對群盜 이 좋은 시절에 무리 지은 도적을 대하니
가 진 대 군 도

愁絶更誰論 근심 절망 내 앞길 누가 의론해주겠는가!
수 절 갱 수 론

• 처자를 건사 못 하는 가장의 뼈저린 슬픔을 표현했다. • 5언배율로 제3구인 함련부터 제10구인 경련까지는 대장해야 한다. • 綠尊: 녹준(綠樽)과 같다. 술잔.

제3구 他時一笑後　평평측측측
제4구 今日幾人存　평측측평평

他時와 今日은 시간, 一笑/後와 幾人/存은 주어/형용동사로, 一과 幾는
숫자 구성이다.

제5구 巫峽蟠江路　평측평평측
제6구 終南對國門　평평측측평

巫峽과 終南은 지명, 蟠/江/路와 對/國/門은 동사/목적어/명사형 동사
구성이다.

제7구 系舟身萬里　측평평측측
제8구 伏枕淚雙痕　측측측평평

系/舟/身과 伏/枕/淚는 동사/목적어/명사, 萬里와 雙痕은 숫자/명사 개
념 구성이다.

제9구 爲客裁烏帽　측측평평측
제10구 從兒具綠尊　평평측측평

爲客과 從兒, 裁/烏帽와 具/綠尊은 동사/목적어로, 烏와 綠은 색깔 개념
의 구성이다.

雷
우레

巫峽中宵動　무협의 한밤중 우레 진동하니
무 협 중 소 동

滄江十月雷　창강의 10월은 으레 우레라네
창 강 시 월 뢰

龍蛇不成蟄　이무기 겨울잠 못 이루어 내는 소리인 듯
용 사 불 성 칩

天地劃爭回　천지는 느닷없이 횟수를 다투네
천 지 획 쟁 회

卻碾空山過　맷돌 소리가 산에서 비워지듯 지나갔다가
각 년 공 산 과

深蟠絕壁來　깊이 서려들면서 절벽 끊을 듯 돌아오네
심 반 절 벽 래

何須妒雲雨　모처럼 맞은 운우지정조차 질투한단 말인가!
하 수 투 운 우

霹靂楚王臺　하필이면 금일 밤 벼락 맞을 초왕의 누대여!
벽 력 초 왕 대

•생생한 언어 조탁이다. •龍蛇: 이무기로 풀이해둔다. •蟄: 동면. 겨울잠. •劃: 문득. 갑자기. •回: 횟수. 우레의 울림은 몇 차례 계속되므로 이렇게 표현한 것이다. 넋을 잃게 하는 압운의 운용이다. •卻碾: 우레가 끝날 때 나는 여운을 표현했다. •何須: 하필과 같다. •雲雨: 운우지정을 뜻한다. 제8구가 뒷받침한다. 楚王臺는 송옥의 〈고당부(高堂賦)〉에 등장하는 초왕과 무산신녀의 운우지정을 뜻한다. 두보는 이 전설을 떠올리며 둘은 운우지정을 나누게 하면서 왜 나는 방해하는가, 라는 해학으로 풀어냈다.

제3구 龍蛇不成蟄 평평측평측
제4구 天地劃爭回 평측측평평

龍蛇와 天地는 생물과 무생물 개념, 不/成/蟄과 劃/爭/回는 부사/동사/명
사 구성이다.

제5구 卻碾空山過 측측평평측
제6구 深蟠絶壁來 평평측측평

卻碾과 深蟠은 형용사/명사 형태, 碾과 蟠은 관대로 굳이 대장하지 않음으
로써 생생한 표현이 이루어졌다. 空/山/過와 絶/壁/來는 동사/목적어/동사
구성이다.

王十七侍禦掄許攜酒至草堂奉寄此詩便請邀高三十五使君同到
시어 왕윤이 약속대로 술을 가지고 초당에 이른다기에 이 시를 보내어 고사군도 함께 오시도록 초청하다

老夫臥穩朝慵起　늙은이 누울 때만 편해 아침도 게으름이지만
노 부 와 온 조 용 기

白屋寒多暖始開　가난한 집 썰렁하다 온기 비로소 시작입니다
백 옥 한 다 난 시 개

江鸛巧當幽徑浴　목 뺀 황새는 바로 그윽한 길 맞이하려 씻고
강 관 교 당 유 경 욕

鄰雞還過短牆來　안주 될 이웃 닭 다시 낮은 담장 넘어옵니다
인 계 환 과 단 장 래

繡衣屢許攜家醞　비단옷 왕륜은 누차 약속대로 집 술 이끄는데
수 의 루 허 휴 가 온

皂蓋能忘折野梅　고사군께서는 능히 잊고 들판 매화 꺾습니다
조 개 능 망 절 야 매

戲假霜威促山簡　서럽게 서리 위엄 빌려 사군 왕림 재촉하니
호 가 상 위 촉 산 간

須成一醉習池回　취해 익숙한 못 함께한 후 돌아갈 수 있습니다
수 성 일 취 습 지 회

• 초청 편지와 같다. • 臥穩의 안배는 두보의 속내를 그대로 드러낸다. 臥穩 모두 측성이므로 보통은 穩臥로 안배하지만, 누워 있을 때만 편안하다는 뜻을 나타내려고 이렇게 안배했다. • 侍禦: 관직명. • 許: 응낙하다. • 慵: 게으르다. • 白: 아무것도 없다. • 白屋: 가난한 집. • 鸛: 황새. • 巧: 때마침. • 江鸛: 두보 자신. 묘미 있는 표현이다. 황새가 목을 늘이듯이 반가운 손님을 맞이하려는 표현이다. • 제6구 역시 묘미 있는 표현이다. 이웃집 닭을 사서 안주 장만한다는 말과 같다. • 醞은 釀과 같다. 술. • 許: 약속하다. • 제5구는 왕륜의 도움을 달리 표현한 말이다. • 皂蓋는 皂衣와 같다. 관리의 검은색 복장. 고사군을 가리킨다. • 제6구는 간곡한 초청의 반어법이다. • 戲는 호로 읽는다. 서럽다. 이 말에도 친밀감이 들어 있다. • 山簡: 진나라 장군으로 고사군을 가리킨다. • 習池: 산간 장군이 자주 연회를 베풀던 장소지만 자의대로 풀이해둔다. 익숙한 연못은 친한 사이의 술주정과 같다. 여인의 동행을 암시한다. • 江鸛과 鄰雞는 鸛과 雞에 중점이 있다. 巧와 還은 부사, 當/幽徑/浴과 過/短牆/來는 동사/목적어/동사 대장이다.

秋盡

가을 끝나도

秋盡東行且未回 추 진 동 행 차 미 회	가을 가도 동쪽 행로 고난 되돌리지 못해
茅齋寄在少城隈 모 재 기 재 소 성 외	초가는 아내에게 의지해 소성 굽이에 있네
籬邊老卻陶潛菊 이 변 로 각 도 잠 국	울타리는 오래도록 도연명 국화 물리친 격
江上徒逢袁紹杯 강 상 도 봉 원 소 배	강변에서는 헛되이 원소 술 접대를 만난 격
雪嶺獨看西日落 설 령 독 간 서 일 락	설령에서는 홀로 서산 해 바라보다 영락했고
劍門猶阻北人來 검 문 유 조 북 인 래	검문에서는 여전히 오랑캐에 막혀 돌아왔지!
不辭萬里長爲客 불 사 만 리 장 위 객	만리장정을 사양할 수 없는 객이 되니
懷抱何時得好開 회 포 하 시 득 호 개	회포의 날 어느 때 얻어 잘 피겠는가!

• 隈: 굽이. • 少城: 지명. 성도 서쪽 성. • 老: 오래도록. 부사로 쓰였다. • 동한 말년 큰 세력을 이루었던 원소는 대학자 정현을 초청하여 상석에 모셨다. 빈객을 후하게 대접한다는 전고로 쓰인다. 《후한서(後漢書)·정현전(鄭玄傳)》에 근거한다. • 함련은 경련을 이끄는 바탕이다. • 제4구는 반어법이다. 궁중이나 권력자의 초대 술잔이어야지 강변에서 쓸쓸히 마시는 술은 처량한 신세를 나타낸다. • 제5구는 자신을 돌보아주던 사람이 영락한 상황과 자신 역시 의리를 지키다 함께 영락한 상황을 짐작할 수 있다. • 北人: 북방인. 오랑캐를 나타낸다. 西日에 대한 대장으로 이처럼 구성한 것이다. • 제8구는 아내와 가족 상봉의 기약 없는 한탄을 나타낸다. 전고와 지명으로 여러 가지 복잡한 상황을 나타내지만, 이처럼 행간에서 짐작될 수 있도록 구성해야 한다.

제3구 籬邊老卻陶潛菊　평평측측평평측
제4구 江上徒逢袁紹杯　평측평평평측평

籬邊과 江上은 명사/위치, 老와 徒는 부사, 卻/陶潛菊과 逢/袁紹杯는 동
사/목적어로 전고 대장으로 까다로운 구성이다.

제5구 雪嶺獨看西日落　측측측평평측측
제6구 劍門猶阻北人來　측평평측측평평

雪嶺과 劍門은 지명, 獨과 猶는 부사, 看/西日/落과 阻/北人/來는 동사/
목적어/동사 대장이다.

送王十五判官扶侍還黔中

왕 판관이 도울 테니 검중으로 돌아가자고 할 때 전송하며

大家東征逐子回
대 고 동 정 축 자 회
명문가 출신 동쪽 행차 그대 따라 돌아가면

風生洲渚錦帆開
풍 생 주 저 금 범 개
바람이 물가의 비단 돛에 일 듯 피어나리라!

靑靑竹筍迎船出
청 청 죽 순 영 선 출
푸르고 푸른 죽순처럼 배 맞으러 나오리니

白白江魚入饌來
백 백 강 어 입 찬 래
희고도 흰 강 물고기 음식으로 들이겠다네

離別不堪無限意
이 별 불 감 무 한 의
시어의 이별사에 감당할 수 없는 무한 정

艱危深仗濟時才
간 위 심 장 제 시 재
어려움에 깊이 의지하여 때를 구제할 재능

黔陽信使應稀少
검 양 신 사 응 희 소
검양 출신 신의 있는 관리 응당 희소할 터

莫怪頻頻勸酒杯
막 괴 빈 빈 권 주 배
자꾸자꾸 술잔 권한다고 탓하지 마시기를!

•시제에 開 압운을 얻었다고 덧붙여져 있다. 開를 얻었다는 말은 앞날의 평안을 빈다는 뜻이 우선이라는 말과 같다. •大家와 子가 풀이의 핵심이다. 선인은 大家를 모친의 뜻인 大家(대고)로 보아 왕 판관이 모친을 모시고 고향인 검양으로 돌아가는 상황으로 풀이하고 있으나 따르지 않는다. 逐子回가 자식 따라 고향으로 돌아간다는 뜻이라면 함련부터는 모친을 모시는 전혀 다른 전개여야 한다. 모친을 모시고 돌아가는 상황이라면 함련은 왕 시어의 모친에 대한 효도로 보아야 하며 경련 미련과 수미일관하지 않는다. 함련은 두보가 검양에 들르면 귀빈으로 모시겠다는 왕시어의 고별사로 보아야 경련의 무한 정과 상통한다. •靑靑竹筍과 白白江魚는 두보를 모실 여인들을 상징한다. 오늘날 친구에게 날마다 유흥주점 데리고 가겠다는 말과 같다. 친구 사이에 할 수 있는 농담과 같다. •죽순은 죽순이 아니요, 흰 물고기는 흰 물고기가 아니다. 《두시상주》를 비롯한 선인의 풀이와는 완전히 다르므로 논란이 있겠지만 두보의 심정으로 시를 쓰는 마음으로서는 이처럼 풀이할 수밖에 없다. •시제의 扶侍는 반드시 같이 가자는 말이 아니라 두보를 위로하며 기회 되면 검중에 꼭 들르라는 인사치레와 같다. •白白은 日日로도 알려져 있으나 명백한 전사 잘못으로 보아야 한다. 日日은 靑靑과

제3구 靑靑竹筍迎船出　평평측측평평측
제4구 白白江魚入饌來　측측평평측측평

靑靑과 白白은 첩어, 竹筍과 江魚는 식물/동물 개념, 迎/船/出과 入/饌/來는 동사/목적어/동사로 함련은 상징 대장이다.

제5구 離別不堪無限意　평측측평평측측
제6구 艱危深仗濟時才　평평평측측평평

離別과 艱危는 동사, 不堪과 深仗은 부사/동사 형태, 無/限/意와 濟/時/才는 동사/목적어/동사형 명사 대장이다. 無限은 한도를 정할 수 '없다'로 풀이된다.

___

대장되지 않는다. ・東征: 동행(東行)과 같다. ・意는 情이 더 알맞지만 평성이다. ・深仗: 깊이 기대다. ・濟: 돕다. ・風/生/洲渚錦帆/開는 주어/동사/목적어/동사로 풀이해야 문법에 알맞다.

110

小至
동지 앞날

天時人事日相催
천 시 인 사 일 상 최
하늘 때는 인사처럼 매일 서로 재촉하듯

冬至陽生春又來
동 지 양 생 춘 우 래
겨울은 양에 이르러 봄 낳았다 다시 오네

刺繡五紋添弱線
자 수 오 문 첨 약 선
밤 길어 자수 오색무늬 섬약한 실 더하듯

吹葭六琯動浮灰
취 가 육 관 동 부 회
태운 갈대 6음계 뜨는 재의 요동으로 알듯

岸容待臘將舒柳
안 용 대 납 장 서 류
언덕 모습 섣달 대기하여 버들 펼치듯이

山意沖寒欲放梅
산 의 충 한 욕 방 매
산의 뜻이 추위 받아들여 매화 터트리듯

雲物不殊鄉國異
운 물 불 수 향 국 이
구름 색깔 다르지 않아도 고향이 좋다고

教兒且覆掌中杯
교 아 차 복 장 중 배
아이 가르치다가 또다시 손안의 술잔이여!

• 열심히 살다 보면 좋은 날 맞이한다는 아버지의 가르침이다. 세월은 유수 같다는 수련의 표현에 더하여 함련은 꾸준히 노력하라는 또 다른 표현이며, 경련은 고난을 참고 견뎌내라는 말과 같다. 제7구는 귀향의 그리움, 제8구는 현실의 직시로 선명한 대조를 이룬다. 무언가 약간 횡설수설하는 듯한 표현이 취중에 자식 불러 훈계하는 꼰대 아버지의 모습 같아 눈에 선하다. • 언덕은 언덕이 아니요, 버들은 버들이 아니며, 산은 산이 아니요, 매화는 매화가 아니다. • 臘: 납으로 읽는다. 섣달. • 弱: 약하다. 모자라다. • 線: 실. • 吹: 불태우다. • 琯: 옥피리. 음률을 정하는 관. • 沖: 겸허하다. 웅하다. • 제3구는 동지 무렵 긴 밤에 여인들의 자수 시간이 늘어난다는 뜻이다. •吹葭六琯: 갈대 태운 재를 음률 정하는 통에 넣어 재가 뜨는 모습으로 절기를 정한 일을 가리킨다. • 제4구는 선인의 주석에 근거하지 않으면 자의대로 풀이하기 어렵다. • 雲物: 구름 기운. 구름 색깔. • 鄉國: 고향. • 異: 기이하다. 뛰어나다. • 覆: 부로 읽는다. 다시.

제3구 刺繡五紋添弱線 측측측평평측측
제4구 吹葭六琯動浮灰 평평측측측평평

刺繡와 吹葭는 동사/목적어 또는 형용사/명사로 보아도 통한다. 五紋/添/弱線과 六琯/動/浮灰는 주어/동사/목적어로, 함련은 상징 대장이다.

제5구 岸容待臘將舒柳 측평측측평평측
제6구 山意沖寒欲放梅 평측평평측측평

岸容/待/臘과 山意/沖/寒은 주어/동사/목적어로 岸과 山은 자연, 容과 意는 구체와 추상 대장이다. 將舒/柳와 欲放/梅는 동사/목적어로, 경련은 상징 대장이다.

奉陪鄭駙馬韋曲 ⑴

삼가 정 부마를 위곡에서 모시며 ⑴

韋曲花無賴　위곡의 술집마다 기생들은 믿을 수 없으니
위 곡 화 무 뢰

家家惱殺人　안 들른다고 원망하며 사람을 죽이려 드네
가 가 뇌 살 인

綠尊雖盡日　술은 비록 종일 마실 수 있지만
녹 존 수 진 일

白髮好禁春　백발은 다행히 춘정 금지시키네
백 발 호 금 춘

石角鉤衣破　돌부리 같은 물건이 옷을 끌어당겨 찢을 듯한 분위기
석 각 구 의 파

藤枝刺眼新　등나무 가지 같은 여인은 눈 흘기면서 처음이라 하네
등 지 자 안 신

何時占叢竹　어느 때 무리 지은 대숲을 점령하겠는가!
하 시 점 총 죽

頭戴小烏巾　머리에는 작은 두건 겨우 둘렀을 뿐인데!
두 대 소 오 건

•농이 무르익는 질펀한 술자리에서 정 부마를 부러운 시선으로 훔쳐보는 두보의
모습이 훤하다. •駙馬: 황제 사위의 별칭. •禁은 평측 모두 안배가 가능하다. 현대
성조와 같다. •綠尊: 녹준(綠樽)과 같다. 술. •石角: 성기를 상징한다. •叢竹: 여인의
음모를 상징한다. •烏巾: 벼슬 못 한 은자의 관. 초라한 신세를 상징한다.

제3구 綠尊雖盡日 측평평측측
제4구 白髮好禁春 측측측평평

綠尊과 白髮은 색깔/명사, 雖/盡/日과 好/禁/春은 부사/동사/목적어의 구성이다.

제5구 石角鉤衣破 측측평평측
제6구 藤枝刺眼新 평평측측평

石角과 藤枝는 명사형 형용사/명사로, 角과 枝에 중점이 있다. 상징어의 구성이다. 鉤/衣/破와 刺/眼/新은 동사/목적어/동사의 구성이다.

奉陪鄭駙馬韋曲 (2)
삼가 정 부마를 위곡에서 모시며 (2)

野寺垂楊里　비루한 내시 물건은 버들가지 드리운 듯
야 시 수 양 리

春畦亂水間　봄 둔덕은 마음 어지럽히는 물 사이라네
춘 휴 란 수 간

美花多映竹　아름다운 꽃 여인이 자주 대숲을 비추니
미 화 다 영 죽

好鳥不歸山　꽃 좋아하는 새는 산으로 돌아갈 수 없네
호 조 불 귀 산

城郭終何事　성곽에서 끝내 무슨 일 있었던가!
성 곽 종 하 사

風塵豈駐顏　풍진 세상 어찌 염치 차리겠는가!
풍 진 기 주 안

誰能共公子　누군들 공자와 술자리 함께하면서
수 능 공 공 자

薄暮欲俱還　땅거미 졌으니 돌아가자 하겠는가!
박 모 욕 구 환

•끝내 유혹을 이기지 못한 두보의 진심 어린 변명이라는 변호는 구차할 뿐이다. •野: 비루하다. •寺: 시로 읽는다. 내시. 野寺는 자신의 물건을 가리킨다. 정 부마를 모신 자리이므로 자신은 어찌해볼 도리가 없는 처지여서 내시에 비유한 것이다. 垂楊이 이러한 사실을 뒷받침한다. •春畦: 음부 둔덕. •亂水: 애액과 같다. 술로 보아도 통한다. •竹은 죽림으로 음부의 털을 가리킨다. •제3구는 보여줄 듯 말 듯 기생이 유혹하는 장면이다. •顏: 체면. 염치. 駐顏의 자의는 얼굴이 늙지 않는다는 뜻이지만, 염치 불고이다. •誰能은 제8구를 포함한다.

제3구 美花多映竹 측평평측측
제4구 好鳥不歸山 측측측평평

美花와 好鳥는 형용사/명사로 상징의 대장이며, 多/映/竹과 不/歸/山은 부사/동사/목적어로 映竹과 歸山 역시 상징 구성이다.

제5구 城郭終何事 측측평평측
제6구 風塵豈駐顏 평평측측평

城郭과 風塵은 선명한 대장을 이룬다. 終과 豈는 부사, 何와 駐는 의문사/동사로 관대에 속한다. 대장하지 않음으로써 생생한 표현이 이루어졌다.

促織

귀뚜라미

促織甚微細 촉 직 심 미 세	귀뚜라미 몸체는 매우 작고도 가녀린데도
哀音何動人 애 음 하 동 인	슬픈 울음 어찌 그리 사람 요동시키는가!
草根吟不穩 초 근 음 불 온	서리 내린 풀뿌리 사이에서의 신음 편안하지 않다가
牀下夜相親 상 하 야 상 친	침상 아래 함께 보내는 밤에야 비로소 서로 가깝네
久客得無淚 구 객 득 무 루	오랜 객 체득으로 눈물조차 흘릴 수 없고
放妻難及晨 방 처 난 급 신	버려진 처는 환난으로 고난의 아침 맞으리!
悲絲與急管 비 사 여 급 관	슬픈 현악과 급박한 관악
感激異天眞 감 격 이 천 진	감개 격앙의 음악도 천진한 소리와는 차이가 있다네

• 促織: 실솔(蟋蟀) 또는 공(蛬)으로도 쓴다. • 促織甚微細는 귀뚜라미 소리는 매우 '가늘다'라고 풀이하지만, 위와 같은 풀이도 가능하다. • 草根吟不穩은 서리 내린 추운 가을밤에 시든 풀 사이에서 슬프게 우는 귀뚜라미 소리에 마음이 편치 않다는 뜻이다. • 親: 近과 같다. 가깝다. 親近으로도 풀이할 수 있다. • 得의 풀이는 분분하다. '어찌'의 뜻으로 풀이하기도 하지만, '難'과 대장되지 않는다. 체념(諦念)과 같다. 즉 오랜 세월 나그네 신세를 체념해 흘릴 눈물조차 없다는 반어적 표현이다. • 放妻: 버려진 처. 실제로 처를 버린 것이 아니라 어쩔 수 없이 멀리 떨어져 있는 상황을 나타낸다. • 久客~及晨은 상황을 연상할 수 있는 함축의 표현이다. • 悲絲: 슬픈 현악. • 急管: 격앙 강개한 관악. • 天眞: 세파에 젖지 않은 순진무구한 참된 마음으로, 귀뚜라미 울음소리를 형용한다. 悲絲~天眞은 어떠한 음악 소리도 귀뚜라미의 천진한 소리에는 미치지 못한다는 뜻이지만, 제2구의 애음과 관련지어 생각해보면, 천진 표현은 약간 어색하다. 眞으로 압운했으므로, 대체할 만한 압운자가 없다. 이러한 경우는 압운의 단점이다.

제3구 草根吟不穩 측/평/평측/측
제4구 牀下夜相親 평측/측/평/평

草根과 牀下는 명사/위치로 根, 下처럼 위치를 나타내는 대장은 참고할
만하다. 吟, 夜는 명사, 不穩과 相親은 부사/동사 구성이다.

제5구 久客得無淚 측/측/측/평측
제6구 放妻難及晨 측/평/평측/평

久客과 放妻는 형용사/명사, 得과 難은 명사형 동사, 無淚, 及晨은 동사/
목적의 형태 구성이다. 無, 及의 대장은 활용할 만하다. 명가의 평가는 다음
과 같다.

• 促織甚微細, 哀音何動人은 물음이다. 草根, 牀下를 통해, 객은 눈물 흘
리고 처는 슬퍼하여, 사람의 마음을 동요시키니, 이는 何에 대한 대답이다.
두보 시가 사람을 감격하게 하는 까닭은 바로 이러한 점에 있으니, 미물에
빗대 타인의 마음을 요동치게 한다.
• 草根吟不穩은 애음(哀音)과 세미(微細)의 감정을 북돋아준다.[청대 하작
(何焯) 《의문독서기(義門讀書記)》]
• 미련에서는 사물로 서로를 비교했다. 저쪽을 억누르고, 이쪽을 고양하여
시제의 품격을 높였다. 귀뚜라미를 영탄하면서 악기 소리를 인용하지 않았다
면 외로운 기러기를 영탄하면서 들판의 까마귀를 인용하지 않는 것과 같다.
[청대 구조오(仇兆鰲) 《두시상주(杜詩詳注)》]
• 哀音이 이 시의 주제이다. 견딜 수 없는 이별의 감정과 상대방을 그리는
마음을 표출했다.[청대 포기룡(浦起龍) 《독두심해(讀杜心解)》]

百舌
백설새

百舌來何處 백 설 래 하 처	간신 같은 백설 새는 어디에서 왔는가!
重重只報春 중 중 지 보 춘	거듭거듭 단지 봄 같은 소리만을 알릴 뿐
知音兼衆語 지 음 겸 중 어	알리는 소리는 수많은 유언비어 겸한 것 같고
整翮豈多身 정 핵 개 다 신	단정한 듯한 깃은 다양한 변신으로 화락한 듯
花密藏難見 화 밀 장 난 견	꽃은 농밀해도 감추어져 있으면 보기 어렵지만
枝高聽轉新 지 고 청 전 신	가지 높아도 울음 들리어 더욱 새로워지는 듯
過時如發口 과 시 여 발 구	때 지나면 터럭만도 못 할 부리일 것인데도
君側有讒人 군 측 유 참 인	주군 곁에서 어진 신하를 헐뜯는 것 같네

• 백설 새를 빌려 간신의 행위를 풍간했다. •百舌: 새 이름. 고운 울음소리를 내며 소리의 변화가 다양하다. •翮: 깃. 촉. •豈: 개로 읽는다. 화락하다. •聽: 복종하다. •轉: 더욱더.

제3구 知音兼衆語 평평평측측
제4구 整翮豈多身 측측측평평

知音과 整翮은 형용사/명사, 兼/衆語와 豈/多身은 동사/목적어로 衆과 多는 숫자 개념 구성이다.

제5구 花密藏難見 평측평평측
제6구 枝高聽轉新 평평평측평

花密藏과 枝高聽은 주어/형용동사/형용동사, 難見과 轉新은 부사/동사의 구성이다. 難見은 어렵사리 '볼 수 있다'로 풀이할 수 있다.

江月
강물 속의 달

江月光於水 강 월 광 어 수	강물 속 달빛이 물 따라 흐르는 것처럼
高樓思殺人 고 루 사 살 인	높은 누각에서의 온갖 생각 사람 죽일 듯
天邊長作客 천 변 장 작 객	하늘가 같은 이역에서 오랜 객의 신세
老去一霑巾 노 거 일 점 건	늙어갈수록 온통 수건 적실 일뿐이네
玉露團清影 옥 로 단 청 영	옥 이슬이 맑은 그림자로 뭉쳐질 때 이르러
銀河沒半輪 은 하 몰 반 륜	은하 같은 강물 절정으로 내달리던 달을 묻네
誰家挑錦字 수 가 도 금 자	누구 집에서 비단 같은 언어 문자로 꼬드기는가!
滅燭翠眉顰 멸 촉 취 미 빈	꺼진 촛불에 눈썹 찡그려질 정도로 교태로울 듯

•於: ~에서. 따라. 경련은 새벽이 다가옴을 나타낸다. •半: 절정. •輪: 달을 나타낸다.
•挑: 돋우다. 꼬드기다. •翠眉: 화장한 여인의 눈썹. 화장한 눈썹이 물총새의 깃과
같다고 해서 붙은 별칭이다. •錦字: 금자서(錦字書)와 같다. 비단에 새긴 글자로서
화려한 언사를 나타낸다. •미련은 부부간의 애정을 암시한다.

제3구 天邊長作客 평평평측측
제4구 老去一霑巾 측측측평평

長/作/客과 一/霑/巾은 부사/동사/목적어로 長과 一은 숫자 구성이다. 天邊과 老去는 관대에 속하지만, 함련은 원인과 결과를 나타낸 묘미 있는 구성이다.

제5구 玉露團清影 측측평평측
제6구 銀河沒半輪 평평측측평

玉露와 銀河는 명사형 형용사/명사로 露와 河에 중점이 있다. 團/清影과 沒/半輪은 동사/목적어 구성이다.

能畫
획책에 능할지라도

能畫毛延壽 능 획 모 연 수	그림에 하늘이 부여한 능력을 지닌 모연수
投壺郭舍人 투 호 곽 사 인	투호의 명성을 떨친 곽사인은 어떠했던가!
每蒙天一笑 매 몽 천 일 소	매번 천자의 은혜를 입어 온통 웃을 일뿐
複似物皆春 부 사 물 개 춘	거듭 재물 받아 모두 봄날 같은 인생이었지!
政化平如水 정 화 평 여 수	황제 덕화로 평안해져 흐르는 물 같은 인생
皇恩斷若神 황 은 단 약 신	황제 은혜 한결같아 타인에게 신처럼 굴었지!
時時用抵戲 시 시 용 저 희	등용은 때로 유희 능력도 저당 잡힐 수 있지만
亦未雜風塵 역 미 잡 풍 진	이 또한 섞여들 수 없어 풍진의 세상에 처하네

• 시제의 畫는 획으로 읽는다. 획책과 같다. 부정의 의미로 쓰였다. 미련에 근거한다.
• 能: 단순히 능하다는 정도의 풀이만으로는 부족하다. • 投壺: 투호로 풀이해도 통하지
만, 投를 떨치다, 壺를 명사인 투호 놀이로 보아 자의대로 풀이해둔다. • 蒙: 받다.
입다. • 天: 천자의 은혜. 蒙天과 似物의 대장으로 풀이해둔다. • 似: 잇다. 상속하다.
• 物: 재물. • 似物은 모연수가 천자에게 바칠 여인을 그릴 때마다, 곽사인이 투호
묘기를 보일 때마다 천자의 은혜를 입어 재물 그 자체 같다는 뜻으로 쓰였다. • 政化는
정치교화가 아니라 부정의 뜻을 나타낸다. • 抵: 겨루다. 저당 잡히다. • 戲: 유희.
• 미련은 모연수와 곽사인의 능력에 빗대어 아첨의 능력을 나타낸다.

제3구 每蒙天一笑 측평평측측
제4구 複似物皆春 측측측평평

每/蒙/天/一/笑와 複/似/物/皆/春은 부사/동사/목적어/부사/명사형 동사로 一과 皆는 숫자 구성이다.

제5구 政化平如水 측측평평측
제6구 皇恩斷若神 평평측측평

政化와 皇恩은 같은 뜻으로 化와 恩에 중점이 있다. 平과 斷은 형용동사, 如水와 若神은 동사/목적어 구성이다.

懷舊
친구를 그리워하며

地下蘇司業 지 하 소 사 업	지하의 소사업이여! 소사업이여!
情親獨有君 정 친 독 유 군	정감 어린 친구는 유독 그대뿐
那因喪亂後 나 인 상 란 후	아무리 이러한 재앙과 혼란의 후일지라도
便有死生分 편 유 사 생 분	이처럼 곧장 삶과 죽음으로 나뉜단 말인가!
老罷知明鏡 노 파 지 명 경	따르려니! 늙음은 거울만으로 깨닫겠는가!
悲來望白雲 비 래 망 백 운	슬픔 슬픔뿐이려니! 흰 구름 보는 일조차!
自從失詞伯 자 종 실 사 백	이로써 시사의 백중세를 잃었으니
不複更論文 불 부 갱 론 문	어찌 더 시문 논하랴! 이 사람아! 이 사람아!

• 친한 친구를 먼저 보낸 피 토하는 심정을 표현했다. 자의만으로는 그 느낌을 모두 나타내기 어렵다. 이면의 감정을 보아내야 한다. •蘇司業: 두보의 절친이다. •老: 생애를 마치다. •罷와 來는 어조사 형태로 쓰였다. •自從: 이로써.

제3구 那因喪亂後 측평평측측

제4구 便有死生分 측측측평평

那와 便은 의문사/부사로 상용하는 방법이다. 因~後와 有~分의 대장은 작시에서 잘 활용할 수 있어야 다양한 표현을 할 수 있다. 喪亂과 死生의 네 운자 비중은 같다. 死生은 天地처럼 자대에 해당한다.

제5구 老罷知明鏡 측측평평측

제6구 悲來望白雲 평평측측평

老罷와 悲來는 동사/어조사로 생동감 있는 느낌을 준다. 知/明鏡과 望/白雲은 동사/목적어로 明과 白은 색깔의 개념이다.

南楚

남쪽 초 지방 젊은 놈들은

南楚青春異 남 초 청 춘 이	남쪽 초 지방 젊은 놈들 행동은 이상야릇
暄寒早早分 훤 한 조 조 분	잘 대할지 데면데면해야 할지 분명해지네
無名江上草 무 명 강 상 초	이름 모를 강변의 풀과 같은 나의 처지
隨意嶺頭雲 수 의 령 두 운	제 마음대로인 고갯마루 구름 같은 놈들
正月蜂相見 정 월 봉 상 견	정월의 벌이 서로 만나 다투는 것 같고
非時鳥共聞 비 시 조 공 문	때아닌 새가 우는 것처럼 함부로 묻네
杖藜妨躍馬 장 려 방 약 마	지팡이 짚을 때는 말 같은 놈들 방해할까 봐
不是故離群 불 시 고 리 군	아니다 싶어 일부러 무리에서 떨어져서 걷네

• 青春이 풀이의 핵심 시어이다. 젊은 놈들. 부정으로 쓰였다. 타향살이의 서러움과 텃세를 절묘한 풍자로 나타냈다. 시성이로다! 왜 두보가 타향살이에 그처럼 괴로워했는지 이 한 편으로도 짐작이 간다. • 暄寒: 잘 대할지 쌀쌀맞게 대할지. 아무리 애를 써도 헛일이라는 뜻이 담겨 있다. 날씨를 나타내고자 했다면 이렇게 표현하지 않는다. • 早早: 일찌감치. • 正月蜂: 먹이가 없을 때이므로 벌끼리 다투기 쉽다. 젊은이들의 험한 상태를 나타낸다. • 非時鳥: 버릇이 없음을 나타낸다. 새소리도 제철에 울어야 괴이하게 들리지 않는다. 무례하게 대하는 태도를 풍자한 것이다. • 杖: 의지하다. • 不是: 아니다. • 故: 일부러.

제3구 無名江上草 평평평측측
제4구 隨意嶺頭雲 평측측평평

無名과 隨意는 동사/목적어 형태, 江上/草와 嶺頭/雲은 형용사/명사 형태로 上과 頭는 위치를 나타낸다. 江上은 江邊과 같지만, 邊은 평성이므로 안배하기 어렵다.

제5구 正月蜂相見 측측평평측
제6구 非時鳥共聞 평평측측평

正/月/蜂과 非/時/鳥는 동사/목적어/명사 형태로 正月과 非時는 시간 개념이다. 相見과 共聞은 부사/동사 구성이다.

晨雨
아침 비

小雨晨光內 소 우 신 광 납	이슬비에 아침 햇빛 나지 않고
初來葉上聞 초 래 엽 상 문	처음에는 나뭇잎 위에 떨어지는 소리
霧交才灑地 무 교 재 쇄 지	가랑비에 안개 교차하며 땅에 뿌려지다가
風逆旋隨雲 풍 역 선 수 운	바람이 거슬러 불자 곧바로 구름 따르네
暫起柴荊色 잠 기 시 형 색	잠시 섶과 가시나무와 같은 거친 기색의 흥기
輕霑鳥獸群 경 점 조 수 군	이내 가랑비로 변하며 조수무리 살짝 적시네
麝香山一半 사 향 산 일 반	사향산의 전체 또는 절반 풍경은
亭午未全分 정 오 미 전 분	한낮에도 완전하게 구분되지 않네

• 柴荊色이 풀이의 핵심이다. • 구조오(仇兆鰲, 1638~1717)는 《두시상주(杜詩詳注)》에서 柴荊을 관목으로 보아 '비에 맞은 관목이 본래의 색을 드러냈다'고 했으나, 잘못된 풀이이다. 柴荊을 관목이라고 풀이하면 鳥獸와 대장될 수 없으며, 色을 쓴 이상 제6구에는 群 대신 색깔을 나타내는 압운을 해야 한다. 色은 색깔이 아니라 기색 또는 상태로 풀이해야 정확하게 대장된다. • 一半 또한 한쪽의 반이 아니라 전체 또는 부분을 뜻한다. 아침부터 가랑비가 내리며 정오까지 안개가 겹치며 갤 듯 말 듯 상황에 사향산이 보였다, 안보였다 하는 모습을 표현한 것이다. 그림을 보는 것 같은 선명한 표현이다. • 小雨: 이슬비. 가랑비. • 初來葉上聞구는 처음에는 나뭇잎에서 소리가 날 정도로 양이 조금 많았다는 뜻이다. • 晨光: 아침. 햇빛. • 內: 납(納)으로 읽는다. 되돌리다. 반납하다. • 제1구는 비로 인해 햇빛이 나지 않는다는 뜻이다. • 旋: 오래지 않아. 금방. 風逆旋隨雲은 바람에 가랑비가 실버들 가지처럼 휘날리는 모습의 형용이다. 바람이 불 때 가랑비의 모습을 관찰해보면 정확한 표현임을 알 수 있다.

제3구 霧交才灑地　측평평측측
제4구 風逆旋隨雲　평측측평평

霧交와 風逆은 주어(자연)/동사의 구성이다. 才와 旋은 부사, 灑/地와 隨/雲은 동사/목적어 구성이다.

제5구 暫起柴荊色　측측평평측
제6구 輕霑鳥獸群　평평측측평

暫과 輕은 부사, 起와 霑은 동사, 柴荊과 鳥獸는 식물과 동물로 네 운자의 비중은 같다. 色과 群은 명사 구성이다.

曲江 ⑴
곡강 ⑴

一片花飛減卻春 　한 조각 꽃잎 날며 줄어도 봄 물리치는데
일 편 화 비 감 각 춘

風飄萬點正愁人 　바람이 만 점 날리니 바로 근심 더할 뿐
풍 표 만 점 정 수 인

且看欲盡花經眼 　그래도 보려니 진 꽃잎만 눈앞 지날 뿐이니
차 간 욕 진 화 경 안

莫厭傷多酒入脣 　애태워 많은 술 입술 들여도 어쩔 수 없네
막 염 상 다 주 입 진

江上小堂巢翡翠 　곡강 위의 작은 집만 물총새를 깃들인 격
강 상 소 당 소 비 취

苑邊高塚臥麒麟 　부용원 높은 무덤은 기린을 잠들게 한 격
원 변 고 총 와 기 린

細推物理須行樂 　곰곰이 사물 이치 추론하면 모름지기 행락
세 추 물 리 수 행 락

何用浮名絆此身 　어찌 허명으로 사역하며 이 몸을 얽매는가!
하 용 부 명 반 차 신

•바람은 실제의 바람이 아니라 군주의 탄압 바람이며, 진 꽃은 두보 자신으로 일말의 기대를 나타내지만 눈앞에서 사라질 뿐이다. •入脣은 술만 자꾸 들이킨다는 뜻으로 眞운에서는 眼과의 대장으로 脣 외에 대체할 압운이 없다. •비취 깃은 고관의 장식품으로 높은 벼슬을 상징하므로 작은 집 비취는 높은 무덤 기린과 더불어 영락한 자신의 신세를 나타낸다. •제7구는 조정의 혼란 상황을 한탄하는 반어법이다. •숙종이 옛 신하들을 배제하자 두보도 억압받았다는 선인의 주석을 바탕으로 삼으면 더욱 명확하게 표현의 진의를 짐작할 수 있다. •꽃은 꽃이 아니요, 바람은 바람이 아니며, 비취는 비취가 아니요, 기린은 기린이 아니다. •은유로 풀어낸 시언지(詩言志)의 모범 답안 같다.

제3구 且看欲盡花經眼 측평측측평평측
제4구 莫厭傷多酒入脣 측측평평측측평

且/看/欲盡花經眼과 莫/厭/傷多酒入脣은 부사/동사/ 목적어 형태 대장으로 우리말 풀이로는 어색하다.

제5구 江上小堂巢翡翠 평측측평평측측
제6구 苑邊高塚臥麒麟 측평평측측평평

江上과 苑邊은 지명/위치 형태, 小堂/巢/翡翠과 高塚/臥/麒麟은 주어/동사/목적어로 翡翠와 麒麟은 동물 개념이다. 경련은 상징 대장이다.

曲江 (2)
곡강 (2)

朝回日日典春衣
조 회 일 일 전 춘 의
조회 후 매일 매일 봄옷을 저당 잡히듯이

每日江頭盡醉歸
매 일 강 두 진 취 귀
매일매일 강 머리에서 고주망태 돌아가네

酒債尋常行處有
주 채 심 상 행 처 유
외상 술값 7천 원은 들르는 곳마다 있지만

人生七十古來稀
인 생 칠 십 고 래 희
인생 칠십 온전한 자 예로부터 드물었다네

穿花蛺蝶深深見
천 화 협 접 심 심 견
꽃을 꿰뚫은 나비는 깊숙이 숨어도 보이고

點水蜻蜓款款飛
점 수 청 정 관 관 비
물에 꼬리 점찍은 잠자리도 느릿느릿 나네

傳語風光共流轉
전 어 풍 광 공 류 전
말을 전하는 풍광이 함께 흐르듯 전전해도

暫時相賞莫相違
잠 시 상 상 막 상 위
잠시라도 서로 칭찬했다면 서로 원망 말길!

•봄옷을 저당 잡힌다는 말은 관복 자체가 외상술값 보증수표라는 뜻이다. 衣가 압운이므로 이처럼 표현했다. •盡醉: 엉망으로 취했다는 뜻이지만 한자의 표현으로는 생동감이 부족하다. 우리말의 생동감을 느낄 수 있다. •尋常은 외상술값 7천 원으로 풀이해둔다. •경련은 매우 은유적인 표현이다. 어떠한 방법으로든 연줄을 잡아 관직을 유지한 관원들을 나타낸다. •꽃은 꽃이 아니요, 나비는 나비가 아니며, 물은 물이 아니며, 잠자리는 잠자리가 아니다. •경련의 자의대로 한가한 표현이라면 수련 함련과 수미일관하지 않는다.

제3구 酒債尋常行處有 측측평평평측측
제4구 人生七十古來稀 평평측측측평평

酒債와 人生은 債와 生에 중점이 있다. 尋常과 七十은 숫자 대장이다. 1尋은 약 8척으로 2.4m, 1常은 1장 6척으로 약 4.8m에 해당한다. 尋常은 약 7m로 70과 절묘한 숫자 대장을 이룬다. 전체로 보면 관대에 속하지만 이러한 대장 표현이야말로 감탄에 감탄을 더할 뿐이다.

제5구 穿花蛺蝶深深見 평평측측평평측
제6구 點水蜻蜓款款飛 측측평평측측평

穿花와 點水는 동사/목적어, 蛺蝶과 蜻蜓은 동물 개념, 深深/見과 款款/飛는 첩어/동사로 경련은 은유의 상징 표현이다.

題鄭縣亭子
정현의 정자에서 쓰다

鄭縣亭子澗之濱 정현의 정자는 산골짜기의 물가에 임하여
정현정자간지빈

戶牖憑高發興新 문과 들창도 기댈 듯 높아 흥 일며 새롭네
호유빙고발흥신

雲斷嶽蓮臨大路 구름이 최고봉 연꽃 끊어 대로에 임한 상황
운단악련림대로

天晴宮柳暗長春 하늘도 궁전 버들만 맑혀 긴 봄 암울한 신세
천청궁류암장춘

巢邊野雀群欺燕 새집 주변 들 참새 무리가 제비 업신여긴 격
소변야작군기연

花底山蜂遠趁人 꽃 아래 산 벌이 멀리까지 사람 쫓아내는 격
화저산봉원진인

更欲題詩滿青竹 다시 시로써 푸른 대나무 만족시키고 싶지만
갱욕제시만청죽

晚來幽獨恐傷神 만년에 쓸쓸해질 고독과 상심을 두려워할 뿐
만래유독공상신

• 참으로 놀라운 은유 표현이다. • 鄭縣은 지명으로 실제 정현의 정자일 수도 있지만, 산골짜기의 어떠한 정자이든 상관없다. • 戶牖의 은유가 풀이의 핵심이다. 문과 창의 구조는 누각이나 정자의 품격을 높여주는 역할을 하지만 수련에서는 오히려 기댄다고 표현했다. 문과 창문은 두보 자신이며 정현의 정자는 자신이 기댈 언덕이다. • 함련과 경련은 자신과 자신이 기대는 언덕의 실의를 표현했다. • 제3구는 자신을 실의로 내몬 상대방을 구름으로 표현했으며 이 구름이 대로를 활보하는 상황이다. • 봉우리 연은 두보 또는 두보가 기대던 인물이다. • 嶽: 우뚝 솟다. • 제4구의 하늘은 천자이며 버들은 간신 또는 미인으로 향락에만 빠져 있는 조정의 혼란에 암울한 봄을 맞은 상황이다. • 경련의 참새와 벌은 함련의 상황을 더욱 구체적으로 나타낸다. • 제비와 사람은 두보 자신의 또 다른 표현으로 참새와 벌 같은 무리에 의해 설 자리를 잃은 것이다. • 미련의 푸른 대나무는 진실한 상관 또는 천자의 등극을 바라는 마음의 표현이지만 현실은 그러하지 못하므로 또다시 등용되더라도 버려질까 상심한 표현이다. • 구름은 구름이 아니요, 연꽃은 연꽃이 아니며, 대로는 대로가 아니요, 하늘은 하늘이 아니다. 버드나무는 버드나무가 아니요, 봄은 봄이 아니며, 참새는 참새가 아니요, 제비는

제3구 雲斷嶽蓮臨大路 평측측평평측측
제4구 天晴宮柳暗長春 평평평측측평평

雲/斷/嶽蓮과 天/晴/宮柳는 주어/동사/목적어, 臨/大路와 暗/長春은 동사/목적어로 함련은 상징 대장이다.

제5구 巢邊野雀群欺燕 평평측측평평측
제6구 花底山蜂遠趁人 평측평평측측평

巢邊野雀/群/欺/燕과 花底山蜂/遠/趁/人은 주어/부사/동사/목적어로 邊과 底는 위치 대장이다.

제비가 아니며, 꽃은 꽃이 아니요, 벌은 벌이 아니다.

九日
중양절

去年登高郪縣北　높은 누대 오른 작년의 처현 북쪽 중양절
거 년 등 고 처 현 북

今日重在涪江濱　오늘 거듭 부강의 물가에서 맞을 줄이야!
금 일 중 재 부 강 빈

苦遭白髮不相放　고난 속에 백발 된 채 벗어나지 못했기에
고 조 백 발 불 상 방

羞見黃花無數新　부끄럽게도 국화주만 그야말로 새롭다네
수 견 황 화 무 수 신

世亂鬱鬱久爲客　세상 혼란 울적 답답 오랜 세월 객이 되니
세 란 울 울 구 위 객

路難悠悠常傍人　행로 고난 근심 아득 항상 타인 의지하네
노 난 유 유 상 방 인

酒闌卻憶十年事　술과 난간이 또다시 10년 고난사 떠올리니
주 란 각 억 십 년 사

腸斷驪山清路塵　창자는 여산서 끊어져 맑은 길 먼지투성이
장 단 려 산 청 로 진

•제4구가 풀이의 핵심이다. 국화가 새롭다면 수미일관하지 않는다. 술에 기댈 뿐이라는 심정을 나타낸다. 미련의 심정이 뒷받침한다. •郪縣: 지명. •涪江: 지명. •遭: 만나다. 좋지 않은 일에 쓰인다. •不相放: 고난과 백발이 서로 놓아주지 않다. 백발에도 고통을 벗어나지 못하는 처량한 신세를 나타낸다. 無數新에 대한 대장으로 이처럼 표현된 것이다. 의역해둔다. •鬱: 답답하다. 울적하다. •悠: 아득하다. 근심하다.

137

제3구 苦遭白髮不相放 측평측측측평측
제4구 羞見黃花無數新 평측평평평측평

苦/遭/白髮과 羞/見/黃花는 부사/동사/목적어, 不相/放과 無數/新은 동사/동사 대장이다.

제5구 世亂鬱鬱久爲客 측측측측측평측
제6구 路難悠悠常傍人 측평평평평측평

世亂과 路難은 주어/동사, 鬱鬱과 悠悠는 첩어, 久/爲/客과 常/傍/人은 부사/동사/목적어 대장이다.

赤甲
적갑산

卜居赤甲遷居新 적갑산 부근 거처 정해 이사하여 새로우니
복 거 적 갑 천 거 신

兩見巫山楚水春 두 번이나 무산과 초 지방 강물 봄 보았네
양 견 무 산 초 수 춘

炙背可以獻天子 등에 햇볕 쬐는 기분 천자에게 알릴 만하고
적 배 가 이 헌 천 자

美芹由來知野人 맛있는 미나리 유래는 촌사람에게 알려주네
미 근 유 래 지 야 인

荊州鄭薛寄書近 형주 지방 정심 설거는 편지 보내 가깝지만
형 주 정 설 기 서 근

蜀客郤岑非我鄰 촉 나그네 극앙과 잠참은 내 이웃 아니라네
촉 객 극 잠 비 아 린

笑接郎中評事飲 이러한 우스개로 낭중 평사 영접해 마시며
소 접 랑 중 평 사 음

病從深酌道吾眞 병이야 깊어진들 마시며 내 진심 말한다네
병 종 심 작 도 오 진

• 炙: 등의 물기를 말리다. • 獻: 진상하다. 알리다. 반드시 헌상한다는 뜻이 아니라 알릴 정도로 좋다는 뜻이다. • 제3구는 두보가 알린다는 뜻이며 제4구는 촌사람이 촌사람 된 자신에게 알려준다는 말이다. • 제6구는 극앙과 잠참을 그리워하는 반어법이다. 笑는 이러한 내용을 뒷받침한다.

燕子來舟中作
제비가 배 안으로 날아 들어와 짓다

湖南爲客動經春 호남 지방 객이 되어 동요하며 봄 겪었으니
호남위객동경춘

燕子銜泥兩度新 제비가 진흙 물어온 지 두 차례나 바뀌었네
연자함니량도신

舊入故園嘗識主 옛날 고향에서는 일찍이 주인 알아보았는데
구입고원상식주

如今社日遠看人 지금 이 춘분 제비 멀리서만 사람 바라보네
여금사일원간인

可憐處處巢居室 가련하게도 곳곳마다 둥지를 틀어야 하니
가련처처소거실

何異飄飄托此身 표표히 이 몸 의탁 방법과 무엇이 다른가!
하이표표탁차신

暫語船檣還起去 잠시 돛대에서 지저귀다 다시 날아서는
잠어선장환기거

穿花貼水益霑巾 꽃 뚫다 물에 붙다 더 수건 적시게 하네
천화첩수익점건

•作은 제비를 보고 시를 '짓다'와 제비가 날아 들어와 집을 '짓다'의 두 가지 풀이가
가능하다. •배는 배가 아니라 초당을 의미한다. 타향이므로 배로 표현한 것이다. •수련
은 2년 동안 호남에서 지냈다는 뜻이다. •新: 새로 바뀌다. •社日: 토지신에게 제사
지내는 날. 입춘과 입추 후의 다섯 번째 戊日에 해당한다. 음력이 표시된 달력을 참조하면
날짜를 알 수 있다. 春分으로 안배하면 명확하지만, 평성이어서 안배하기 어렵다.
춘분으로 풀이해둔다. •巢: 깃들이다. •居室: 둥지로 풀이해둔다. •語: 지저귀다. •起去
는 측성을 안배해야 하므로 이처럼 표현하기도 했지만, 억지로 몸을 일으키어 생존해야
하는 두보의 심정을 상징한다. 그렇지 않다면 다른 구성도 가능하기 때문이다.

제3구 舊入故園嘗識主 측측측평평측측
제4구 如今社日遠看人 평평측측측평평

舊入故園과 如今社日은 관대에 속한다. 嘗/識/主와 遠/看/人은 부사 형태/동사/목적어 대장이다.

제5구 可憐處處巢居室 측평측측평평측
제6구 何異飄飄托此身 평측평평측측평

可憐과 何異는 부사/동사 형태, 處處와 飄飄는 첩어, 巢/居室과 托/此身은 동사/ 목적어로 우리말 풀이는 어색하지만 올바른 대장이다.

示獠奴阿段

오랑캐 같은 놈 아단에게 뜻을 확실하게 알리다

山木蒼蒼落日曛　인생살이 허둥지둥 황혼처럼 으스레해져도
산목창창락일훈

竹竿嫋嫋細泉分　대 허리 딸 낭창낭창 부드러운 샘물 소리여!
죽간뇨뇨세천분

郡人入夜爭餘瀝　마을 젊은 놈들 밤 되자 다투어 스몄지만
군인입야쟁여력

豎子尋源獨不聞　풋내기가 근원 찾을 줄 유독 알지 못했네
수자심원독불문

病渴三更回白首　병으로 목이 말라 삼경에 흰머리를 돌려보니
병갈삼경회백수

傳聲一注濕靑雲　밀어 소리 온통 주입하며 맑은 구름 적시네
전성일주습청운

曾驚陶侃胡奴異　도간 놀라게 한 오랑캐 아이도 특별했다더니
증량도간호노이

怪爾常穿虎豹群　어쩐지 네놈 호랑이와 표범 무리 꿰뚫더라니!
괴이상천호표군

• 예상치 못한 놈이 자기 딸을 가로챈 상황에 야단치는 표현이다. 딸 가진 부모 마음은 예나 지금이나 다를 바 없다. 시제가 결론이다. 단호한 거절의 결말에 해당한다. 예로부터 예쁜 딸 가진 집 앞에는 거목을 심지 말라는 우스개가 전한다. 총각들이 목을 맬지도 모르기 때문이다. •獠奴에 대해서는 이설이 분분하므로 내용에 근거하여 풀이해둔다. •山木: 인생살이. 비유로 쓰였다. 《장자(莊子)·산목(山木)》에 근거한다. •蒼: 허둥지둥. •曛: 으스레하다. •嫋嫋: 낭창거리다. •제2구는 딸아이의 허리가 대나무처럼 낭창낭창하고 목소리는 샘물 소리처럼 맑다는 표현이다. 수련이 실제의 상황이라면 두 구는 상통하지 않을뿐더러 의미 없는 구성이다. •瀝: 스미다. •제3구는 밤마다 집 주위를 돌며 휘파람 신호 보내는 청년들을 암시한다. •豎子: 풋내기 상대방을 멸시하는 호칭. •경련은 병으로 인해 삼경에 잠을 깨어보니, 딸아이를 유혹하는 놈의 소리가 두런두런 들린다는 뜻이다. •一注는 온통 '주입하다'는 뜻으로 실제 사랑을 나누는 장면일 수도 있으며, 濕靑雲은 좋은 데 시집보낼 아버지의 부푼 기대가 무너진 상황을 나타낸다. •陶侃(259~334): 동진 시대 명장. 오랑캐 아이와의 인연은 찾을 수 없다. 이와 비슷한 이야기이거나 흔히 다른 사람의 경험에서도 충분히 들을 수 있는 이야기로 추측해둔다.

제3구 郡人入夜爭餘瀝 측평측측평평측
제4구 豎子尋源獨不聞 측측평평측측평

郡人과 豎子는 인명 개념, 入夜와 尋源은 동사/목적어, 爭餘瀝과 獨不聞은 관대에 속한다. 부분 대장으로 생동감 있는 표현이 이루어졌다. 반드시 정확한 대장을 하지 않아도 되는 모범 답안 같은 구성이다.

제5구 病渴三更回白首 측측평평평측측
제6구 傳聲一注濕靑雲 평평측측측평평

病渴과 傳聲은 관대에 속한다. 三更과 一注는 숫자, 回/白首와 濕/靑雲은 동사/목적어 대장이다.

• 제8구를 보면 평소에 딸아이에게 맴돌면서 다른 놈들이 접근하지 못하도록 막아서는 일이 종종 있었음을 짐작할 수 있다.

瞿唐兩崖
구당 협곡의 양 벼랑

三峽傳何處 삼협의 전설은 어느 곳에서 전하는가!
삼 협 전 하 처

雙崖壯此門 양쪽 벼랑은 삼협 대문처럼 웅장하네
쌍 애 장 차 문

入天猶石色 하늘을 들이면 오히려 불그스름한 돌 색깔
입 천 유 석 색

穿水忽雲根 강물이 관통하면 흰 물결은 홀연 구름 근원
천 수 홀 운 근

猱玃須髯古 원숭이 수염 같은 벼랑 주름은 고풍스럽고
노 확 수 염 고

蛟龍窟宅尊 교룡의 동굴 집 같은 산은 우러러 보이네
교 룡 굴 택 존

羲和冬馭近 희화가 동면하려는지 말 부리듯 근접하자
희 화 동 어 근

愁畏日車翻 근심은 해 수레 두려워할 정도로 나부끼네
수 외 일 차 번

• 石色: 협곡의 벼랑으로 색깔은 불그스름하다. 푸른 하늘색도 협곡에서는 불그스름하게 변한다는 말과 같다. • 雲根: 배로 강물을 가로지를 때 거센 물결에서 이는 흰 물결을 구름의 근원으로 묘사한 것이다. • 猱玃: 원숭이. 노확수염(猱玃須髯) 협곡의 절벽 모습은 원숭이가 물을 내려다보는 모습 같고 협곡의 절벽 주름은 원숭이 수염처럼 보인다. • 羲和: 태양신. • 冬: 겨울잠을 자다. 동사로 쓰였다. • 미련은 겨울 해가 짧아져 밤이 길어질수록 근심으로 지새우는 밤 또한 길어질 것이라는 뜻이다.

제3구 入天猶石色 측평평측측
제4구 穿水忽雲根 평측측평평

入天과 穿水는 형용사/명사, 猶와 忽은 부사, 石色과 雲根은 명사형 형용사/명사 구성이다.

제5구 猱玃須鬐古 평측평평측
제6구 蛟龍窟宅尊 평평측측평

猱玃과 蛟龍은 동물, 須鬐/古와 窟宅/尊은 주어/형용동사 구성이다.

園

채원

仲夏流多水　5월에는 많은 물 흘려보내야 하니
중 하 류 다 수

清晨向小園　맑은 아침 작은 채원을 향했네
청 신 향 소 원

碧溪搖艇闊　푸른 시냇물 도랑은 배를 흔들 정도로 거칠고
벽 계 요 정 활

朱果爛枝繁　붉은 열매는 가지 부스러지게 할 만큼 열렸네
주 과 란 지 번

始爲江山靜　비로소 영위하는 강산은 이처럼 조용한데
시 위 강 산 정

終防市井喧　끝내 벼슬을 가로막던 시정은 시끄러웠지!
종 방 시 정 훤

畦蔬繞茅屋　밭뙈기 푸성귀 초가집 에두르니
휴 소 요 모 옥

自足媚盤餐　자족으로 소반의 음식을 따르네
자 족 미 반 찬

• 仲夏流多水의 올바른 이해가 풀이의 핵심이다. • 仲夏: 여름의 두 번째 달. 음력 5월,
양력 6~7월에 해당한다. • 艇: 거룻배 돛이 없는 작은 배. • 闊: 거칠다. • 碧溪搖艇闊은
채원으로 흐르는 도랑물이 '콸콸' 흐른다는 뜻으로 쓰였다. • 果: 열매의 총칭으로
쓰였다. • 爛: 문드러지다. 부스러지다. • 畦: 밭두둑. 뙈기. • 防: 훼방 놓다. 가로막다.
• 媚: 좇다. 군침 흘리다.

제3구 碧溪搖艇闊 측평평측측
제4구 朱果爛枝繁 평측측평평

碧溪와 朱果는 형용사(색깔)/명사의 구성이다. 搖/艇과 爛/枝는 동사/목적어의 구성으로, 艇과 枝는 인공과 자연의 구성이다. 闊과 繁은 형용동사 구성이다.

제5구 始爲江山靜 측측평평측
제6구 終防市井喧 평평측측평

始爲와 終防은 부사/동사, 江山/靜과 市井/喧은 주어/형용동사로 江과 山, 市와 井의 비중은 같다.

返照
뒤집힌 햇살

楚王宮北正黃昏　초왕 궁전 북쪽은 바야흐로 황혼인데
초왕궁북정황혼

白帝城西過雨痕　백제성 서쪽에는 비 지나간 흔적 있네
백제성서과우흔

返照入江翻石壁　반사된 햇살 강에 들어 석벽 그림자 뒤집고
반조입강번석벽

歸雲擁樹失山村　돌아가는 구름 나무 안아 산촌 모습 없앴네
귀운옹수실산촌

衰年肺病惟高枕　노년의 폐병에는 오직 베개만 높일 뿐
쇠년폐병유고침

絕塞愁時早閉門　외딴 변방 근심의 때 일찍이 희망 없는 앞날
절새수시조폐문

不可久留豺虎亂　호랑이 승냥이 무리에 오래 머물 수 없는 처지
불가구류시호란

南方實有未招魂　남방은 실로 혼조차 불러올 수 없는 곳
남방실유미초혼

• 시제의 返이 풀이의 핵심이다. 제3구의 翻과 동의어로 쓰였다. 뒤집다. 반사된 햇살을
빌려 천자 또는 자신을 돌봐줄 상관의 관심이 멀어졌음을 나타낸다. • 門: 방법. • 閉門은
제5구의 폐병을 낫게 할 방도를 찾지 못한다는 뜻으로 보아야 상통한다. • 元운에서는
門을 대체할 압운을 찾기 어렵다.

제3구 返照入江翻石壁 측측측평평측측
제4구 歸雲擁樹失山村 평평측측측평평

返照와 歸雲은 동사/목적어 형태이나 형용사/명사로 풀이해야 자연스럽다. 入江과 擁樹, 翻/石壁과 失/山村은 동사/목적어 대장이다.

제5구 衰年肺病惟高枕 평평측측평평측
제6구 絶塞愁時早閉門 측측평평측측평

衰年肺病/惟/高/枕과 絶塞愁時/早/閉/門은 주어/부사/동사/목적어의 대장이다.

白帝
백제성

白帝城中雲出門
백 제 성 중 운 출 문

백제성 안 구름 군사 성문을 출발하면

白帝城下雨翻盆
백 제 성 하 우 번 분

백제성 전쟁은 폭우가 동이 뒤집는 듯

高江急峽雷霆鬪
고 강 급 협 뢰 정 투

높은 강물 급한 협곡이 우레 번개 다투듯

古木蒼藤日月昏
고 목 창 등 일 월 혼

고목과 무성한 덩굴에 해와 달 가려진 듯

戎馬不如歸馬逸
융 마 불 여 귀 마 일

오랑캐 말은 돌아올 말 같지 않게 빨라

千家今有百家存
천 가 금 유 백 가 존

천 집 중에 지금 겨우 백 집 존재 형국

哀哀寡婦誅求盡
애 애 과 부 주 구 진

가련하고 슬픈 과부 착취당하다 끝나니

慟哭秋原何處村
통 곡 추 원 하 처 촌

통곡하는 가을 들판 어느 곳이 마을인가!

• 미련이 풀이의 핵심이다. 元운에서는 昏 외에 대체 운자를 찾기 어렵다. • 誅求는
苛斂誅求와 같다. 가혹하게 세금을 거두고 재물을 빼앗는다는 뜻. • 제8구는 세금
수탈과 노역으로 괴롭히니, 어느 곳이 전쟁터인지 어느 곳이 마을인지 구분이 안
된다는 뜻이다. • 강물은 강물이 아니요, 협곡은 협곡이 아니며, 우레와 번개는 우레와
번개가 아니요, 고목과 등덩굴은 고목과 등덩굴이 아니다.

제3구 高江急峽雷霆鬪 평평측측평평측
제4구 古木蒼藤日月昏 측측평평측측평

高江과 古木, 急峽과 蒼藤은 형용사/명사 雷霆/鬪와 日月/昏은 주어/동사로 함련은 상징 대장이다.

제5구 戎馬不如歸馬逸 평평측평평측측 평측평평평측측
제6구 千家今有百家存 평평평측측평평 평평평측측평평

경련은 참으로 보기 드문 구 자체의 대장인 자대(自對)이다. 두보 율시는 구성 형식과 표현 기교에 있어서 창작 지도 교과서와 같다.

廢畦
황폐해진 밭처럼

秋蔬擁霜露 가을 푸성귀 서리와 이슬에 치인 모습 보니
추소옹상로

豈敢惜凋殘 어찌 함부로 나의 시듦 애석할 수 있겠는가!
기감석조잔

暮景數枝葉 석양조차 어느새 줄기와 잎 서둘러 지나가고
모경삭지엽

天風吹汝寒 가을바람은 여강 물결과 겨울 신을 부추기네
천풍취여한

綠霑泥滓盡 푸른 빛 진흙 먼지에 배어 사라졌고
녹점니재진

香與歲時闌 향기 역시 세월과 더불어 사라졌네
향여세시란

生意春如昨 생기 나던 봄날 푸름 어제 일처럼 느껴지니
생의춘여작

悲君白玉盤 아내의 달과 같던 얼굴을 떠올리며 슬퍼하네
비군백옥반

• 황폐해진 가을밭의 푸성귀에 비유하여 아내의 늙음을 한탄했다. 대장의 중요성을
인식할 수 있는 예라고 할 수 있다. •擁: 끌어안다. 밀어닥치다. •凋殘: 쇠잔해지다.
시들다. •暮景: 석양과 같다. •數: 삭으로 읽는다. 바삐 서두르다. •天風: 추풍(秋風)과
같다. 제1구에서 秋를 썼으므로 중복을 피했다. •汝: 여강(汝江)《시경(詩經)·주남(周
南)·여분(汝墳)》에 근거한다. •寒: 겨울을 관장하는 신. •吹: 부추기다. 퍼뜨리다. •天風
吹汝寒은 바람이 심하게 불어 여강의 물결이 거칠어지고 날씨가 매섭게 추워진다는
표현이다. •與: 간여하다. 간섭하다. •闌: 잃다. •生意: 생기와 같다. •白玉盤: 달의
별칭. 아내의 얼굴을 상징한다.

제3구 暮景數枝葉　측측측평측
제4구 天風吹汝寒　평평평측평

　暮景과 天風은 명사형 형용사/명사로 景과 吹에 중점이 있다. 數/枝葉과 吹/汝寒은 동사/목적어 구성이다. 汝를 너로, 寒을 '차갑다'로 풀이하면 枝葉과 대장될 수 없다.

제5구 綠霑泥滓盡　측평평측측
제6구 香與歲時闌　평측측평평

　綠과 香은 시각과 후각의 대장으로 묘미 있다. 霑과 與는 동사로 우리말로는 세월과 '함께'라고 풀이되지만, 세월이 푸성귀가 되도록 나쁜 결과의 베풂이다. 泥/滓와 歲/時는 명사로 네 운자의 비중은 같다. 霑泥滓는 과정, 與歲時는 세월로, 세월에 따라 변해가는 과정의 대장으로 묘미 있다. 盡과 闌은 형용동사 구성이다.

空囊
빈 주머니

翠柏苦猶食　측백 같은 인간에게 고통은 음식과 같은 것
취백고유식

晨霞高可餐　아침노을처럼 고상해도 밥은 먹어야 한다네
신하고가찬

世人共鹵莽　세상 사람 공모하여 얼렁뚱땅 넘어가지만
세인공로망

吾道屬艱難　나의 길 정도 따를수록 괴롭고도 어렵네
오도속간난

不爨井晨凍　부뚜막과 우물 없는 것과 같은 아침은 얼 듯하고
불찬정신동

無衣床夜寒　옷과 밥상 없는 것과 같은 밤은 추위에 시달릴 뿐
무의상야한

囊空恐羞澀　아~아! 주머니 빌 때마다 두렵고 비참하니
낭공공수삽

留得一錢看　일전이라도 구걸할 수 있을까 둘러본다네
유득일전간

•미련의 서글픔에 눈시울 절로 붉어진다. •翠柏: 측백. •共: 평측 모두 안배할 수 있다. •鹵: 덜렁대다. 수선스럽다. •莽: 우거지다. 거칠다. •鹵莽: 좋은 게 좋다. 얼렁뚱 땅. •屬: 따르다. •爨: 부뚜막. 아궁이. •羞澀: 부끄럽다. 悲慘은 평성이어서 안배할 수 없다. •留得: 얻다. 구걸에 가깝다.

154

제3구 世人共鹵莽 측평평측측
제4구 吾道屬艱難 평측측평평

世人/共/鹵莽과 吾道/屬/艱難은 주어/동사/동사 구성이다.

제5구 不爨井晨凍 측측측평측
제6구 無衣床夜寒 평평평측평

不爨井晨/凍과 無衣床夜/寒은 주어/동사 구성이다.

歸來
돌아와보니

客里有所過 객 신세 때는 어떻게든 들르는 바 있었으나
객 리 유 소 과

歸來知路難 돌아올 때는 오히려 아는 길도 어려웠다네
귀 래 지 로 난

開門野鼠走 문 열자 들쥐 도망가고 책 먼지
개 문 야 서 주

散帙壁魚乾 떨어내자 좀조차 말라붙어 있네
산 질 벽 어 간

洗杓開新醞 표주박을 씻어 새로운 술 단지 열고
세 표 개 신 온

低頭拭小盤 머리 수그려 소반의 먼지를 훔치네
저 두 식 소 반

憑誰給麴糵 누구에게 의지하며 누룩 덩어리 받아 술 담가
빙 수 급 국 얼

細酌老江幹 간간이나마 잔질하며 강가에서 늙어가겠는가!
세 작 로 강 간

• 제4구의 散帙은 제3구에 덧붙여둔다. • 帙: 책. • 壁魚: 서적 갉아 먹는 좀을 재미있게
표현한 말이다. • 拭: 닦다. 훔치다. • 麴: 누룩. • 糵: 그루터기. • 麴糵: 누룩 덩어리.
• 幹: 몸. 寒운에서는 幹 외에 몸을 대신할 압운을 찾기 어렵다. • 細: 간간이.

제3구 開門野鼠走 평평측측측
제4구 散帙壁魚幹 측측측평평

開門과 散帙은 동사/목적어, 野鼠/走와 壁魚/幹은 주어/동사 구성이다.

제5구 洗杓開新醞 측측평평측
제6구 低頭拭小盤 평평측측평

洗杓와 低頭, 開/新醞과 拭/小盤은 동사/목적어 구성이다. 초서 형태 평측 구성은 표현을 우선한 방법이다.

제1구 客里有所過 측측측측평 측측측평측
제2구 歸來知路難 평평평측평 평평평측평

기본 구식으로 되돌려도 고평이 나타나지만 제2구에서 知路難을 계산하여 고측으로 안배했다. 適으로 전사된 판본은 이처럼 기본 구식으로 되돌릴 수 없으므로 過가 맞다.

悶
번민

瘴癘浮三蜀 　독한 기운의 전염병이 삼촉 지방을 떠돌고
장 려 부 삼 촉

風雲暗百蠻 　풍운은 백만 지방 처지를 암울하게 하네
풍 운 암 백 만

卷簾唯白水 　주렴 걷으니 단지 물만 맑고
권 렴 유 백 수

隱幾亦靑山 　안궤에 기대니 역시 청산뿐
은 궤 역 청 산

猿捷長難見 　원숭이처럼 민첩한들 장기간 이별에 만나기 어렵고
원 첩 장 난 견

鷗輕故不還 　갈매기처럼 경쾌한들 고향 동산에 돌아갈 수 없네
구 경 고 불 환

無錢從滯客 　돈 없어도 양웅의 고결한 처세를 추종하지만
무 전 종 체 객

有鏡巧催顔 　거울 있어도 단지 노쇠한 얼굴만을 재촉하네
유 경 교 최 안

•瘴癘: 주로 아열대의 습지대에서 발생하는 전염병. 풍토병. •風雲: 세사의 어지러움을
나타낸다. 단순한 바람과 구름이라면 白水, 靑山과는 어울리지 않는다. •百蠻: 소수민족
의 통칭. •隱: 기대다. •幾: 안궤(案幾)의 준말. 궤로 읽는다. 벽에 세워놓고 앉을
때 몸을 기대는 방석 종류. •亦: 또한. 단지. •故: 원래대로. •滯客: 한대 문장가인
양웅(揚雄 BC 53~18)을 가리킨다. 양웅은 〈축빈부(逐貧賦)〉에서 능력과 지조가 있어도
가난에서 벗어날 수 없는 숙명을 노래했다. •催顔: 노쇠 또는 근심 가득한 얼굴. 덧없이
세월만 흐른다는 뜻이다.

제3구 卷簾唯白水 측평평측측
제4구 隱几亦青山 측측측평평

卷/簾과 隱/几는 동사/목적어(인공물)의 구성이다. 唯와 亦은 부사, 白과 青은 색깔, 水와 山은 자연의 구성이다.

제5구 猿捷長難見 측측평평측
제6구 鷗輕故不還 평평측측평

猿捷과 鷗輕은 주어(동물)/동사, 長과 故는 부사의 구성이다. 長은 장기간, 故는 원래의 뜻으로 부사로 안배되었지만, 장기간의 이별, 고향 동산의 뜻으로 안배되었다. 難見과 不還은 동사/명사형 동사 구성이다.

嚴公仲夏枉駕草堂兼攜酒饌
한여름 엄 공이 초당을 방문하면서 술과 안주를 가지고 오시다

竹里行廚洗玉盤 대숲 속이 주방으로 쓰여 옥쟁반을 씻고
죽 리 행 주 세 옥 반

花邊立馬簇金鞍 꽃 주변 선 말 황금 안장으로 무리 짓네
화 변 입 마 족 금 안

非關使者征求急 사자의 소집 수요가 시급하지 않다고 해도
비 관 사 자 정 구 급

自識將軍禮數寬 절로 장군의 예의 도리에 관대함을 느끼네
자 식 장 군 예 수 관

百年地辟柴門迥 한평생 거처 외지고 사립문 판이하고
백 년 지 벽 시 문 형

五月江深草閣寒 5월 강물 깊어도 초당은 쓸쓸합니다
오 월 강 심 초 각 한

看弄漁舟移白日 한갓 어부 배나 바라보고 즐기며 낮을 보내니
간 롱 어 주 이 백 일

老農何有罄交歡 이 늙은이 아무리 마음 비워도 기쁘겠습니까!
노 농 하 유 경 교 환

• 제3구가 풀이의 핵심이다. 이미 엄 공에게 청탁한 바 있으며, 엄 공이 두보를 거두지 못한 상황이다. 수련은 엄 공이 두보에게 그간의 사정을 설명하고 미안함과 위로를 겸해 찾은 상황, 함련은 그간의 경과를 구체적으로 나타내었다. 수련의 표현은 겉보기에는 화려한 행차지만 엄 공의 지위를 상징하면서 이처럼 큰 힘이 있는데도 자신 하나 거두어주지 못하느냐는 섭섭한 마음을 은연중에 드러낸 표현이다. 옥쟁반, 말안장과 더불어 함련, 경련, 미련이 이를 뒷받침한다. 청탁을 떠나 참으로 수미일관의 구성이다.
• 使者: 엄 공 밑에서 일하고 싶다고 청탁한 두보를 가리킨다. • 부제에 압운으로 寒을 얻었다고 한 것은 경련을 제일 먼저 구성했거나 핵심으로 삼았다는 말과 같다. 실제로 두보가 엄 공에게 전하고 싶은 말이다. 五月江深의 뜻을 엄 공이 알아차렸다면 미안한 마음이 들 수도 있었을 것이다. 江深은 엄 공의 권력이며, 寒은 두보의 처지이므로 寒을 압운으로 얻었다는 말은 엄 공이 찾은 계제에 작심하고 청탁하겠다는 뜻과 같다. 미련이 뒷받침한다. 선인이 압운을 얻었다고 부제로 표기한 말 자체가 심중을 드러낸 것이므로, 간과하면 본의를 짐작하기 어렵다. • 關: 닫다. 관계. 관문. • 徵: 부르다. • 徵求: 서면이나 구두로 널리 사람을 구하다. • 禮數: 예를 베푼 횟수. • 높은 직위에

제3구 非關使者征求急   평평측측평평측
제4구 自識將軍禮數寬   측측평평측측평

非/關/使者征求急과 自/識/將軍禮數寬은 부사/동사/목적어 형태로 구
성되었다. 우리말 풀이는 어색하지만 까다로우면서도 정교한 구성이다.

제5구 百年地辟柴門逈   평평측측평평측
제6구 五月江深草閣寒   측측평평측측평

百年地/辟과 五月江/深, 柴門/逈과 草閣/寒은 주어/동사로 柴門과 草閣
은 인공 대장이다.

있는 사람이 초당을 방문했으므로 寬을 안배했지만, 두보는 寒으로 섭섭함과 청탁을
동시에 표현했다. •逈: 멀다. 판이하다. •柴門逈: 사립문이 아득하다는 말은 이러한
생활을 벗어날 길이 막막하다는 뜻과 같다. •仲夏: 음력 5월. 오늘날의 7월에 해당한다.
한여름. •枉: 구부리다. •駕: 수레를 몰다. 枉駕는 구부려 수레 모는 일이므로 왕림의
뜻으로 쓰인다. •行: 행하다. 쓰이다. •簇: 무리 짓다. •弄: 즐기다. 농담하다. 친하다.
•白日: 일상과 같다. •老農: 늙은 농부라고 표현했지만 이렇게 '농사꾼으로 늙어 죽어
야'라는 뜻을 담고 있다. •罄: 악기. 다하다, 없어지다. 마음을 '비우다'는 뜻으로 묘하게
안배했다.

宿府
막부에서 숙직하며

淸秋幕府井梧寒 맑은 가을 막부 찬 우물 잎 진 오동 신세
청추막부정오한

獨宿江城蠟炬殘 홀로 숙직하는 강변 성에 촛불만이 남았네
독숙강성사거잔

永夜角聲悲自語 긴 밤의 호각 소리 슬픔 절로 말해주는 듯
영야각성비자어

中天月色好誰看 중천의 달빛 좋아도 이 상황에 누가 볼까!
중천월색호수간

風塵荏苒音書絕 풍진 갈수록 심해져 고향 소식 끊어지고
풍진임염음서절

關塞蕭條行路難 변방의 쓸쓸한 가지 신세 행로 어렵구나!
관새소조행로난

已忍伶俜十年事 하인으로 인내하며 벌써 10년을 맡겼으니
이인영빙십년사

強移棲息一枝安 억지로 거처 옮겨도 한 가지의 평안일 뿐
강이서식일지안

•蠟: 촛불. •炬: 횃불. 등불. •蠟炬: 촛불로 풀이해둔다. •殘: 남다. 잔인하다. •荏: 점차. •苒: 심해지다. 音書: 편지. •伶: 하인. •俜: 부리다. 맡기다. •息/一枝/安은 동사/목적어/동사형 명사로 풀이해야 한다. 한 가지에서 겨우 쉬는 평안이다.

제3구 永夜角聲悲自語 측측측평평측측
제4구 中天月色好誰看 평평측측측평평

永夜角聲/悲와 中天月色/好는 주어/형용동사 형태로 聲과 色은 소리와 색깔로 선명한 대장을 이룬다. 自語와 誰看은 부사/동사 형태로, 부사/의문사는 상용하는 대장 방법이다.

제5구 風塵荏苒音書絶 평평측측평평측
제6구 關塞蕭條行路難 평측평평평측평

風塵과 關塞의 네 운자 비중은 같다. 荏苒와 蕭條는 관대에 속한다. 音書/絶과 行路難은 주어/동사 대장이다.

遣悶戲呈路十九曹長
번민을 달래다가 서러워서 노 조장에게 드리다

江浦雷聲喧昨夜　강 포구 우레 어젯밤 온통 들썩이게 하다가
강 포 뇌 성 훤 작 야

春城雨色動微寒　봄 성에 비 기운 요동쳐도 미미한 추위일 뿐
춘 성 우 색 동 미 한

黃鸝竝坐交愁濕　꾀꼬리 어울려 앉아 함께 근심하며 젖는 상황
황 리 병 좌 교 수 습

白鷺群飛大劇幹　백로 무리로 날다 매우 혹독해져 방어하는 듯
백 로 군 비 대 극 간

晚節漸於詩律細　만년 될수록 점점 시율에는 세밀해지지만
만 절 점 어 시 률 세

誰家數去酒杯寬　누구 집인들 자주 가면 술잔 관대하겠는가!
수 가 삭 거 주 배 관

惟吾最愛淸狂客　내가 가장 아끼고 맑은 그대 객 미치게 하니
유 오 최 애 청 광 객

百遍相看意未闌　백번을 서로 만나도 깊은 정 쇠퇴하지 않네
백 편 상 간 의 미 란

• 戲: 호로 읽는다. 서럽다. 희로 읽으면 너무 기막힌 현실에 헛웃음만 나온다는 뜻이다.
• 수련의 풀이는 함련에 근거한다. 날씨 추운 정도야 가난과 실의에 비하면 별것 아니라
는 뜻이다. •遣: 풀다. 달래다. •呈: 드리다. •喧: 시끄럽다. •交: 함께. 부사로 쓰였다.
•劇: 심하다. 혹독하다. •晚節: 만년과 같다. 年은 평성이므로 안배하기 어려울 뿐
아니라 家와 어색한 대장을 이룬다. 節은 절기 또는 세월을 나타내므로 家의 형편과
어울린다. •狂: 미치게 하다. •闌: 가로막다. 다하다. •意: 정의. 情은 평성이므로
안배하기 어렵다. •꾀꼬리는 꾀꼬리가 아니요, 백로는 백로가 아니다. 두보와 가족을
나타낸다. 실제의 새라면 수미일관하지 않을뿐더러 단순한 상황 나열은 작품으로서의
가치가 없다.

164

제3구 黃鸝竝坐交愁濕 평평측측평평측

제4구 白鷺群飛大劇幹 측측평평측측평

黃鸝와 白鷺는 색깔/동물, 竝坐와 群飛는 동사, 交/愁濕과 大/劇幹은 부사/동사 대장이다.

제5구 晚節漸於詩律細 측측평평평측측

제6구 誰家數去酒杯寬 평평측측측평평

晚節과 誰家는 형용사/명사 형태, 漸/於/詩律/細와 數/去/酒杯/寬의 漸於와 數去의 우리말 풀이는 자연스럽지만, 관대에 속한다.

小寒食舟中作
소한식날 배에서 짓다

佳辰強飲食猶寒　좋은 날인데도 억지의 음식 오히려 차고
가 진 강 음 식 유 한

隱幾蕭條戴鶡冠　궤에 기댄 쓸쓸한 가지 은사관 쓴 신세
은 궤 소 조 대 갈 관

春水船如天上坐　봄물의 배는 하늘 위에 앉은 것 같으니
춘 수 선 여 천 상 좌

老年花似霧中看　노년의 꽃은 안개 속에서 보는 것 같네
노 년 화 사 무 중 간

娟娟戲蝶過開幔　어여뻐서 놀 나비에게 들러 장막 열던 시절
연 연 희 접 과 한 만

片片輕鷗下急湍　날씬하고 빠른 갈매기로 내려 여울에 급했지!
편 편 경 구 하 급 단

雲白山青萬餘里　만여 리 너머 구름 희고 산 푸른 고향 동산
운 백 산 청 만 여 리

愁看直北是長安　가지 못해 근심하며 정북 바라보는 곳 장안
수 간 직 북 시 장 안

• 경련이 풀이의 핵심이다. • 開幔은 閑幔으로도 전사되어 있으나 開로 써야 한다. 閑幔으로 보아 예쁘고 예쁜 꽃 희롱하던 나비는 장막을 지나치고, 꽃잎 조각처럼 경쾌하게 날던 갈매기는 급한 여울에 내려앉는다고 풀이한다면 수미일관하지 않는다. 수련, 함련, 경련, 미련은 베를 짜듯이 서로 잘 얽히도록 구성해야 한다. • 시제의 본의는 소한식 같은 날의 연속으로 배를 타고 정처 없이 떠도는 신세를 한탄하며 지었다는 뜻이다. 실제의 한식 실제의 배 안이 아니어도 상관없다. 소한식은 찬 음식을 먹어야 하는 날이므로 수련의 佳辰과는 어울리지 않는다. 좋은 봄날인데도 소한식 날처럼 억지로 찬 음식 먹으며 배를 타고 정처 없이 떠돌아야만 신세 한탄이다. 제2구는 이러한 뜻을 명확하게 뒷받침한다. 의자에 기대야만 하는 바싹 마른 나뭇가지같이 병든 신세를 은자의 관에 비유했다. • 鶡冠은 닭의 깃처럼 생긴 관으로 무관 또는 은자의 관을 가리킨다. 의자에 기대어 관을 쓸 일은 없으며 은자가 관을 써본들 알아줄 사람이 없다. 冠이 압운이므로 이처럼 표현되었다. 갈관은 거친 삶을 상징하며 두보가 생각하는 은자의 삶은 한탄과 같다. • 함련은 자신과 아내의 처지를 나타낸다. 노년에도 여전히 강호의 객으로 떠돌아야만 하는 자신과 한평생 자신과 자식만을 위해 희생한

제3구 春水船如天上坐 평측평평평측측

제4구 老年花似霧中看 측평평측측평평

春水船/如/天上/坐와 老年花/似/霧中/看은 주어/동사/목적어/동사 형
태로 함련은 상징 대장이다.

제5구 娟娟戲蝶過開幔 평평측측평평측

제6구 片片輕鷗下急湍 측측평평측측평

娟娟과 片片은 첩어, 戲蝶/過/開/幔과 輕鷗/下/急/湍은 주어/동사/동사/
목적어로 첩어를 제외하면 5언과 같다. 경련은 상징 대장이다.

아내의 모습은 주름진 안개꽃 그 자체이다. •경련은 아련하게 떠오르는 청춘 또는
신혼 시절의 회상이다. 꽃을 희롱하는 나비는 장막 열어 봄바람에 날리는 조각조각
꽃잎 그 자체이며 경쾌한 갈매기로 모습으로 급한 여울처럼 아내 품던 미몽에 잠시
빠져든 순간이다. 閑幔이 아니라 開幔으로 써야 할 근거이다. •미련은 다시 처참한
현실 인식으로 가족과 더불어 오순도순 살고 싶은 희망을 雲白山青으로 나타냈지만
결국은 좌절의 萬餘里愁로 끝맺었다. 눈물 자아내는 정조와는 상관없이 참으로 정교한
논리 전개이다. •隱: 기대다. •幾: 궤로 읽는다. 벽에 세워놓고 앉을 때 기대는 방석.
•戴: 받들다. •幔: 장막. •娟: 예쁘다. •片: 조각. •湍: 여울. •雲白山青萬餘里: 평측
안배 때문에 도치되었다.

諸將 ⑴

여러 장수 ⑴

漢朝陵墓對南山　한 왕조 장군 능묘만 종남산을 마주 보니
한 조 릉 묘 대 남 산

胡虜千秋尙入關　오랑캐는 천년 세월 여전히 관문 침입하네
호 로 천 추 상 입 관

昨日玉魚蒙葬地　지난날 옥 물고기 부장품 장지를 덮었었고
작 일 옥 어 몽 장 지

早時金碗出人間　앞 시대의 금 사발 인재 세상에 드러났었지!
조 시 금 완 출 인 간

見愁汗馬西戎逼　근심 살핀 준마 기세에 오랑캐는 핍박당했고
견 수 한 마 서 융 핍

曾閃朱旗北斗殷　일찍이 붉은 깃발 빛나자 천자 정 깊었었지!
증 섬 주 기 북 두 은

多少材官守涇渭　몇몇 재목 관리가 경수 위수 지키지만
다 소 재 관 수 경 위

將軍且莫破愁顏　장군들 또한 근심 얼굴 떨치지 마시길!
장 군 차 막 파 수 안

• 역사의 기록에 의하면 이 작품의 풀이는 완전히 달라질 수도 있지만, 풀이는 어디까지나 자의를 우선해서 살펴야 한다. 수련에서는 역대로 강산을 지킨 장군들은 모두 무덤 속에 있어 지금은 오랑캐를 막을 힘이 없다는 한탄과 더불어 현재 장군들의 무능을 질타했다. 함련은 역대 장군들의 전공으로 보상받은 일과 인재상을 표현했으며, 경련에서는 전공의 구체적인 내용, 미련에서는 우국충정의 몇몇 관리들에 겨우 명맥을 유지하는 상황과 아울러 장군들의 분발을 촉구했다. 논리 정연한 서술이다. • 將은 평측 모두 안배할 수 있다. • 虜: 오랑캐. • 玉魚, 金碗: 무덤 순장품. • 蒙: 덮다. • 人間: 오랑캐. 間이 압운이므로 이처럼 표현되었다. • 汗馬: 준마. 전공. • 西戎: 오랑캐. • 北斗: 북두성. 천자로 풀이해둔다. • 殷: 두텁다. 깊다.

제3구 昨日玉魚蒙葬地 측측측평평측측
제4구 早時金碗出人間 측평평측측평평

昨日玉魚/蒙/葬地와 早時金碗/出/人間은 주어/동사/목적어로 玉魚와
金碗은 귀중품 대장이다.

제5구 見愁汗馬西戎逼 측평측측평평측
제6구 曾閃朱旗北斗殷 평측평평측측평

見愁와 曾閃은 관대에 속한다. 汗馬와 朱旗는 馬와 旗에 중점이 있다.
西戎/逼과 北斗/殷은 주어/동사로 西戎과 北斗는 선명한 반대를 이룬다.

諸將 (2)
여러 장수 (2)

韓公本意築三城 한공 본의는 세 성을 축조하여 막으려 했는데
한공본의축삼성

擬絕天驕拔漢旌 오랑캐는 천자 막고 교만하게 한 깃발 빼앗네
의절천교발한정

豈謂盡煩回紇馬 생각이나 했겠는가! 회흘 말 번거롭게 할 줄!
기위진번회흘마

翻然遠救朔方兵 도리어 이러했으니! 멀리서 아군 구할 줄이야!
번연원구삭방병

胡來不覺潼關隘 오랑캐 침입 깨닫지 못해 동관 요새 궁해지니
호래불각동관애

龍起猶聞晉水清 용 흥기로 진 지방 물 맑아지는 소리 듣겠네
용기유문진수청

獨使至尊憂社稷 어찌 지존으로 하여금 사직 근심하게 하는가!
독사지존우사직

諸君何以答升平 무엇으로 승진 평안 준 천자에 보답하겠는가!
제군하이답승평

•韓公은 한국공(韓國公)으로, 본래 의도는 성을 축조하여 오랑캐를 막으려는 것이었는데, 어렵게 되자 이 틈을 노린 오랑캐가 조정을 침입했다는 것이 수련의 뜻이다. •擬: 헤아리다. •拔: 빼앗다. •翻然: 도리어. •回紇馬: 당나라를 돕는 세력. •翻然: 도리어. •朔方兵: 아군. •隘: 험하다. 곤궁하다. •猶: 가히. •제6구는 당 고조 이연의 무용담 인용이지만 자의만으로도 잘 통한다. 장군들의 분발을 촉구하는 표현이다. •獨: 어찌. •至尊: 천자. •升: 승진. •平: 평안.

제3구 豈謂盡煩回紇馬　측측측평평측측
제4구 翻然遠救朔方兵　평평측측측평평

豈謂와 翻然은 부사/동사, 盡煩/回紇馬와 遠救/朔方兵은 동사/목적어로
回紇馬와 朔方兵은 인명 집단 개념의 대장이다.

제5구 胡來不覺潼關隘　평평측측평평측
제6구 龍起猶聞晉水清　평측평평측측평

胡來와 龍起는 주어/동사, 不覺과 猶聞은 동사, 潼關/隘와 晉水/清은 주
어/형용동사로 潼關과 晉水는 지명 대장이다.

諸將 (3)
여러 장수 (3)

洛陽宮殿化爲烽　낙양의 궁전 잘못되어 봉화로 변했고
낙 양 궁 전 와 위 봉

休道秦關百二重　진 지방 관문 중지된 길 102곳 첩첩
휴 도 진 관 백 이 중

滄海未全歸禹貢　안전하지 못한 천하 우임금의 공 되돌린 격
창 해 미 전 귀 우 공

薊門何處盡堯封　계문의 어느 곳이 요임금 봉지를 지키겠는가!
계 문 하 처 진 요 봉

朝廷袞職雖多預　조정 높은 관직 비록 많이 준비되어 있지만
조 정 곤 직 수 다 예

天下軍儲不自供　천하의 군비 물자는 독자로 제공할 수 없네
천 하 군 저 부 자 공

稍喜臨邊王相國　그나마 기쁘게도 변방의 왕상국을 살펴보니
초 희 임 변 왕 상 국

肯銷金甲事春農　수긍하며 군사를 쉬게 해 봄 농사 짓게 하네
긍 소 금 갑 사 춘 농

•供: 공급의 뜻일 때는 평성으로 안배한다. •化는 와로 읽어야 더 잘 통한다. 잘못.
•滄海: 천하와 같다. •下는 門에 대장되지 않으며 아래에서 천하를 안배했다. •袞:
곤룡포. 천자, 재상의 관복, 높은 관직을 상징한다. •雖多預는 誰爭補로도 전사되어
있으나 爭과 自는 대장되지 않는다. •儲: 물자. •銷金甲: 병기를 녹이다 군사들을
쉬게 하다.

제3구 滄海未全歸禹貢 평측측평평측측
제4구 薊門何處盡堯封 측평평측측평평

滄海와 薊門은 지명 개념, 未全과 何處는 부사/동사 형태로 관대에 속한
다. 歸/禹貢과 盡/堯封은 동사/목적어로 禹와 堯는 인명 개념 대장이다.

제5구 朝廷袞職雖多預 평평측측평평측
제6구 天下軍儲不自供 평측평측평측평

朝廷과 天下는 명사, 袞職과 軍儲는 관대에 속한다. 雖多/預와 不自/供은
부사/동사 대장이다.

諸將 (4)
여러 장수 (4)

回首扶桑銅柱標 고개 돌려 천하의 동 기둥 표식 생각해보니
회 수 부 상 동 주 표

冥冥氛祲未全銷 어둑어둑 재앙 기운 완전히 해소되지 않네
명 명 분 침 미 전 소

越裳翡翠無消息 월상 지방 비취 보석 조공 아무런 소식 없고
월 상 비 취 무 소 식

南海明珠久寂寥 남해 지방 밝은 구슬 조공 오랫동안 적료하네
남 해 명 주 구 적 요

殊錫曾爲大司馬 특수한 구리는 일찍이 대사마를 위한 것인데
수 석 증 위 대 사 마

總戎皆插侍中貂 전체 오랑캐 모두 시중의 담비 꼬리 꽂았네
총 융 개 삽 시 중 초

炎風朔雪天王地 남방 바람 북방 설산은 모두 천자의 땅
염 풍 삭 설 천 왕 지

只在忠臣翊聖朝 오직 충신만 성군 왕조 보좌할 수 있네
지 재 충 신 익 성 조

• 扶桑: 해가 뜨는 곳. 천하를 상징한다. • 銅柱: 국경의 표식. • 祲: 햇무리. 요기. 재앙.
• 越裳翡翠: 월상 지방 특산품이다. • 大司馬: 여러 장수들을 나타낸다. • 錫: 주석.
구리. • 경련은 대사마가 당연히 오랑캐를 정복하고 당 왕조의 영토를 나타내는 특수한
동 기둥을 세워야 하는데 오히려 오랑캐들이 조정의 주요 관직을 차지한 상황으로
변했다는 탄식이다. 제1구에 근거한다. • 侍中貂: 관직명. 관모에 담비 꼬리를 장식한
데서 붙은 별칭이지만 오랑캐를 나타낸다. 貂는 압운이기도 하지만 馬에 대한 대장으로
안배되었다. • 炎風朔雪: 열풍과 눈보라 치는 지방. 천하를 상징한다. • 翊: 보좌하다.

제3구 越裳翡翠無消息 측평측측평평측
제4구 南海明珠久寂寥 평측평평측측평

越裳과 南海는 지명 개념, 翡翠와 明珠는 보물, 無/消息과 久/寂寥는 부사 /동사 형태 대장이다.

제5구 殊錫曾爲大司馬 평측평평측평측
제6구 總戎皆插侍中貂 측평평측측평평

殊錫과 總戎은 형용사/부사 형태, 曾/爲/大司馬와 皆/插/侍中貂는 부사/ 동사/목적어로 馬와 貂는 묘미 있게 대장되었다.

諸將 (5)
여러 장수 (5)

錦江春色逐人來　　분명 비단 강 봄기운 사람 따라왔었는데
금 강 춘 색 축 인 래

巫峽淸秋萬壑哀　　무협의 맑은 가을 온 골짜기 슬픈 울음은!
무 협 청 추 만 학 애

正憶往時嚴仆射　　그야말로 지난날을 상기시키는 엄복야여!
정 억 왕 시 엄 복 야

共迎中使望鄕臺　　함께 사신 영접하던 망향대 어찌 잊으리!
공 영 중 사 망 향 대

主恩前後三持節　　주상 은혜 전후로 세 번이나 신표 지니면서
주 은 전 후 삼 지 절

軍令分明數擧杯　　군령은 분명하여 자주 승리 술잔 들었었지!
군 령 분 명 수 거 배

西蜀地形天下險　　서촉 지형은 하늘 아래 험준한 곳이니
서 촉 지 형 천 하 험

安危須仗出群材　　안위는 모름지기 준재에 맡겨야 했었지!
안 위 수 장 출 군 재

• 嚴仆射: 엄무. 仆射는 죽은 후에 봉해진 관직이다. 두보의 일생을 좌우한 사람이다.
• 射: 인명일 때는 야로 읽는다. • 中使: 사신 영접 업무를 맡아보는 직책. • 望鄕臺:
지난날 두보가 사신을 맞이한 장소.

제3구　正憶往時嚴仆射　측측측평평측측

제4구　共迎中使望鄕臺　측평평측측평평

正/憶/往時 共/迎/中使는 부사/동사/목적어 嚴仆射와 望鄕臺는 인명/지명 개념 대장이다.

제5구　主恩前後三持節　측평평측평평측

제6구　軍令分明數擧杯　평측평평측측평

主恩前後와 軍令分明은 원인/결과, 三/持/節과 數/擧/杯는 숫자/동사/목적어 대장이다.

詠懷古跡 (1)
옛 자취를 읊으며 회고하다 (1)

支離東北風塵際 동북 지방 풍진 시절 버팀 이별 반복했고
지 리 동 북 풍 진 제

漂泊西南天地間 서남 지방 천지간도 표류 정박 반복했지!
표 박 서 남 천 지 간

三峽樓臺淹日月 삼협 지방 누대가 해와 달을 가린 신세
삼 협 누 대 엄 일 월

五溪衣服共雲山 오계 지방 의복이 구름산 공유한 신세
오 계 의 복 공 운 산

羯胡事主終無賴 오랑캐가 주인 섬겨도 끝내 날 믿지 못해
갈 호 사 주 종 무 뢰

詞客哀時且未還 시객이 시절 애달파한들 돌아가지 못하네
사 객 애 시 차 미 환

庾信平生最蕭瑟 유신의 평생에서 제일 쓸쓸했던 시기는
유 신 평 생 최 소 슬

暮年詩賦動江關 말년의 시부가 강호 관문만 요동시킬 때
모 년 시 부 동 강 관

• 支: 지탱하다. 버티다. •離: 이별하다. •際: 때. 사이. •羯胡: 오랑캐. •제5구를 오랑캐
가 주인 섬기는 일을 믿지 못해서라고 풀이하면 본의와 어긋난다. •庾信: 육조시대
양나라 장군이자 시인. 말년에 나라 잃은 슬픔과 고향에 대한 그리움을 주로 표현했다.
말년이 될수록 시부의 재능이 조정을 진동시켜야 하는데도 강호의 관문만 진동시킨
처지를 자신의 처지에 이입했다.

제3구　三峽樓臺淹日月　평측평평평측측
제4구　五溪衣服共雲山　측평평측측평평

三峽樓臺/淹/日月과　五溪衣服/共/雲山은　주어/동사/목적어로,　日月과
雲山의　비중은　같다.　함련은　상징　대장이다.

제5구　羯胡事主終無賴　측평측측평평측
제6구　詞客哀時且未還　평측평평측측평

羯胡事主/終/無/賴와　詞客哀時/且/未/還은　주어/부사/동사/목적어로
羯胡와　詞客은　인명　개념　대장이다.

詠懷古跡 (2)
옛 자취를 읊으며 회고하다 (2)

搖落深知宋玉悲　흔들리고 떨어질수록 깊이 느낀 송옥의 비애
요락심지송옥비

風流儒雅亦吾師　풍류 유생 아정한 문장 법식 역시 나의 스승
풍류유아역오사

悵望千秋一灑淚　아득히 천추 바라보며 온통 뿌려지는 눈물은
창망천추일쇄루

蕭條異代不同時　쓸쓸한 가지 다른 시대 같이할 수 없는 때여!
소조이대부동시

江山故宅空文藻　강산의 고택에서 부질없는 문장 수식이여!
강산고택공문조

雲雨荒臺豈夢思　운우의 황량 누대 어찌 꿈속 그리움뿐인가!
운우황대기몽사

最是楚宮俱泯滅　최고의 이때 초나라 궁전도 함께 망했다느니!
최시초궁구민멸

舟人指點到今疑　뱃사람이 가리키는 지점 지금도 의심스럽네
주인지점도금의

•송옥에 대한 회고이다. •俱는 평측 모두 쓸 수 있다. •悵: 한탄하다. •灑는 쇄로
읽는다. 뿌리다. •泯滅: 망하다.

제3구 悵望千秋一灑淚 측측평평측측측
제4구 蕭條異代不同時 평평측측측평평

悵望千秋와 蕭條異代는 관대에 속한다. 一灑/淚와 不同/時는 형용사/명사 형태로 一과 不은 숫자 개념 대장이다.

제5구 江山故宅空文藻 평평측측평평측
제6구 雲雨荒臺豈夢思 평측평평측측평

江山故宅/空/文藻와 雲雨荒臺/豈/夢思는 주어/동사/목적어 대장이다.

詠懷古跡 (3)
옛 자취를 읊으며 회고하다 (3)

群山萬壑赴荊門 온산 온 골짜기 모두 형문산으로 내달리는 듯
군산만학부형문

生長明妃尙有村 형문에서 생장한 소군 유적 아직도 촌에 있네
생장명비상유촌

一去紫臺連朔漠 한 번 떠난 한 궁전 왕비 삭막한 변방 살이
일거자대련삭막

獨留靑塚向黃昏 홀로 머무는 푸른 무덤 황혼 향해 쓸쓸하네
독류청총향황혼

畫圖省識春風面 그림은 봄바람 얼굴을 줄인 채 알려졌으니
화도생식춘풍면

環佩空歸夜月魂 옥노리개는 밤 달의 혼을 쓸쓸히 되돌렸네
환패공귀야월혼

千載琵琶作胡語 천년 너머 비파소리 오랑캐 말로 지었으니
천재비파작호어

分明怨恨曲中論 분명한 원한은 곡 속의 뜻으로 논해야 하리!
분명원한곡중론

• 왕소군 자취에 대한 회고이다. • 長이 생장의 뜻일 때는 측성으로 쓴다. • 明妃: 왕소군. • 紫臺: 자색 누대. 한나라 궁전을 가리킨다. • 省은 생으로 읽는다. 생략하다. • 佩: 여인의 노리개. • 함련은 한나라 궁전을 떠나 흉노의 선우에게 시집갔기 때문에 왕비로서 대접받지 못한다는 뜻으로 쓰였다. • 경련이 풀이의 핵심으로 당시 원제는 여인들의 얼굴을 일일이 보고 간택할 수 없어 화공 모연수가 그림으로 그려 올리면 그중에서 간택했다. • 環佩는 궁녀들이 실제 이상으로 잘 그려달라고 모연수에게 뇌물을 주었는데, 왕소군의 뇌물이 적어 실제보다 못생기게 그렸다는 뜻이다.

제3구 一去紫臺連朔漠 측측측평평측측
제4구 獨留青塚向黃昏 측평평측측평평

一과 獨은 숫자, 去/紫臺와 留/青塚, 連/朔漠과 向/黃昏은 동사/목적어 대장이다.

제5구 畫圖省識春風面 측평측측평평측
제6구 環佩空歸夜月魂 평측평평측측평

畫圖와 環佩는 명사, 省識/春風面과 空歸/夜月魂은 동사/목적어 대장이다.

詠懷古跡 (4)
옛 자취를 읊으며 회고하다 (4)

蜀主窺吳幸三峽 촉의 유비는 오나라 엿보며 삼협을 원했으니
촉 주 규 오 행 삼 협

崩年亦在永安宮 붕어한 해에도 역시 기주 영안궁에 있었다네
붕 년 역 재 영 안 궁

翠華想像空山里 비취 깃발 상상은 쓸쓸한 산속일 뿐이며
취 화 상 상 공 산 리

玉殿虛無野寺中 옥 궁전은 허무하게 들판의 절로 변했네
옥 전 허 무 야 사 중

古廟杉松巢水鶴 옛 사당의 삼나무와 소나무에 학이 깃들었고
고 묘 삼 송 소 수 학

歲時伏臘走村翁 해마다 복날과 섣달이면 달려가는 촌 늙은이
세 시 복 석 주 촌 옹

武侯祠屋常鄰近 제갈량 사당도 언제나 이웃하여 가까우니
무 후 사 옥 상 린 근

一體君臣祭祀同 한 몸이던 군주와 신하는 제사도 함께 받네
일 체 군 신 제 사 동

• 유비에 대한 회고이다. •屋은 堂으로도 알려져 있으나 평측이 맞지 않는다. 설령 두보가 실수해서 堂을 썼을지라도 屋으로 바꾸어야 한다. •翠華: 푸른 깃으로 장식한 제왕 행차. 깃발 수레. •歲時: 사계와 같다. •伏臘: 여름의 복날과 겨울 납일제 올리는 날. •武侯祠屋: 제갈량 사당.

제3구 翠華想像空山里 측평측측평평측
제4구 玉殿虛無野寺中 측측평평측측평

翠華와 玉殿은 밀접한 관계, 想像과 虛無는 대장되지 않는다. 空山/里와
野寺/中은 명사/위치로, 이처럼 표현이 언제나 우선되어야 한다.

제5구 古廟杉松巢水鶴 측측평평평측측
제6구 歲時伏臘走村翁 측평측측측평평

古廟와 歲時는 형용사/명사, 杉松과 伏臘의 네 운자 비중은 같다. 巢/水鶴
과 走/村翁은 깃든 학, 달려가는 촌 늙은이로의 풀이가 자연스럽지만, 동사/
목적어로 대장되었다. 水는 村에 대한 대장으로 안배되었다.

詠懷古跡 (5)

옛 자취를 읊으며 회고하다 (5)

諸葛大名垂宇宙 제갈량의 위대한 명성은 우주에 드리웠으니
제 갈 대 명 수 우 주

宗臣遺像肅清高 으뜸 신하가 남긴 표상 엄숙하고 맑고 고상
종 신 유 상 숙 청 고

三分割據紆籌策 천하 삼분 나눔 신묘한 계책으로 얽었으니
삼 분 할 거 우 주 책

萬古雲霄一羽毛 만고의 높은 하늘 재주 깃 날리듯 천하제일
만 고 운 소 일 우 모

伯仲之間見伊呂 백중의 실력은 이윤과 여상에서 볼 수 있고
백 중 지 간 견 이 려

指揮若定失蕭曹 지휘 약정에 소하와 조참도 명성 바랠 지경
지 휘 약 정 실 소 조

運移漢祚終難復 운명은 한 왕조를 이동시켜 회복 어려웠으나
운 이 한 조 종 난 복

志決身殲軍務勞 뜻은 결연하고 몸은 군무에 바친 공로만이네
지 결 신 섬 군 무 로

•제갈량의 자취에 대한 회고이다. •宗: 으뜸. •籌策: 계책과 같다. 計는 측성이어서
안배하기 어렵다. •雲: 높다. 구름. •若定: 이와 같은 결정. •伊呂: 이윤과 여상으로
이윤은 탕왕, 여상은 문왕과 무왕을 보좌했다. •蕭曹: 한 유방의 천하통일을 도운
소하와 조참. •祚: 복. 제위. •殲: 다하다. 다 죽이다. •미련에서는 자신도 제갈량처럼
나라를 위해 힘쓰다 죽고 싶다는 열망을 표현했다.

제3구 三分割據紆籌策 평평측측평평측
제4구 萬古雲霄一羽毛 측측평평측측평

三分割據와 萬古雲霄는 성어처럼 구성되었다. 紆/籌策과 一/羽毛는 동사/목적어 형태 구성이다.

제5구 伯仲之間見伊呂 측측평평측평측
제6구 指揮若定失蕭曹 측평측측측평평

伯仲之間과 指揮若定은 성어처럼 구성되었다. 見/伊呂와 失/蕭曹는 동사/목적어로 인명 대장이다. 인명의 구성은 격이 맞아야 한다.

與任城許主簿遊南池
임성의 허 주부와 남지에서 노닐며

秋水通溝洫 가을 물이 도랑 통하듯 마음 통하자
추 수 통 구 혁

城隅進小船 성가퀴가 작은 배로 돌진하는 형세
성 우 진 소 선

晚涼看洗馬 저문 해처럼 식어가던 허 주부 보니
만 량 간 선 마

森木亂鳴蟬 나무가 우는 매미를 다스리려는 듯
삼 목 란 명 선

菱熟經時雨 마름은 지나가는 이때의 비에 익고
능 숙 경 시 우

蒲荒八月天 부들은 8월 하늘 아래서 거칠어지네
포 황 팔 월 천

晨朝降白露 이른 아침 백로 같은 여인에게 항복했어도
신 조 강 백 로

遙憶舊靑氈 저 멀리 낡은 담요 같은 아내를 그리네
요 억 구 청 전

•봉건시대 장부의 단면을 보여주는 내용이다. •南池: 제주(濟州)와 저주(寧州)의 경계에 있다. 南池의 실제 뜻은 남쪽 지방 여인의 연못이다. •秋水: 가을 호수의 맑은 물. 미인의 눈동자에 비유된다. 마음 통한 여인을 가리킨다. •溝洫: 도랑. 두보와 허 주부를 가리킨다. •城隅: 뾰족 솟은 성가퀴. 두보와 허 주부를 가리킨다. •小船: 마음 통한 여인을 가리킨다. •洗는 세 또는 선으로 읽는다. 원래는 太子洗馬의 벼슬을 가리키지만, 당대에는 서적을 관리하는 관원이다. •晚涼: 그동안 여인을 만나지 못해 욕망을 갈구하는 허 주부를 상징한다. •鳴蟬: 여인의 교태로 함련은 분위기 조성을 나타낸다. •亂: 다스리다. •菱: 마름. 여자의 생식기처럼 생겼다. •蒲: 부들. 남자의 생식기처럼 생겼다. •荒: 거칠다. 덮다. 주색에 빠지다. 경련은 격렬한 정사 장면의 묘사이다. •白露:《시경(詩經)·겸가(蒹葭)》의 인용으로 임 그리는 노래이다. 白露 절기는 가을이 시작되는 때이므로 온화한 여인의 품성에 비유된다. •제7구는 이름 모를 여인과 하룻밤 보냈음을 뜻한다. •靑氈: 빛바랜 담요로 가난한 생활을 상징한다. 두보 아내를 가리킨다.

제3구 晚涼看洗馬 측평평측측
제4구 森木亂鳴蟬 평측측평평

晚涼과 森木은 관대이지만 상징의 대장으로 묘미 있다. 看/洗馬와 亂/鳴
蟬은 동사/목적어로 洗馬와 鳴蟬은 인명 개념이면서 상징 대장이다.

제5구 菱熟經時雨 평측평평측
제6구 蒲荒八月天 평평측측평

菱/熟/經時雨와 蒲/荒/八月天은 주어/동사/목적어로, 經時와 八月은 숫
자 개념이다. 경련은 상징 대장이다.

數陪李梓州泛江有女樂在諸舫戲爲艷曲二首贈李 (1)

자주 이 재주를 모시고 배를 띄워 놀았는데 가기들이 여러 배에 있어서 희롱하며 염정의 노래로 지어 이 재주에게 증정하다 (1)

上客回空騎　귀빈이 돌아간 후 쓸쓸한 말들
상객회공기

佳人滿近船　가인은 근처 배에 가득하네
가인만근선

江清歌扇底　강물 맑아도 가기의 부채 밑만 생각나고
강청가선저

野曠舞衣前　들판 트여도 무희의 옷자락 앞에 묻히네
야광무의전

玉袖凌風竝　옥 소매가 절조를 능멸하며 합하자 하니
옥수릉풍병

金壺隱浪偏　금 술병은 거센 파도 감추면서도 기우네
금호은랑편

競將明媚色　결국 맑고 아름다운 색에 나아가리니!
경장명미색

偸眼艷陽天　곁눈질한 가기도 양기의 하늘을 탐내네
투안염양천

•戲: 희롱하다. 다른 시제에서는 호로 읽는다. •女樂: 가기. 기생. •騎: 말. •風: 풍도 법도 절조로 풀이해둔다. 節은 측성이므로 안배하기 어려울 뿐만 아니라 浪에 대장되지 않는다. •경련은 정욕에 불타 불끈 솟아오르는 재주를 표현했다. 두보 자신도 당연히 포함될 것이다. •競: 필경. 끝내. •艷: 곱다. 탐하다. •미련은 서로 흥정이 잘되었음을 나타낸다. 다만 시제에서 염정의 노래를 지어 증정했다는 말로 미루어보면, 실제 일어난 일인지는 각자의 상상에 맡길 뿐이다. •미련은 제2수에서 재주의 雲鬢으로 미루어보아 흥정한 돈을 탐내었을 것이다.

제3구 江淸歌扇底 평평평측측
제4구 野曠舞衣前 측측측평평

江淸과 野曠은 주어/형용동사, 歌扇/底와 舞衣/前은 명사/위치 구성이다.

제5구 玉袖凌風竝 측측평평측
제6구 金壺隱浪偏 평평측측평

玉袖와 金壺는 명사형 형용사/명사로 袖와 壺에 중점이 있으며 玉과 金은 보석 대장이다. 凌風/竝과 隱浪/偏은 주어/동사로, 風과 浪은 壺와 더불어 상징어의 대장이다.

數陪李梓州泛江有女樂在諸舫戲爲豔曲二首贈李 (2)
자주 이 재주를 모시고 배를 띄워 놀았는데 가기들이 여러 배에 있어서 희롱하며 염정의 노래로 지어 이 재주에게 증정하다 (2)

白日移歌袖　대낮인데도 가기의 옷소매를 바꾸며
백 일 이 가 수

淸霄近笛床　맑은 하늘은 피리 소리 낼 상에 근접
청 소 근 적 상

翠眉縈度曲　비취 눈썹이 얽혀들며 악곡을 나르고
취 미 영 도 곡

雲鬢儼分行　구름 살쩍은 근엄하게 행위를 나누네
운 빈 엄 분 행

立馬千山暮　말을 멈춘 천 산 저물녘
입 마 천 산 모

回舟一水香　배 돌려도 온 강물 향기
회 주 일 수 향

使君自有婦　사군께서 자연히 부인을 안으시더라도
사 군 자 유 부

莫學野鴛鴦　들판의 원앙 순간을 흉내 내지 마시길!
막 학 야 원 앙

•移: 이동시키다. 바꾸다. •縈: 얽히다. •分: 나누다. 베풀다. •有: 독차지하다. 抱나 懷 등 직설적으로 표현하지 않는다. •馬는 재주의 생식기를 상징한다. •경련은 정사가 끝난 후 득의만만한 재주의 모습을 표현했다. •미련은 부인에게 들키지 말라는 표현이다.

제3구 翠眉縈度曲 측평평측측
제4구 雲鬢儼分行 평측측평평

翠眉와 雲鬢은 명사, 縈/度/曲과 儼/分/行은 부사/동사/목적어 구성이다.
함련은 상징의 구성이다.

제5구 立馬千山暮 측측평평측
제6구 回舟一水香 평평측측평

立馬와 回舟는 동사/목적어로 상징의 구성이다. 千山/暮와 一水/香은 형
용사/명사로 千과 一은 숫자의 구성이다.

自閬州領妻子卻赴蜀山行 ⑴

낭주에서 처자식을 거느리고 도리어 촉산의 행로를 향하다 ⑴

泔泔避群盗
율율피군도
골몰하고 골몰하며 도적 떼 피해 가며

悠悠經十年
유유경십년
아득하고 아득하게 10년 세월 보냈네

不成向南國
불성향남국
여전히 이루지 못해 남국 향하려는데

複作遊西川
복작유서천
다시 일어나 도리어 서천으로 유랑하네

物役水虛照
물역수허조
육체는 물을 노역시켜 헛되이 비추게 하고

魂傷山寂然
혼상산적연
혼은 산의 고요를 손상할 정도로 쓸쓸하네

我生無倚著
아생무의착
나의 인생 기댈 언덕 없이 달라붙어야 하니

盡室畏途邊
진실외도변
처자식 모두 두려움에 떠는 도로변이라네

• 泔: 골몰하다. • 悠: 아득하다. 근심하다. • 卻은 제3구에 들어갈 운자를 시제에 사용했
다. • 物: 육체. 魂의 대장으로 안배되었다. • 경련은 참으로 생동감 있는 표현이다.
• 著: 착으로 읽는다. 달라붙다. • 盡室: 처자식의 다른 표현이다.

제3구 不成向南國 평평측평측
제4구 復作遊西川 측측평평평

不成과 復作은 부사/동사, 向/南國과 遊/西川은 동사/목적어 구성이다. 南國과 西川은 지명 개념이면서 南과 西의 방향으로 대장했다.

제5구 物役水虛照 측측측평측
제6구 魂傷山寂然 평평평측평

物/役/水와 魂/傷/山은 주어/동사/목적어 구성이다. 虛照와 寂然은 관대에 속한다.

自閬州領妻子卻赴蜀山行 (2)
낭주에서 처자식을 거느리고 도리어 촉산의 행로를 향하다 (2)

長林偃風色　긴 숲이 모두 바람에 쓰러진 기색
장림언풍색

回複意猶迷　회복해도 뜻은 오히려 혼미해지네
회복의유미

衫裛翠微潤　아내 적삼은 희미한 비취색을 배면서 젖고
삼읍취미윤

馬銜靑草嘶　말 신세 자식들은 푸른 풀 머금고 울부짖네
마함청초시

棧懸斜避石　잔도 걸렸어도 기울어 돌을 피해야 하고
잔현사피석

橋斷卻尋溪　다리는 끊어져 물러나 건널 계곡을 찾네
교단각심계

何日幹戈盡　어느 날에 전쟁 같은 이 인생 끝날 것인가?
하일간과진

飄飄愧老妻　표표히 날리며 늙은 아내에게 부끄러울 뿐
표표괴노처

• 생생한 가장의 고통에 눈시울이 절로 붉어진다. • 裛: 향내. 배다. • 幹戈: 전쟁의 상징어이다.

제3구 衫裏翠微潤 평측측평측
제4구 馬銜靑草嘶 측평평측평

衫/裏/翠微/潤과 馬/銜/靑草/嘶는 주어/동사/목적어/동사 구성이다. 翠
微는 微翠로 써야 하지만 靑에 대한 색깔의 대장으로 도치되었다.

제5구 棧懸斜避石 측평평측측
제6구 橋斷卻尋溪 평측측평평

棧/懸/斜/避/石과 橋/斷/卻/尋/溪는 주어/형용동사/형용동사/동사/목
적어로 물 흐르듯 나열된 유수대이다. 이와 같은 구성을 하려면 많은 수련이
필요하다.

自閬州領妻子卻赴蜀山行 (3)
낭주에서 처자식을 거느리고 도리어 촉산의 행로를 향하다 (3)

行色遞隱見
행 색 체 은 견
행색 힘들 때면 번갈아 기운 내보며

人煙時有無
인 연 시 유 무
인가 수시로 있는지 없는지를 살피네

仆夫穿竹語
부 부 천 죽 어
아비 역할로 책에서 읽은 이야기 꺼내자

稚子入雲呼
치 자 입 운 호
아이들은 거짓말이라면서도 호응해주네

轉石驚魑魅
전 석 경 리 매
돌을 굴려 도깨비를 놀라게 했다는 이야기며

抨弓落狖鼯
평 궁 락 유 오
활 당겨 원숭이와 다람쥐를 떨어뜨렸다는 등

眞供一笑樂
진 공 일 소 락
그나마 진짜로 받아들여 한바탕 웃음

似欲慰窮途
사 욕 위 궁 도
이에 곤궁의 장도를 위로받는 듯하네

• 隱: 은(殷). 〈春望〉에서 勝을 昇의 뜻으로 대체한 것과 같다. 殷은 '성하다' '기운이 왕성하다'는 뜻이다. 다중의 뜻을 나타내기 위한 수법이다. • 人煙: 밥 짓는 연기. 인가의 상징어로 無가 마지막에 안배될 때는 의문의 뜻으로 쓰인다. • 仆는 稚의 대장으로 덧붙여졌다. • 仆夫: 하인 같은 아비지만 아비로 풀이해둔다. • 竹: 죽간. 서적. • 穿竹: 서적의 섭렵을 아이들에게 자랑하는 표현이다. • 雲: 거짓말을 상징한다. 아이들이 흔히 쓰는 '에이! 거짓말!'과 같다. 竹의 대장으로 묘미 있다. • 경련은 의역이 생동감을 준다. • 魑魅: 귀신 중에서도 귀여운 귀신에 가깝다. 《논형》에 근거한다. • 抨: 활을 당기다. • 狖: 원숭이. • 鼯: 날다람쥐. • 供: 받들다. • 似: 닮다. 비슷하다. 제7구 첫 부분에 풀이해둔다.

제3구 仆夫穿竹語 평평평측측
제4구 稚子入雲呼 측측측평평

仆夫/穿/竹/語와 稚子/入/雲/呼는 주어/동사/목적어/동사로 竹과 雲은 상징 대장이다.

제5구 轉石驚魑魅 측측평평측
제6구 抨弓落犾貐 평평측측평

轉石과 抨弓, 驚/魑魅와 落/犾貐는 동사/목적어로 魑魅와 犾貐 네 운자의 비중은 같다.

船下夔州郭宿雨濕不得上岸別王十二判官
배를 타고 기주로 내려가 유곽에서 유숙했는데 비에 젖어 계단을 오르지 못하고 왕 판관과 이별하다

依沙宿舸船
의 사 숙 가 선
비단 치마에 의지한 배에서 유숙할 제

石瀨月娟娟
석 뢰 월 연 연
돌 여울에 안긴 달 어여쁘고 어여쁘네

風起春燈亂
풍 기 춘 정 란
폭풍 일자 봄 등불 흔들리고

江鳴夜雨懸
강 명 야 우 현
강물 울자 밤비 매달리는 듯

晨鍾雲岸濕
신 종 운 안 습
새벽종 구름 언덕 서로 젖어들자

勝地石堂煙
성 지 석 당 연
명승과 석당은 안개에 휩싸이네

柔櫓輕鷗外
유 로 경 구 외
부드러워진 노는 가볍게 날아갈 갈매기 밖

含凄覺汝賢
함 처 각 여 현
품은 연정 서글퍼도 너의 현숙을 느끼네

• 시제의 郭이 풀이의 핵심 시어이다. 유곽을 나타낸다. • 시제의 雨濕은 실제 비가 아니라 여인에게 빠져들었다는 뜻이다. • 岸: 계단. • 不得上岸은 여인에게 빠져 있다가 왕 판관에게 작별 인사를 하지 못하고 돌아가는 상황을 뜻한다. 하룻밤 동안 격렬했던 정사 표현이다. • 舸船: 여인의 풍만한 육체를 상징한다. • 風起, 江鳴, 晨鍾, 石堂, 柔櫓는 두보, 春燈, 夜雨, 雲岸, 勝地, 輕鷗는 여인을 상징한다. • 沙: 비단. 여인을 뜻한다. 月에 근거한다. 실제 달이라면 夜雨와 모순된다. • 瀨: 여울. • 石瀨: 돌에 부딪혀 흐르는 급류. 여인을 품는 두보의 성급한 마음을 나타낸다. • 柔櫓: 정사가 끝난 두보의 모습이다. 참으로 솔직한 표현이다. • 娟: 어여쁘다. • 懸: 매달리다. • 櫓: 노. 두보의 생식기를 상징한다.

제3구 風起春燈亂　평측평평측
제4구 江鳴夜雨懸　평평측측평

風/起/春燈/亂과 江/鳴/夜雨/懸은 주어/동사/주어/동사로 물 흐르듯 한 문장의 느낌을 주는 유수 대장(流水對仗)이면서 상징 대장이다.

제5구 晨鍾雲岸濕　평평평측측
제6구 勝地石堂煙　측측측평평

晨鍾雲岸/濕과 勝地石堂/煙은 주어/동사로 상징 대장이다.

白鹽山

소금 빛깔의 산

卓立群峰外   우뚝 솟은 여러 봉우리 밖의 또 다른 모습
탁립군봉외

蟠根積水邊   구불구불 뻗은 산의 근원 물가에서 머무네
반근적수변

他皆任厚地   다른 산은 대지에 내맡겨져 있으나
타개임후지

爾獨近高天   백염산 너만이 유독 하늘에 가깝네
이독근고천

白榜千家邑   하얀 편액 같은 산은 천호의 고을에 걸린 듯
백방천가읍

清秋萬估船   맑은 가을 산은 수많은 상인의 배에 실린 듯
청추만고선

詞人取佳句   시인이 아름다운 글귀를 취하여
사인취가구

刻畵竟誰傳   산 그림 새긴들 누가 전하겠는가!
각화경수전

• 시제는 지명이지만 자의대로 풀이해둔다. • 경련이 풀이의 핵심이다. 백염산 풍경에
자신의 신세를 이입했다. • 積: 쌓다. 머물다. • 厚地: 대지와 같다. • 榜: 편액. • 估船:
상선과 같다. • 清秋萬估船: 산 주위의 강물이 백염산을 띄워놓은 것 같다는 뜻이다.

제3구 他皆任厚地 평평측측측
제4구 爾獨近高天 측측측평평

他와 爾는 의인화의 대장이다. 皆와 獨은 부사, 任/厚地와 近/高天은 형용
동사/목적어 구성이다. 厚地와 高天은 뭇 산과 백염산의 높이를 선명하게
나타낸다.

제5구 白榜千家邑 측측평평측
제6구 淸秋萬估船 평평측측평

白榜과 淸秋는 형용사/명사로 白처럼 색깔에는 색깔로 대장하므로, 淸은
약간 어색하다. 千과 萬은 숫자, 家와 估는 집과 사람, 邑과 船은 명사의
구성이다. 千家邑과 萬估船은 참으로 묘미 있는 대장이다.

城西陂泛舟

성 서쪽 방죽에서 배를 뒤엎으려 해도

青蛾皓齒在樓船
청 아 호 치 재 루 선
푸른 눈썹 하얀 이의 미인 누선에 있으니

橫笛短簫悲遠天
횡 적 단 소 비 원 천
피리와 단소 곡 신세 비애 하늘로 멀어지네

春風自信牙檣動
춘 풍 자 신 아 장 동
봄바람은 자연히 상아 돛을 믿어 요동치고

遲日徐看錦纜牽
지 일 서 간 금 람 견
늦은 해 서서히 비단 닻줄 시험하며 당기네

魚吹細浪搖歌扇
어 취 세 랑 요 가 선
물고기가 미세한 물결 불며 부채질로 부추겨

燕蹴飛花落舞筵
연 축 비 화 락 무 연
제비가 밟자 날던 꽃 춤 대자리에 떨어지네

不有小舟能蕩槳
불 유 소 주 능 탕 장
작은 배도 못 소유하는 능력이 상앗대 흔드니

百壺那送酒如泉
백 호 나 송 주 여 천
술병 백 개 보낸들 어찌 샘물 같겠는가!

• 泛: 봉으로 읽는다. 覂(봉)과 같다. 뒤엎다. • 泛의 은유와 樓船이 풀이의 핵심이다. • 陂에는 연못의 뜻도 있지만 본의는 방죽이며, 방죽에 배를 띄울 수는 없다. • 樓船은 누각 모양의 지붕이 있는 호화로운 배로, 물가의 유명 기루를 나타낸다. • 수련의 미인은 최고급 술집의 아가씨들로, 두보는 미인을 보는 순간 구슬픈 피리 소리 같은 자신의 처지를 잠시 잊는다. • 함련의 봄바람은 아가씨들의 교태이며 이 교태는 牙檣에게 집중된다. 상아의 돛대가 오늘 밤의 물주이며 최대한 많은 술값과 화대의 믿음을 信으로, 교태의 시작을 動으로 표현했다. • 遲日은 기루를 제집 드나들 듯 출입한 나이 많고 노련한 물주를 암시하며 서두르지 않는 모습이다. • 魚吹細浪은 마음에 든 아가씨를 고른 상태이며, 물고기가 입을 뻐끔거려 부드러운 물결을 물어 올리듯이 흥정이 시작된 상황이다. • 細浪의 자의는 부드러운 물결이지만 많은 돈을 쓰겠다는 유혹의 암시이다. 浪은 낭비와 같다. • 歌扇은 기루의 여인이 노래할 때 쥐는 부채로 선택된 아가씨를 가리킨다. 목적이 오로지 돈일 것이니만큼 細浪의 흥정에 흔쾌한 수락을 搖로 표현했다. • 제6구는 질펀한 분위기의 절정을 나타낸다. • 燕은 돈 많은 물주의 또 다른 표현으로, 비록 나이는 들었으나 이 순간만큼은 제비의 속도로 달려드는

제3구 春風自信牙檣動 평평측측평평측

제4구 遲日徐看錦纜牽 측측평평측측평

春風과 遲日은 風과 日에 중점이 있다. 自/信/牙檣/動과 徐/看/錦纜/牽은 부사/동사/목적어/동사 대장이다.

제5구 魚吹細浪搖歌扇 평평측측평평측

제6구 燕蹴飛花落舞筵 측측평평측측평

魚/吹/細浪과 燕/蹴/飛花는 주어/동사/목적어, 搖/歌扇과 落/舞筵은 동사/목적어 대장이다.

모습의 형용이다. 燕의 안배에 감탄하지 않을 수 없다. 燕은 宴으로 술자리와 물주의 횡포를 동시에 나타낸다. 겉으로는 날쌘 제비이지만 만취한 상태에 온갖 추태를 부리는 늙은이에 대한 비웃음이다. 짓밟는다는 뜻의 蹴이 이를 뒷받침한다. ·飛花落舞筵은 많은 화대에 쓰러지듯 늙은 물주의 품에 안기는 여인의 모습이다. 이날의 술자리는 물주의 제안이 있었음을 짐작할 수 있다. 평소 두보를 좋아하는 물주가 제대로 한 턱 쏘겠다고 데리고 간 상황이지만 제8구에서 두보의 본의가 드러난다. 술자리가 질펀해질수록 화대 지불 능력이 없는 두보는 여인들의 관심 밖이다. ·不有小舟는 두보의 한탄으로 집의 아내 하나도 제대로 건사 못 하는 인간의 또 다른 표현이다. 그러면서도 술자리의 기분에 도취되어 호기 부린 모습을 상앗대 놀리듯이 방탕해지고 싶다는 蕩槳으로 표현했다. 그러한 호기에 아가씨들은 술잔을 계속 따르지만, 표정은 냉담할 수밖에 없다. 泉이 이러한 분위기를 뒷받침하며 맑은 샘물과 차가운 샘물의 뜻을 모두 나타낸다. 당시 삶의 일면을 적나라하게 묘사한 작품으로 순간순간의 장면과 감정의 세밀한 묘사에 넋을 잃을 지경이다. 무엇이 은유 수법인지를 한 수 가르쳐주는 모범 답안과 같다. 시제는 당연히 위처럼 풀이해야 할 것이다. ·蛾: 눈썹. ·靑黛: 푸른 눈썹. 먹. ·皓齒: 하얀 이. 靑蛾皓齒는 明眸皓齒(명모호치)와 같다. 미인의 상징어이다. ·橫笛: 피리. 옆으로 누인 형태로 연주되므로 이처럼 불린다. ·短簫: 단소 ·歌扇: 기녀들이 노래할 때 쥐는 부채. ·蹴: 차다. 밟다. ·蕩: 방탕하다. 흔들다. ·槳: 상앗대. 생식기의 은유이다.

恨別
한 맺힌 이별

洛城一別四千里 낙양성 한 번 이별 4천 리 떠도는 까닭
낙 성 일 별 사 천 리

胡騎長驅五六年 오랑캐 말 장장 5~6년을 내달리기 때문
호 기 장 구 오 륙 년

草木變衰行劍外 초목 변해 시들 무렵 검문 밖 가야 했으니
초 목 변 쇠 행 검 외

兵戈阻絶老江邊 전쟁이 관직 막고 끊어 강변서 늙어갈 뿐
병 과 조 절 로 강 변

思家步月清宵立 고향 생각에 달빛 밟다 맑은 밤 우두커니
사 가 보 월 청 소 립

憶弟看雲白日眠 아우 생각에 구름 바라보다 하루해 저무네
억 제 간 운 백 일 면

聞道河陽近乘勝 하양 지방에서는 근래 승세를 탔다 하니
문 도 하 양 근 승 성

司徒急爲破幽燕 사도는 하루빨리 유연 지방도 격파하시길!
사 도 급 위 파 유 연

• 驅: 내달리다. • 眠: '저물다'는 뜻으로 쓰였다. 先운에서는 眠을 대체할 압운이 없다. 압운의 단점이다. • 白日眠을 대낮에도 '잔다'라고 풀이하면 본의에 어긋난다. 걱정이 태산인데 대낮에 잠들기는 어렵다. • 당시의 사도가 하양 지방에서 반란군을 진압했다는 소식이 전해지자 반란군의 거점인 유연 지방도 빨리 토벌해주기를 바라는 마음을 표현했다.

제3구 草木變衰行劍外 측측측평평측측
제4구 兵戈阻絕老江邊 평평측측측평평

草木과 兵戈의 네 운자 비중은 같다. 變衰와 阻絕은 동사, 行/劍外와 老/江邊은 동사/목적어 대장이다.

제5구 思家步月淸宵立 평평측측평평측
제6구 憶弟看雲白日眠 측측평평측측평

思家와 憶弟, 步月과 看雲은 동사/목적어, 淸宵/立과 白日/眠은 주어/동사 대장이다. 대장은 이처럼 자연스러운 표현의 바탕 위에 이루어져야 한다.

晝夢
백일몽

二月饒睡昏昏然
이 월 요 수 혼 혼 연
2월 되자 많은 졸음 꾸벅꾸벅 조는데

不獨夜短晝分眠
부 독 야 단 주 분 면
밤 짧아 낮에 잠을 나눠서가 아니라네

桃花氣暖眼自醉
도 화 기 난 안 자 취
도화 기운 따뜻해져 눈 절로 취하지만

春渚日落夢相牽
춘 저 일 락 몽 상 견
봄 물가 해지자 백일몽이 서로 이끄네

故鄉門巷荊棘底
고 향 문 항 형 극 저
고향의 집과 거리는 가시나무 아래

中原君臣豺虎邊
중 원 군 신 시 호 변
중원의 군신은 표범과 호랑이 주변

安得務農息戰鬪
안 득 무 농 식 전 투
어찌 농사 힘쓰도록 전쟁 그치게 하겠으며

普天無吏橫索錢
보 천 무 리 횡 색 전
천하에서 관리 없이 마음대로 돈 탐색할까!

• 시제인 晝夢과 제4구의 夢이 풀이의 핵심이다. 둘 다 백일몽으로, 헛된 희망이다.
• 2월은 오늘날의 3월 말 또는 4월 초에 해당한다. 왕성한 봄기운에 졸음이 오는
건 당연한 생리현상이지만, 두보의 졸음은 유독 짧아진 봄밤 때문이 아니라 밤새운
걱정 때문이다. 함련은 이를 뒷받침한다. 세상이 아무리 어지러워도 봄은 어김없이
찾아와 복숭아꽃 바라보며 잠시 근심을 잊지만, 밤 되면 또다시 헛된 꿈에 시달린다.
• 경련은 처참한 현실, 미련은 결코 벗어날 수 없다는 절망의 표현이다. • 미련은 시제의
반어 표현으로 두보 율시 777편을 모두 아우르는 핵심 주제이다. 두보가 그토록 관직을
바라는 까닭은, 아무리 미미할지라도 관직이라는 권력은 인간을 통제하는 강력한
수단이라는 사실을 절실히 깨닫기 때문이다. 탐관이 없는 공정한 세상을 만들어 백성이
자유롭게 살도록 해주고 싶은 마음은 백일몽에 불과할 뿐 울분과 한탄만이 근심의
봄밤을 지새우게 한 것이다. 논설문을 읽는 듯한 정연한 표현에 또다시 감탄에 감탄을
더할 뿐이다. • 이 작품은 고풍 율시로 구성되었다. • 昏: 어두워지다. 눈이 흐려지다.
• 昏昏然은 봄기운 완연해지자 꾸벅꾸벅 조는 모습으로 우리말보다는 생동감이 현저히
떨어져 의역해둔다. • 眠: 잠. • 普: 광대하다. • 普天: 천하. • 橫: 마음대로.

제3구 桃花氣暖眼自醉 평평측측측측측
제4구 春渚日落夢相牽 평측측측측평평

桃花와 春渚는 花와 渚에 중점이 있다. 氣暖과 日落은 주어/동사, 眼/自/醉와 夢/相/牽은 주어/부사/동사 대장이다.

제5구 故鄕門巷荊棘底 평평평측평평측
제6구 中原君臣豺虎邊 평평평평평측평

荊棘과 豺虎는 식물/동물 개념으로 상징을 나타낸다. 경련은 표어 또는 구호처럼 구성된 대장이다.

宇文晁崔彧重泛鄭監前湖
우문조 최욱과 함께 다시 정 비서감 집 앞의 호수에 배를 띄우고

郊扉俗遠長幽寂　교외 사립문 비속하고 멀어 오래 적막했는데
교비 속 원 장 유 적

野水春來更接連　내 건강도 들판 물이 봄에 다시 이어 흐르듯
야 수 춘 래 갱 접 련

錦席淹留還出浦　비단 자리 오래 머물다가 다시 물가에 나서
금 석 엄 류 환 출 포

葛巾欹側未回船　갈건이 감탄하며 기울어도 배 돌아오지 않네
갈 건 의 측 미 회 선

尊當霞綺輕初散　술잔이 노을 비단 맞아 비로소 경쾌히 흩트려
준 당 하 기 경 초 산

棹拂荷珠碎却圓　노가 연꽃 구슬 스쳐 부수어도 바로 둥글어지네
도 불 하 주 쇄 각 원

不但習池歸酩酊　익숙한 연못 아니어도 곤드레만드레 돌아가니
부 단 습 지 귀 명 정

君看鄭谷去夤緣　알다시피 정곡에서는 조심할 인연을 제거했네
군 간 정 곡 거 인 연

• 원제는 〈宇文晁尚書之甥崔彧司業之孫尚書之子重泛鄭監前湖〉이다. • 司業: 국자사업
(國子司業). 관직명. • 鄭監: 비서감(秘書監) 정심(鄭審)으로 두보의 오랜 친구인 정광문
(鄭廣文)의 조카. 5언 〈暮春陪李尚書李中丞過鄭監湖亭泛舟〉에서 이미 한차례 술자리를
가졌으므로 다시 배를 '띄운다(重泛)'라고 한 것이다. • 시제의 重泛과 제2구가 풀이의
핵심이다. 重泛은 여인을 배처럼 띄워 탄다는 뜻이다. • 제1구는 정감의 집이 아니라
두보 초당, 野水는 비루한 자신의 신세를 나타낸다. • 제2구는 두보 자신의 건강이
회복되었다는 뜻을 나타낸다. • 제4구 갈건의 감탄은 '처음에는'이라는 말이 앞에 보충
되어야 한다. • 함련은 한 문장과 같다. • 未回船은 쉽게 몸을 허락하지 않는 여인을
뜻한다. • 경련은 두보의 감언이설에 마음 열어 격렬한 정사를 나누는 장면의 묘사이다.
• 棹: 두보의 생식기 또는 손이다. • 荷珠: 여인의 가슴으로 拂荷珠碎는 여인의 가슴을
으스러질 듯 어루만지는 모습, 却圓은 놓자마자 즉시 원래의 형상으로 돌아가는 표현이
다. 이 부분만 보면 단순한 정사 장면에 지나지 않는다. 그러나 모든 편과 연관시키면
세상에 대한 울분을 마음껏 풀어내지만 도로 원점인 상황을 나타내려 했는지도 모르겠
다. • 酩酊: 자의는 '곤드레만드레'이지만 술에 취한 것이 아니라 여인에 취한 것이다.

제3구 錦席淹留還出浦　측측평평평측측
제4구 葛巾欹側未回船　측평평측측평평

錦席과 葛巾은 선명한 대장을 이룬다. 淹留와 欹側은 부사, 還/出/浦와 未/回/船은 부사/동사/목적어로, 함련은 상징 대장이다.

제5구 尊當霞綺輕初散　평평평측평평측
제6구 棹拂荷珠碎卻圓　측측평평측측평

尊/當/霞綺/輕과 棹/拂/荷珠/碎는 주어/동사/목적어/동사, 輕은 부사처럼 풀이되지만 올바른 대장이다. 初/散과 卻/圓은 부사/동사로 卻은 도리어, 즉시의 뜻이다.

봉건시대 유가 생활의 일면을 엿볼 수 있다. •제8구는 해학적인 표현으로 서로서로 눈감아주는 작당의 인연을 짐작할 수 있다. 솔직함에 놀라지만 직설적으로 말하자면 오입 모임이다. 오입의 사전 의미는 입구를 잘못 '찾는다'이다. •鄭谷: 자의는 정 비서감의 집이지만 谷은 함께 온 여인들을 가리키며 그래서 조심하거나 고개 숙여야 할 인연이 아니다. 《두시상주》를 비롯한 역대의 주석과 풀이는 적어도 이 작품에 있어서만은 깡그리 허위와 위선이다. 이 작품은 지독한 은유로 표현되었으므로 풀이 역시 횡설수설할 수밖에 없다. •葛巾: 은자를 상징하는 초라한 관. 두보 자신을 가리킨다. •欹: 감탄하다. •側: 기울다. •尊은 준으로 읽는다. 술잔. •棹: 노. •荷珠: 연꽃 구슬. 젖가슴을 나타낸다. •拂: 스치다. •賁: 조심하다.

211

官定後戲贈
관직이 정해진 후 서러워하며 주다

不作河西尉 하서위 관직의 임명을 피해도
부작하서위

淒涼爲折腰 처량하게 허리를 굽혀야 한다네
처량위절요

老夫怕趨走 늙은이는 아마도 종종걸음 쳤을 것이며
노부파추주

率府且逍遙 솔부에서는 그나마 소요할 수 있다네
솔부차소요

耽酒須微祿 술을 탐하려면 박봉일지라도 필요하지만
탐주수미록

狂歌托聖朝 노래에 미치려면 성조에 의탁해야 한다네
광가탁골조

故山歸興盡 고향 산천 돌아가도 흥취는 끝났을 뿐
고산귀흥진

回首向風飆 고개 돌려도 회오리바람을 마주할 뿐
회수향풍표

• 하서위를 피하고 우위솔부병조가 되었다(時免河西尉 爲右衛率府兵曹)는 자주(自註)가 있다. •戲: 호로 읽는다. 서러워하다. 탄식하다. 희로 읽으면 어이없어 웃음도 안 나온다는 뜻이다. •贈: 누구에게 주었는지는 알 수 없다. 자신에 대한 한탄으로 보아둔다. •河西尉: 관직명. •作: 이명하다. •老夫: 자신을 낮추어 일컫는 말. •怕: 아마. •率府: 관직명. •狂歌: 시에 미치는 일. •飆: 회오리바람.

제3구 老夫怕趨走 측평측평측
제4구 率府且逍遙 측측측평평

老夫와 率府는 인명/관직명이면서 老와 率이 형용사 형태로 묘미 있게 대장되었다. 怕/趨走와 且/逍遙는 부사/동사 구성이다.

제5구 耽酒須微祿 평측평평측
제6구 狂歌托聖朝 평평측측평

耽酒와 狂歌, 須/微祿과 托/聖朝는 동사/목적어 구성이다.

又雪
또한 눈처럼 희어

南雪不到地　남쪽 향한 설첨봉은 아직 땅에 이르지 않았으니
남 설 부 도 지

靑崖霑未消　푸른 벼랑이 물 빛깔로 적실지라도 녹일 수 없네
청 애 점 미 소

微微向日薄　희미한 모습은 해를 향하자 더욱 엷고
미 미 향 일 박

脈脈去人遙　정 품은 모습도 사람과 떨어져 아득하네
맥 맥 거 인 요

冬熱鴛鴦病　전쟁의 북소리 왕성하여 원앙 부부 마음 병들고
동 열 원 앙 병

峽深豺虎驕　협곡 깊어 승냥이와 호랑이 같은 도적들 설치네
협 심 시 호 교

愁邊有江水　근심해도 주변에는 단지 강물만 있으니
수 변 유 강 수

焉得北之朝　어찌 북쪽의 조정에서 뜻을 이루겠는가!
언 득 북 지 조

•靑崖: 특정한 벼랑을 나타내는 별칭이다. •微微: 희미하다. 어렴풋하다. •脈脈: 말없이 정을 품은 모습. 은근하다. •去: 떠나다. •冬: 북소리. •病: 근심하다. •驕: 교만하다. 제멋대로 하다. •又雪을 '또다시 눈이 내리다'라고 한 전인의 풀이에는 수긍하기 어렵다. 이처럼 풀이하면 아랫부분의 내용과 어긋난다.《학주(鶴注)》에서는 '또다시 눈이 내리다'로 풀이하여 이전 작품은 누락된 것으로 추측한다. 왕사석(王嗣奭)의 《두억(杜臆)》에서는 경련과 미련에 대해 '눈이 땅에 이르지 못하는 까닭은 기온이 따뜻하기 때문이다. 벼랑을 적신 눈이 해를 향하다가 점차 사라져 사람들은 볼 수 없으므로, 말없이 정품어도 사람과 떨어져 아득하다'라고 풀이한다. 그러나 《풍토기(風土記)》에서는 '남방에서는 눈을 볼 수 없다'고 기록되어 있다. 함축이 심한 이상 어떻게 풀이해도 반론이 있을 수 있겠지만, 눈 내리는 정경과 경련에서 감회의 서술은 어울리는 표현으로 이해하기 어렵다. •靑崖: 안휘성 천주산 설첨봉 남쪽 벼랑으로 푸른 광택이 떠도는 것처럼 보인다고 해서 붙은 명칭이다. 벼랑 위에 올라 서쪽의 천주산을 바라보면, 회색빛 기암괴석이 창처럼 늘어서 있는 곳이 설첨봉이다. '又雪'을 '설첨봉은 창과 같은 모습에 또한 눈처럼 희어'라고 풀이해야 하는 근거가 될 것이다. 설첨봉은 두보

제3구 微微向日薄 평평측측측
제4구 脈脈去人遙 측측측평평

微微와 脈脈은 의태어와 의태어, 向/日/薄과 去/人/遙는 동사/목적어/형용동사 구성이다. 형용사와 형용동사의 대장은 구분이 모호하여 형용사 역시 형용동사로 분류한다.

제5구 冬熱鴛鴦病 평측평평측
제6구 峽深豺虎驕 측평평측평

冬熱/峽深은 의성어 형태의 주어/형용동사와 의태어 형태의 주어/형용동사의 대장으로 좀체 보기 어려운 예이다. 鴛鴦/豺虎는 동물의 대장으로 비유를 나타낸다. 鴛과 鴦, 豺와 虎의 비중은 같다. 病과 驕는 형용동사 구성이다.

자신, 不到地의 地는 조정, 청애는 자신을 이끌어주려 하나 권력 없는 친구 또는 지인의 상징으로 보아야 한다. 함련의 미미한 존재 역시 두보 자신이며, 해는 군주 또는 조정의 상징이다. 눈 색깔에 가까운 설첨봉의 옅은 회색빛이 햇빛을 받으면 더욱 옅어지듯이 조정과 멀어져가는 자신의 처지를 微微向日薄으로 표현했으며, 脈脈 역시 자신의 심정을 나타낸 표현으로서 아무리 정 품어 바라본들 타인이나 조정과는 멀어져가는 실의의 심정으로 보아야 한다. •경련의 冬熱은 올바른 풀이를 뒷받침할 핵심 표현이다. 전인의 해석대로 겨울이 따뜻하여 원앙이 병든다면 당연히 冬暖으로 써야 하며, 冬熱은 맞지 않는다. 冬을 겨울로 풀이하지 않아야 하는 결정적인 증거는 峽과의 대장이다. 冬을 겨울로 풀이하면, 冬은 계절이나 시간 또는 숫자를 나타낸다. 대장 역시 계절이나 시간 또는 숫자를 안배해야 하므로 峽은 어울리지 않는다. 冬은 겨울 이외에 북소리를 나타낸다. 7언이라면 첩어인 '冬冬'으로 표현했을 테지만 微微와 脈脈을 사용한 데다가 5언이어서 명확하게 나타내지 못한 것이다. 의성어에는 의성어 또는 의태어로 대장해야 한다. 冬이 의성어이므로 의태어에 해당하는 峽으로 소리와 모습을 대장시킨 것이다. 이 부분만 제대로 풀이하면 앞뒤는 자연스럽게 연결된다.

鷗

찬 강의 갈매기 같은 신세

江浦寒鷗戱 　찬 강의 갈매기 신세에 서러운데
강 포 한 구 호

無他亦自饒 　또 절로 서러운 마음이 더해지네
무 타 역 자 요

卻思翻玉羽 　생각 물리치려 해도 관직 번복하게 되니
각 사 번 옥 우

隨意點靑苗 　실의는 청묘 언덕에 기러기 신세 발자국
수 의 점 청 묘

雪暗還須浴 　눈 많이 내리면 모름지기 뒤집어써야 하고
설 암 환 수 욕

風生一任飄 　바람 불면 부는 대로 나부끼는 신세라네
풍 생 일 임 표

幾群滄海上 　얼마나 강호에서만 무리에 뒤섞였던가!
기 군 창 해 상

淸影日蕭蕭 　맑은 그림자 매일 쓸쓸하고 쓸쓸할 뿐
청 영 일 소 소

• 시제의 鷗는 찬 강의 갈매기 같은 신세와 같다. 시제를 전부 나타내지 않고, 내용 속에 포함하여 줄이거나 은유로 표현하는 수법은 두보 시의 특징이다. •戱와 玉羽와 靑苗가 올바른 풀이의 핵심이다. •江浦: 강변. 지명인 기주강(夔州江) 어복포(魚復浦)로 보아도 풀이에는 지장이 없다. •戱: 호로 읽는다. 서럽다는 뜻이다. •無他: 까닭 없이. 평측 안배 때문에 無斷이나 無故를 쓰지 못했다. •饒: 서러움이 깊어간다는 뜻으로 쓰였다. 어색하지만 蕭운에서는 대체할 압운이 없다. •翻: 뒤집다. 번복하다. •玉羽: 옥우인(玉羽人)의 준말. 흰 옥으로 만든 날개 달린 신선. 우화등선(羽化登仙) 또는 관직을 비유한다. •點: 찍다. 기러기 발자국처럼 청묘 언덕에서 서성이는 두보 자신의 모습을 나타낸다. •靑苗: 청묘피(靑苗陂)의 준말. •陂: 방죽. 비탈. •暗: 길을 잃을 정도로 많은 눈이 내린 상태를 나타낸다. 자신의 신세를 비유한 묘미 있는 말이다. •浴: 뒤집어썼다는 뜻이다. •경련에서는 부평 같은 자신의 처지를 나타냈다. •群: 무리를 이루다. 조정의 무리 속에 섞이지 못한 신세를 뜻한다고 보아야 전개가 수미일관 한다. •滄海: 강호와 같다. 부정적인 뜻으로 쓰였다. 江湖가 더 어울리지만, 평평이므로 안배할 수 없다. •淸影: 두보 자신.

제3구 卻思翻玉羽 측/평/평측/측
제4구 隨意點靑苗 평측/측/평/평

卻思와 隨意는 동사/목적어로, 隨意의 표면적인 뜻은 '마음 가는 대로'이
지만 실의의 모습을 나타낸다. 翻과 點은 동사, 點은 기러기 무리가 내려앉아
수많은 발자국을 찍듯이 정처 없이 서성거리는 두보 자신의 모습을 나타낸
다. 玉羽는 玉羽人, 靑苗는 靑苗陂로 인명과 지명 대장이다. 玉은 순백색을
뜻하며 靑과 색깔로 대장되었다. 찬탄이 절로 나오는 구성으로서, 대장을
올바르게 파악해야 하는 중요성을 알려준다.

제5구 雪暗還須浴 측측평평측
제6구 風生一任飄 평평측측평

雪暗과 風生은 주어/형용동사로 雪과 風은 자연 대장이다. 還須와 一任은
부사/동사, 還須와 一任을 부사로 보아도 통한다. 一은 '온통'의 뜻으로 쓰였
다. 浴과 飄는 동사 구성이다.

野望
시골 늙은이의 원망

納納乾坤大 납 납 건 곤 대	이 운명 받아들이는 천지는 어디나 대동하여
行行郡國遙 행 행 군 국 요	가고 가도 바라는 제후국은 요원할 뿐이라네
雲山兼五嶺 운 산 겸 오 령	구름 낀 산에다 다섯 봉우리를 더 겸한 신세
風壤帶三苗 풍 양 대 삼 묘	바람 부는 땅에 세 치의 모종으로 붙은 신세
野樹侵江闊 야 수 침 강 활	들판의 나무도 강물에 가까워야 광활해지고
春蒲長雪消 춘 포 장 설 소	봄 창포일지라도 눈에서 자라면 소멸할 뿐
扁舟空老去 편 주 공 로 거	일엽편주 부질없이 늙어서도 떠도니
無補聖明朝 무 보 성 명 조	성군 위해 밝힐 조정 도울 수 없구나!

• 상징의 표현으로 구성되었다. 실제 상황이라면 수련과 경련의 표현은 모순이다.
• 納: 단순히 받아들이다가 아니라 아무리 '노력해도'의 뜻이다. • 大: '크다'는 뜻보다는
'大同'의 뜻이 강하다. 어디든지 비슷하다. • 제1구가 실제의 천지 크기를 말했다면
어린아이의 말소리에 불과하다. • 郡國: 제후국 지방행정. 제후국으로 풀이해둔다.
• 壤: 땅. • 帶: 장식하다. 붙이다. • 侵: 차츰 가까워지다. • 補: 돕다. • 長은 측성으로
쓰였다.

제3구 雲山兼五嶺 평평평측측
제4구 風壤帶三苗 평측측평평

雲山과 風壤은 명사형 형용사/명사, 兼五嶺과 帶/三苗는 동사/목적어로
함련은 함축의 상징 대장이다.

제5구 野樹侵江闊 측측평평측
제6구 春蒲長雪消 평평평측평

野樹와 春蒲는 명사형 형용사/명사로, 樹와 蒲는 식물 대장이다. 侵江闊과
長雪消는 동사/목적어/동사 구성이다.

堂成
초당이 완성되다

背郭堂成蔭白茅 　성곽 등진 초당 완성은 띠 풀로 지붕 덮었고
배 곽 당 성 음 백 모

緣江路熟俯青郊 　강변의 길은 익숙한데다 푸른 교외 굽어보네
연 강 로 숙 부 청 교

榿林礙日吟風葉 　오리나무 숲은 해를 막고 바람에 읊조리는 잎
기 림 애 일 음 풍 엽

籠竹和煙滴露梢 　긴 대숲 안개와 합쳐져 이슬 떨어뜨리는 가지
농 죽 화 연 적 로 초

暫止飛烏將數子 　잠시 멈춘 날던 새는 몇 마리 새끼 거느렸고
잠 지 비 오 장 수 자

頻來語燕定新巢 　빈번히 와서 우짖던 제비도 새 둥지 정했네
빈 래 어 연 정 신 소

旁人錯比揚雄宅 　이웃 사람은 착각하여 양웅 저택에 비교하니
방 인 착 비 양 웅 택

懶惰無心作解嘲 　게으르고 무심해도 조롱 변명 글 지어야겠네
나 타 무 심 작 해 조

•초당을 완성한 후 이사한 기쁨이 잘 묻어난다. •蔭: 덮다. •榿: 오리나무. •籠竹은
籠蔥竹으로 마디가 긴 대. •語燕: 묘미 있는 시어이다. •解嘲는 양웅의 작품으로 조롱을
변명하는 글. 두보 역시 옆 사람의 비교에 변명하는 글을 지어야겠다는 말로 겸손을
드러냈다.

제3구 檉林礙日吟風葉 평평측측평평측

제4구 籠竹和煙滴露梢 평측평평측측평

檉林과 籠竹은 林과 竹에 중점이 있다. 礙日과 和煙은 동사/목적어, 吟/風/葉과 滴/露/梢는 동사/목적어/명사 대장이다.

제5구 暫止飛鳥將數子 측측평평평측측

제6구 頻來語燕定新巢 평평측측측평평

暫止와 頻來는 부사/동사, 飛鳥/將/數子와 語燕/定/新巢는 주어/동사/목적어 대장이다.

奉和賈至舍人早朝大明宮

사인 가지의 〈이른 아침 대명궁〉을 받들어 화답하다

五夜漏聲催曉箭　5경의 물시계 소리 새벽 화살 되어 재촉하고
오 야 누 성 최 효 전

九重春色醉仙桃　구중궁궐 봄빛은 선계 복숭아꽃 취하게 할 듯
구 중 춘 색 취 선 도

旌旗日暖龍蛇動　날씨 따뜻해져 정기의 뱀용 그림 꿈틀대는 듯
정 기 일 난 룡 사 동

宮殿風微燕雀高　궁전 바람 부드러워지자 제비 참새 높이 나네
궁 전 풍 미 연 작 고

朝罷香煙攜滿袖　조회 파해도 향 연기 소매에 끌려 가득하고
조 파 향 연 휴 만 수

詩成珠玉在揮毫　시 이루어지는 주옥 구 휘두르는 붓에 있네
시 성 주 옥 재 휘 호

欲知世掌絲綸美　세상에 알려지는 수완은 조서의 미려에 있으니
욕 지 세 장 사 륜 미

池上於今有鳳毛　중서성은 지금부터 봉황 깃을 점유한 듯하네
지 상 어 금 유 봉 모

• 舍人: 관직명. • 五夜: 오경과 같다. • 更은 평성이므로 안배하기 어렵다. • 絲綸: 황제
조서. 왕의 한마디는 실과 같지만, 드러나면 벼리가 된다(王言如絲 其出如綸).《禮記·緇
衣》에 근거한다. 의역해둔다. • 世: 세상. 인간. • 掌: 손바닥. 수완. • 池는 봉황지로
중서성을 가리킨다.

제3구　旌旗日暖龍蛇動　평평측측평평측

제4구　宮殿風微燕雀高　평측평평측측평

旌旗와 宮殿은 밀접한 관계, 日暖과 風微, 龍蛇/動과 燕雀/高는 주어/동사 대장이다. 함련은 설명하듯이 구성되었다.

제5구　朝罷香煙攜滿袖　평측평평평측측

제6구　詩成珠玉在揮毫　평평평측측평평

朝罷와 詩成은 주어/동사, 香煙/攜/滿/袖와 珠玉/在/揮/毫는 주어/동사/동사/목적어 대장이다.

寄高三十五書記
고서기에게 부치다

歎惜高生老 슬프고 애석한 고서기 생애의 늙음이여!
탄 석 고 생 로

新詩日又多 새 시에서 탄식할 내용만 또 많아집니다
신 시 일 우 다

美名人不及 훌륭한 명성 속인은 미칠 수 없는 법
미 명 인 불 급

佳句法如何 가구 짓는 법식 어찌 견줄 수 있겠는지요!
가 구 법 여 하

主將收才子 으뜸 장수가 재능 있는 젊은이 모으니
주 장 수 재 자

崆峒足凱歌 공동산은 개선가 싫증 낼 정도입니다
공 동 족 개 가

聞君已朱紱 소문에 그대 이미 붉은 관복 확정이라니
문 군 이 주 불

且得慰蹉跎 제가 명성 얻은 듯 실의를 위안받습니다
차 득 위 차 타

•고서기는 고적(高適)을 가리킨다. •수련은 실제로 고서기의 늙음을 슬퍼한다는 말이
아니라, 그의 능력을 모두 펼치지 못할 세월이 애석하다는 뜻으로 쓰였다. 지극한
존경의 반어 표현이다. •主將: 으뜸가는 장수. •才子: 재능 있는 남자. •崆峒: 산
이름. •足: 만족하다. 싫증나다. 만족이 지나치면 싫증나는 법이므로 같은 뜻이다.
•朱紱: 붉은 관복. 고관의 상징이다. •蹉跎: 미끄러지다. 실의하다.

제3구 美名人不及 측평평측측
제4구 佳句法如何 평측측평평

美名과 佳句는 형용사/명사, 人/不及과 法/如何는 주어/동사 구성이다.

제5구 主將收才子 측측평평측
제6구 崆峒足凱歌 평측측측평

主將/收/才子와 崆峒/足/凱歌는 주어/동사/목적어 구성이다.

春宿左省

봄밤 문하성에 숙직하는 관리들을 보고

花隱掖垣暮 밤꽃이 곁채 담장 밖에 숨어든 저물녘에
화 은 액 원 모

啾啾棲鳥過 관리는 '추~추'하다 새 깃들 듯 들이네
추 추 서 조 과

星臨萬戶動 유성이 만 집에 임해 근심 요동치는 격
성 림 만 호 동

月傍九霄多 달빛 궁궐에 가까워져 근심 많아지는 격
월 방 구 소 다

不寢聽金鑰 잠 못 이루고 금문 자물쇠 소리를 듣나니
불 침 청 금 월

因風想玉珂 풍기문란에도 옥 같은 얼굴을 상상해보네
인 풍 상 옥 가

明朝有奉事 내일 아침 조정에 받들 일 많을 것인데
명 조 유 봉 사

數問夜如何 자꾸 문책당하리! 밤에 무슨 일 있었냐고!
수 문 야 여 하

•花가 풀이의 핵심이다. 첩 또는 가기를 상징한다. 관리들의 풍기문란 작태를 통렬하게
꼬집었다. •달빛이나 별빛은 밝을수록 행운을 상징하지만 이를 빗대어 반어법으로
표현했다. •左省: 문하성 별칭. •掖垣도 문하성의 별칭이지만 자의대로 풀이해둔다.
•隱: 숨다. •啾: 어린애의 작은 소리. 관리가 밤꽃에 보내는 신호이다. •萬戶는 궁궐
또는 백성의 상징. •九霄: 궁궐의 상징. •傍: 달라붙다. •風: 풍기문란. 숙직실로
첩이나 가기를 불러들인 상황이다. •玉珂: 옥. 첩이나 가기의 얼굴을 나타낸다.

제3구 星臨萬戶動 평평측측측
제4구 月傍九霄多 측측측평평

星/臨/萬戶/動과 月/傍/九霄/多는 주어/동사/주어/동사 구성이다.

제5구 不寢聽金鑰 측측평평측
제6구 因風想玉珂 평평측측평

不寢과 因風, 聽/金鑰과 想/玉珂는 동사/목적어로, 金과 玉은 귀중품 대
장이다.

天末懷李白
변방으로 추방당한 이백을 그리워하며

涼風起天末 쓸쓸한 바람 하늘가에 일어나는 때
양 풍 기 천 말

君子意如何 군자의 괴로운 뜻 얼마이겠습니까!
군 자 의 여 하

鴻雁幾時到 기러기에게 전하는 이 편지 어느 때 도달할지
홍 안 기 시 도

江湖秋水多 강호의 가을 물 본 지 여러 해가 지났습니다
강 호 추 수 다

文章憎命達 뛰어난 문장이 운명을 미워할 지경이니
문 장 증 명 달

魑魅喜人過 귀신은 타인 기쁘게 하려 들렀습니다
이 매 희 인 과

應共冤魂語 응당 함께 억울한 일이라고 말해야 하지만
응 공 원 혼 어

投詩贈汨羅 시만으로 분한 심정 멱라강에 던질 뿐입니다
투 시 증 멱 라

• 편지 형식의 작품이다. 시제는 일반적으로 '변방에서 이백을 그리워하며'라고 풀이할
수 있지만, 내용은 이백이 변방으로 추방된 일을 안타까워하며 편지 형식으로 썼으므로
위처럼 풀이해야 더욱 알맞을 것이다. •涼風: 청량한 바람. 추풍. 涼에는 쓸쓸하다,
가을, 근심의 뜻도 있다. •過: 압운으로 쓰일 때는 경과하다, 들르다의 뜻이다. •天末:
하늘 끝. 멀리 떨어진 변방을 비유한다. •鴻雁幾時到만으로는 이백과 두보의 소식
둘 다 가능하지만 이백에게 부치는 편지 형식이므로 두보의 입장으로 보아야 한다.
•江湖秋水多는 여러 해 동안 만나지 못했다는 뜻이다. •魑魅는 도깨비 귀신 모함한
간신들을 비유한다. •冤魂: 이백이 억울하게 모함당한 일을 가리킨다. •投: 던지다.
의지하다. •汨羅: 멱라강. 楚나라 애국 시인 굴원이 멱라강에 투신한 일을 빗대어
이백을 돕지 못한 안타까움을 표현했다.

제3구 鴻雁幾時到 평측측평측
제4구 江湖秋水多 평평평측평

鴻雁과 江湖는 부분과 전체 대장이다. 幾/時와 秋/水는 숫자의 개념/명사,
到와 多는 동사/형용동사 구성이다. 多의 대장은 약간 어색하지만, 歌운에서
는 다른 압운으로 대체하기 어렵다.

제5구 文章憎命達 평평평측측
제6구 魑魅喜人過 평측측평평

文章과 魑魅는 명사, 憎/命/達과 喜/人/過는 동사/목적어/동사 구성이다.
이 구조를 잘 익혀야 다양한 표현이 가능하다.

舟前小鵝兒
배 앞의 새끼 거위

鵝兒黃似酒　새끼 거위 노란 깃털은 아황주 색과 같아
아아황사주

對酒愛新鵝　아황주 대하며 새끼 거위와 친해지고 싶네
대주애신아

引頸嗔船逼　어미는 목을 늘여 다가오는 배를 성내며 핍박하고
인경진선핍

無行亂眼多　무질서한 새끼 행렬은 눈을 어지럽힐 정도로 많네
무행란안다

翅開遭宿雨　날개 겨우 나는데 간밤 비를 만났고
시개조숙우

力小困滄波　부력은 어려서 큰 물결에 시달리네
역소곤창파

客散層城暮　불청객이 성과 같은 무리를 해산시키는 저물녘
객산층성모

狐狸奈若何　밤 깊어 여우와 너구리 침입에는 어쩔 것인가!
호리나약하

•鵝兒黃似酒로 명주인 鵝黃酒를 포함한 표현은 묘미 있다. •愛: 친밀하게 대하다.
•新鵝: 역시 새끼 거위를 가리킨다. •宿雨: 간밤에 내린 비. •遭: 만나다. 나쁜 일을
당하다. •困: 지치다. 시달리다. •層城: 일반적으로 높은 성을 뜻하지만 이렇게 풀이하면
뜬금없다. 이 구에서는 겹겹의 성과 같은 거위 무리를 나타낸다. •客散層城暮: 참으로
묘미 있는 표현이다. •客: 두보 자신이다. 거위의 쪽에서는 불청객이어서, 두보가
배를 돌리자 거위들이 흩어지는 상황을 나타낸다. •제8구의 狐狸奈若何는 걱정하는
뜻도 있지만, 두보 자신의 마음을 몰라주는 서운함의 해학 표현이다. •奈若何는 奈何로
도 충분하지만, 평측의 안배와 더불어 걱정을 강조하는 뜻으로 쓰였다.

제3구 引頸嗔船逼 측측평평측
제4구 無行亂眼多 평평측측평

引頸과 無行은 동사/목적어 구성이다. 無行은 무질서한 행렬로 풀이되지만, 행렬에 질서가 없다는 뜻이므로 올바른 구성이다. 嗔船逼과 亂眼多는 동사/목적어/동사 구성이다. 多는 눈을 어지럽힌 적이 여러 차례라는 뜻으로 쓰였다.

제5구 翅開遭宿雨 측평평측측
제6구 力小困滄波 측측측평평

翅開와 力小는 주어/형용동사 구성이다. 翅開를 '날개를 펴다'로 풀이하면 力小와 대장되지 않는다. 遭/宿雨와 困/滄波는 동사/목적어 대장으로, 이러한 구성은 상용하는 방법이다.

花底
목단 꽃의 바탕

紫萼扶千蕊　자주색 꽃받침 천 꽃술을 떠받치고
자 악 부 천 예

黃鬚照萬花　노란 꽃술은 만의 꽃받침을 밝히네
황 수 조 만 화

忽疑行暮雨　저녁 비와 같은 정으로 홀연 미혹시키고
홀 의 행 모 우

何事入朝霞　아침노을 같은 모습으로 빠져들게 하는가!
하 사 입 조 하

恐是潘安縣　반악이 도리 가꾼 하양현도 이랬을 듯
공 시 반 안 현

堪留衛玠車　미남자 위개의 수레를 머물게 했으리라!
감 류 위 개 거

深知好顏色　짙어질수록 좋은 색깔임을 알 수 있으니
심 지 호 안 색

莫作委泥沙　부디 진흙과 모래땅에 방치하지 말기를!
막 작 위 니 사

• 수련의 묘사와 暮雨, 朝霞는 목단임을 뒷받침한다. 목단의 천연미에 대한 감탄이다.
목단은 키가 작아 사람은 목단꽃 아래 있을 수 없다. 상징으로 시제를 정한 발상에
찬탄을 금할 수 없다. • 暮雨와 朝霞는 조운모우(朝雲暮雨)를 연상시킨다. 아침 구름,
저녁 비라는 뜻으로 운우의 정을 상징한다. • 行: 보내다. • 疑: 미혹되다. • 入: 들이다.
빠지다. 疑와 같은 뜻으로 쓰였다. • 深: 매우 깊이. 색깔이 짙다. • 知: 알다. 알리다.
• 莫作: ~하지 말라! • 委: 맡기다. 방치하다. 미련은 등용을 바라는 두보 자신의 마음과
같다. • 潘安: 반악(潘嶽). 쯥나라 관리이자 문장가. 자는 安仁. 평측 안배 때문에 潘安으로
구성했으니, 인명의 평측을 안배할 때 참고할 수 있는 표현이다. 河陽현령 시절 복숭아와
자두를 두루 심어 꽃 현을 조성한 일화로 널리 알려져 있다. • 衛玠: 진나라의 미남자.
옥인(玉人)으로 불렸다. • 堪: 위개와 같은 미남자를 충분히 감당할 수 있을 것이라는
표현이다.

제3구 忽疑行暮雨 측평평측측
제4구 何事入朝霞 평측측평평

忽疑와 何事는 부사/동사와 의문사/동사의 구성이다. 부사와 의문사의 대장 구성은 상용하는 방법이다. 何事는 '무슨 일인가?'로 풀이되지만, 事는 '섬기다'로 분석되므로 疑와 정확하게 대장된다. 行/暮雨와 入/朝霞는 동사/목적어 구성이다.

제5구 恐是潘安縣 측측평평측
제6구 堪留衛玠車 평평측측평

恐是와 堪留는 부사/동사, 堪은 동사지만 이 구에서는 부사 역할로 쓰였다. 潘安과 衛玠는 인명으로 인명에는 인명 또는 지명으로 대장한다. 縣과 車는 명사로 縣은 관리가 다스리는 지방, 車는 지위를 상징하므로 묘미 있는 구성이다.

對雪
북풍한설 같은 전운을 마주하고

北雪犯長沙 북방 한설이 남방 장사까지 침범하니
북설범장사

胡雲冷萬家 오랑캐 전운이 만 호를 떨게 하네
호운냉만가

隨風且開葉 바람 따라 잠시 잎 피운 것처럼 기세 올리지만
수풍차개엽

帶雨不成花 비를 띠어 눈꽃을 피우지 못하듯이 망할 것이네
대우불성화

金錯囊徒罄 잘못 주조된 금착 돈주머니는 헛되이 비울 뿐
금착낭종경

銀壺酒易賒 은 술병 술 마실 기회 없이 곧바로 아득해지네
은호주이사

無人竭浮蟻 대작할 사람 없어도 탁주 다 비울 뿐
무인갈부의

有待至昏鴉 기대한들 저물녘의 까마귀만 돌아오네
유대지혼아

• 참으로 찬탄할 만한 역량이다. 《시경(詩經)》興의 수법을 잘 재현한 작품으로 여길 수 있다. •雪: 쌍관어로 보통은 깨끗하다는 뜻이지만, 원한을 씻다, 자신의 견해를 명확하게 드러내다는 뜻을 내포한다. •風: 오랑캐가 일으킨 전란의 상징이다. •長沙: 아열대 기후로 《풍토기(風土記)》에서는 눈이 내리지 않는다고 기록했다. 이에 따르지 않더라도, 실제 눈이 내렸다면 犯을 쓰지 않았을 것이다. 아열대 지방에서 눈을 보았다면 신기해야 인지상정이다. 기상이변으로 눈이 내렸을지라도, 역사의 기록에 의한 짐작이 아니라 자의 또는 행간의 의미를 바탕으로 합리적인 추론을 해야 한다. •雪은 북풍한설 또는 설상가상(雪上加霜)의 준말로 보아야 타당하다. •北雪, 冷, 風과 제8구의 至昏鴉가 이를 뒷받침한다. 눈이 내린 풍경을 대하고 이렇게 표현했다면, 수미일관하지 않으니 작품의 가치를 인정하기 어렵다. •실제의 눈이 아님은 胡雲, 冷, 且開葉, 不成花에 이어 金錯이 증명한다. 금착은 전한 말기 왕망(王莽, BC 45~AD23) 왕조에서 주조한 돈이다. 왕망은 자신이 옹립한 평제(平帝)를 독살하고 제위를 빼앗아 국호를 신(新)으로 명명했으나, 류수(劉秀)에게 피살되었다. •隨風: 왕성한 오랑캐의 기세. •開葉: 바람에 날리는 눈발이 나무에 꽃을 피운 것 같은 모습의 형용으로 왕위 찬탈을 의미한다.

제3구 隨風且開葉 평평측평측
제4구 帶雨不成花 측측측평평

隨風과 帶雨는 동사/목적어, 且와 不은 부사, 開/葉과 成/花는 동사/목적어 구성이다. 開와 成의 뜻은 같다.

제5구 金錯囊徒罄 평측평평측
제6구 銀壺酒易賒 평평측측평

金錯과 銀壺는 기물의 대장이다. 囊과 酒는 명사의 대장이지만 묘미 있다. 주머니가 두둑해야 술을 마음껏 마실 수 있을 것이다. 徒/罄과 易/賒는 부사/동사 구성이다.

참으로 묘미 있다. •帶雨: 오랑캐의 기세가 오래가지 못할 것임을 예고한다. 눈이 비에 섞이면 곧바로 녹으면서 진창이 되기 때문이다. 꽃을 피우지 못한다는 것은, 설령 왕위를 찬탈할지라도 지속될 수 없을 것이라는 뜻이다. •金錯은 왕망 시대 같은 현실을 상징하고 銀壺酒는 벼슬의 의지를 상징한다. •易는 쉽다는 뜻보다는 어이없다는 뜻에 가깝다. •開는 間으로 된 판본도 있으나, 開의 전사 오류로 짐작된다. •間과 成은 대장될 수 없다. •且: 잠깐. •罄: 다 써버리다. 비다. •徒는 從으로 된 판본도 있으나 전사의 잘못으로 짐작된다. 從과 易는 대장될 수 없다. •浮蟻: 탁주가 익을 때 뜨는 포말. 탁주의 별칭. 숙성되어가는 낱알 모습이 개미 같다고 해서 붙여진 이름이다. •有待: 기대하는 바. 기대하다. •至昏鴉: 실의한 두보 심정을 대변한다.

夜宴左氏莊
밤에 좌씨의 별장에서 연회를 열어

林風纖月落 녹림의 바람에 섬섬옥수의 달 떨어지더니
임풍섬월락

衣露淨琴張 옷 적신 이슬처럼 맑은 거문고 소리 울리네
의로정금장

暗水流花徑 은밀한 물이 꽃 오솔길에 흘러들자
암수류화경

春星帶草堂 봄밤의 별이 초당을 손가락 띠로 두르네
춘성대초당

檢書燒燭短 서적을 읽더라도 초 태우듯 짧은 시간
검서소촉단

看劍引杯長 검을 시험하다 술잔 당겨 또 길어지네
간검인배장

詩罷聞吳詠 작시 그쳐도 오 여인 노래 들었으니
시파문오영

扁舟意不忘 일엽편주의 그리운 정 잊지 못하리라!
편주의불망

• 지극한 은유로 정사의 과정을 표현했다. •忘: 평측 모두 쓸 수 있다. •林風: 녹림의
바람. 이중의 뜻으로 쓰였다. •衣露: 포의로관(暴衣露冠)과 같다. 옷을 햇볕에 말렸는데
이슬이 또 관을 적시다. 분주한 모습을 나타낸다. 《한서(漢書)·연자왕류단전(燕刺王劉旦
傳)》에 근거한다. •제2구는 정사 장면의 표현이지만 위와 같이 완화해서 풀이해둔다.
•張: 울려 퍼져나가다. 함련은 미련과 더불어 독자의 상상에 맡긴다. •檢: 조사하다.
살피다. •檢書: 서적을 열심히 읽다. •看: 시험하다. •劍: 생식기의 은유이다. •吳:
오 지방 여인을 가리킨다. •詠: 완화해서 표현해둔다. •扁舟: 오 여인을 가리킨다.
•意는 情이 알맞지만 평성이어서 안배하기 어렵다.

제3구 暗水流花徑 측측평평측
제4구 春星帶草堂 평평측측평

暗水와 春星은 형용사/명사, 流/花徑과 帶/草堂은 동사/목적어로 함련은
상징 대장이다.

제5구 檢書燒燭短 측평평측측
제6구 看劍引杯長 평측측평평

檢書와 看劍은 동사/목적어, 燒/燭/短과 引/杯/長은 동사/목적어/동사
로, 경련은 상징 대장이다.

曲江對雨
곡강 부용원에서 황금비 맞을 수 있을는지

城上春雲覆苑牆　성 위의 봄 구름 부용원 담장 덮으려 하고
성상춘운복원장

江亭晚色靜年芳　강변 정자 저물녘에 봄 향기 진정되었지!
강정만색정년방

林花著雨胭脂濕　숲속 꽃은 비에 달라붙어 연지 입술 젖었고
임화착우연지습

水荇牽風翠帶長　물속 마름 바람을 이끌어 비취 띠 길어졌지!
수행견풍취대장

龍武新軍深駐輦　호위 용무신군 깊숙이 황제 수레 주둔시켰고
용무신군심주련

芙蓉別殿漫焚香　부용원 별전에는 여인들의 분향에 질펀했었지!
부용별전만분향

何時詔此金錢會　어느 때 금화 뿌려 줍게 하는 회에 초대받아
하시조차금전회

暫醉佳人錦瑟旁　잠시라도 여인 금슬 곁에서 취할 수 있을까!
잠취가인금슬방

•金錢會가 풀이의 핵심이다. 《구당서(舊唐書)》에 따르면 현종은 왕공과 신하들에게 연회를 베풀며 금전을 던져 5품 이상의 관원들이 떨어지는 돈을 다투어 줍게 했다고 한다. 선인의 이러한 주석에 의하지 않으면 이 작품은 올바른 풀이가 어려울 것이다. •두보의 좌습유(左拾遺) 관직은 7품 이하에 해당하므로 뒤치다꺼리 역할에 지나지 않았을 것이다. 오늘날 하위직 공무원의 비애와 다를 바 없다. 이 작품은 회고시로, 수련은 봄비 내릴 기색과 저녁 무렵이 되어서야 비로소 연회가 끝나는 모습의 표현이다. 두보는 다시 곡강을 찾아 현종이 베풀었던 연회에서 흩뿌려진 돈 비를 연상했다고 짐작할 수 있다. •著: 착으로 읽는다. 달라붙다. •林花著雨의 花는 여인, 雨는 황제 이하 여러 관원을 상징한다. 교태와 희롱으로 점철된 문란한 연회 장면을 상상하기란 어렵지 않다. •輦: 황제의 수레. •龍武新軍: 공신의 자제들로 구성된 황제의 호위대 深駐輦은 부용원 깊숙이 현종과 양귀비의 자리를 마련해놓고 호위대장을 비롯한 몇몇은 연회를 즐겼으리라고 짐작할 수 있다. •水荇: 행채(荇菜). 다년생 수초인 마름으로 갓 피어난 잎은 식용할 수 있다. 여인의 생식기를 연상시킨다. •翠帶長은 권력자의 은밀한 제안에 여인의 행렬이 점점 길어지는 장면 묘사이다. •焚: 불타다. 焚香은

제3구 林花著雨胭脂濕　평평측측평평측
제4구 水荇牽風翠帶長　측측평평측측평

林花와 水荇은 花와 荇에 중점이 있다. 著雨와 牽風은 동사/목적어, 胭脂/濕과 翠帶/長은 주어/동사로 함련은 상징 대장이다.

제5구 龍武新軍深駐輦　평측평평평측측
제6구 芙蓉別殿漫焚香　평평측측측평평

龍武新軍과 芙蓉別殿은 인명/지명 개념, 深/駐輦과 漫/焚香은 동사/목적어 형태로 경련은 질펀한 연회의 모습을 암시하는 은유 대장이다.

여인들의 화장품 냄새와 더불어 불타오르는 정욕의 장면으로 상상할 수 있다. •漫은 과연 두보다운 시어 안배이다. 향은 엄숙함과 맑은 신령의 상태를 상징하므로 질펀하다는 뜻의 漫은 부적절한 안배이지만 漫焚香으로 질펀한 분위기와 부러워하는 마음을 드러내었다. 이 작품에 우국충정의 마음을 보태는 것은 본의가 아니다. 두보 역시 부러운 마음뿐이며 승진의 열망도 이러한 모습에서 더욱더 굳어졌을 것이다. 미련이 이를 뒷받침한다. 꽃은 꽃이 아니요, 비는 비가 아니며, 마름은 마름이 아니요, 바람은 바람이 아니다. •실제 곡강에서 비를 맞거나 대하면서 썼다면 이 작품의 내용은 시제와 전혀 맞지 않는다. •시제는 당연히 곡강 부용원 연회에서 '황금비 맞아봤으면'으로 풀이되어야 한다.

狂夫
미친 장부

萬里橋西一草堂　만리교 서쪽에는 외로운 초당
만리교서일초당

百花潭水即滄浪　백화담 물가는 창랑강과 같네
백화담수즉창랑

風含翠篠娟娟淨　바람이 비춰 조릿대 머금어야 곱고 맑듯이
풍함취소연연정

雨裛紅蕖冉冉香　비가 붉은 연꽃 적셔야 맑은 향기 난다네
우읍홍거염염향

厚祿故人書斷絕　후한 복록 받는 친구들의 서신 단절되어
후록고인서단절

恒饑稚子色凄涼　항상 굶주린 자식들의 얼굴색 처량할 뿐
항기치자색처량

欲填溝壑唯疏放　도랑 골짜기 삶 채우는데도 서툴러 추방될 듯
욕전구학유소방

自笑狂夫老更狂　자조의 미친 장부 늙어갈수록 더욱 미쳐가네
자소광부로갱광

•滄浪이 풀이의 핵심이다. 창랑은 창랑강으로 굴원의 〈어부사(漁父辭)〉에서 굴원이
방랑하던 장소이다. 滄浪으로 굴원의 신세에 비유한 것이다. 浪이 압운이어서 이처럼
표현했겠지만 절묘한 안배로 처량한 신세를 표현했다. 浪은 지명을 나타낼 때만 평성으
로 쓰인다. •萬里橋: 초당 주변 다리. •百花潭: 초당 주변 물가. •一: 외롭다. 초라하다.
孤 또는 微는 평성이므로 안배하기 어렵다. •篠: 소(筱)와 같다. 조릿대. •裛: 적시다.
•蕖: 연꽃. •溝: 도랑. •壑: 골짜기. •溝壑: 곤경과 같다. •疏: 변변찮다. •放: 추방
•自笑: 자조와 같다. 쓴웃음. 비웃음. •바람은 바람이 아니요, 조릿대는 조릿대가
아니며, 비는 비가 아니요, 붉은 연꽃은 붉은 연꽃이 아니다. 실제의 조릿대 실제의
연꽃이라면 이 작품은 전혀 수미일관하지 않아 평가할 가치조차 없다. 두보의 심정은
이 한 수가 대변해줄 것 같다.

제3구 風含翠篠娟娟淨 평평측측평평측
제4구 雨裛紅蕖冉冉香 측측평평측측평

風/含/翠篠와 雨/裛紅/蕖는 주어/동사/목적어로 翠와 紅은 색깔, 篠와 蕖는 식물 대장이다. 娟娟/淨과 冉冉/香은 첩어/동사 대장이다.

제5구 厚祿故人書斷絕 측측측평평측측
제6구 恒饑稚子色淒涼 평평측측측평평

厚祿과 恒饑는 형용사/명사, 故人과 稚子는 인명 개념, 書/斷絕과 色/淒涼은 주어/동사 대장이다. 色은 색깔이 아니라 상태를 나타낸다.

至後

동지 후

冬至至後日初長 동지 지난 이후 해 길어지기 시작하자
동지지후일초장

遠在劍南思洛陽 이 먼 검남에서도 낙양길을 생각하네
원재검남사낙양

靑袍白馬有何意 푸른 도포 백마는 무슨 뜻 있겠는가!
청포백마유하의

金谷銅駝非故鄕 전쟁의 혼란으로 고향조차 등졌으니!
금곡동타비고향

梅花欲開不自覺 매화 피어나는데도 깨닫지 못하는 까닭은
매화욕개부자각

棣萼一別永相望 형제간 이별 영원히 서로 바라보는 신세
체악일별영상망

愁極本憑詩遣興 근심 극에 달해 시에 매달려도 흥 깨지고
수극본빙시견흥

詩成吟詠轉凄涼 시가 이루어져 음영한들 도로 처량해지네
시성음영전처량

•靑袍: 푸른 도포. 낮은 관리. 靑袍와 白馬는 두보 자신으로, 제3구는 낮은 관직에 준마는 별 소용이 없다는 신세 한탄이다. •望은 평측 모두 쓸 수 있으나 측성으로만 쓰는 것이 좋다. •金谷銅駝: 낙양의 별칭으로 쓰였다. •金谷: 낙양 금곡강. •銅駝: 동으로 만든 낙타. 동타형극(銅駝荊棘)의 준말. 서진(西晉) 정치가 색정(索靖)이 낙양 궁문 앞에 동으로 만든 거대한 낙타를 보고 곧 가시나무 땅이 될 것이라 한탄했다. 망국의 별칭으로 쓰인다.《晉書·索靖傳》에 근거한다. •非: 등지다. •제4구는 고향으로 돌아가려 해도 전란 탓에 돌아갈 수 없다는 뜻이다. 두보의 고향은 장안 성도지만 陽운으로는 성도를 나타낼 수 없으므로 가까운 洛陽으로 표현했다. •棣萼: 당체(棠棣) 나무. 형제의 별칭으로 쓰인다.《詩經·小雅·常棣》에 근거한다. •本: 나 자신. 근본. 바탕. •遣興: 슬픈 흥을 보내다 또는 흥이 깨진다는 말과 같다.

제3구 靑袍白馬有何意 평평측측측평측
제4구 金谷銅駝非故鄕 평측평평평측평

靑袍와 白馬, 金谷과 銅駝는 자대(自對)를 이루면서 위아래로 대장된다. 참으로 세련된 대장이다. 有/何意와 非/故鄕은 동사/목적어 형태 대장이다.

제5구 梅花欲開不自覺 평평측평측측측
제6구 棣蕚一別永相望 측측측측측평평

梅花와 棣蕚은 식물로 상징 대장이다. 欲開와 一別은 관대에 속한다. 不自/覺과 永相/望은 부사/목적어 대장이다. 세밀한 대장을 이루어 뜻이 줄어든다면 대장은 불필요하다. 경련처럼 표현이 우선이다.

即事
눈앞의 사물이란

暮春三月巫峽長 저무는 봄 3월의 무협의 날 길게 이어져
모 춘 삼 월 무 협 장

晶晶行雲浮日光 희디희게 떠가는 구름은 해에 떠서 밝네
효 효 행 운 부 일 광

雷聲忽送千峰雨 우레가 홀연 천 봉우리에 비 보내다가
뇌 성 홀 송 천 봉 우

花氣渾如百和香 꽃기운 온통 백 가지 조화의 향과 같네
화 기 혼 여 백 화 향

黃鶯過水翻回去 꾀꼬리는 물을 스쳐 날개 뒤집다가 돌아가고
황 앵 과 수 번 회 거

燕子銜泥濕不妨 제비는 진흙 물어 나르다 젖어도 방해 아니네
연 자 함 니 습 불 방

飛閣卷簾圖畫里 높은 누각 주렴 걷는 그림 속 허무할 뿐
비 각 권 렴 도 화 리

虛無只少對瀟湘 단지 그림 속의 소상강 맑음만 마주할 뿐
허 무 지 소 대 소 상

• 제7구의 圖畫里가 풀이의 핵심으로 그림과 현실을 절묘하게 대비시켰다. 시제는
의문형과 같으며 미련에서 답했다. 시제의 속뜻은 '지금 처한 현실이 그림 속 같다면'이
다. 경련까지는 그림의 묘사이다. 제7구의 반전에서 비참한 마음을 생생하게 상상할
수 있다. •晶: 희다. •渾: 온통. •飛閣: 고각과 같다. 높은 누각. •虛無는 제7구 뒤에
연결해야 한다. •瀟湘: 소상강. 물이 맑고 깊다는 별칭으로 쓰인다. 감탄이 절로 나온다.

제3구 雷聲忽送千峰雨　평평측측평평측
제4구 花氣渾如百和香　평측평평측평평

雷聲과 花氣는 聲과 氣에 중점이 있다. 忽/送/千峰雨와 渾/如/百和香은
부사/동사/목적어 대장이다.

제5구 黃鸎過水翻回去　평평측측평평측
제6구 燕子銜泥濕不妨　측측평평측측평

黃鸎과 燕子는 동물로 黃과 燕은 색깔 대장의 백미다. 燕으로 검거나 흰
색깔을 나타냈다. 過水와 銜泥는 동사/목적어, 翻回去와 濕不妨은 동사 대
장이다.

七月一日題終明府水樓 ⑴
7월 1일 종명부의 물가 누각에서 ⑴

高棟曾軒已自涼 높은 마룻대 누각 절로 시원한 듯
고동증헌이자량

秋風此日灑衣裳 이날의 가을바람 내 옷을 씻는 듯
추풍차일쇄의상

翛然欲下陰山雪 거리낌 없이 음산의 눈을 내려주듯
소연욕하음산설

不去非無漢署香 사라지지 않을 한나라 관리의 인품
불거비무한서향

絕辟過雲開錦繡 절벽에 지나는 구름 비단 자수 펼친 듯
절벽과운개금수

疏松夾水奏笙簧 성긴 소나무 사이 낀 물 생황 연주하듯
소송협수주생황

看君宜著王喬履 그대 보면 신선인 왕교의 신발 신은 듯
간군의저왕교리

眞賜還疑出尙方 진실로 베풀며 의심할 정도의 도량이네
진사환의출상방

• 종명부는 공조참군으로 봉절현령을 겸하고 있다(終明府 功曹也 兼攝奉節令)는 두보의
설명이 덧붙어 있다. •棟: 마룻대. •曾: 더하다. •軒: 처마. •灑: 씻다. •翛: 유유자적하
다. 마음대로이다. •제4구의 사라지지 않을 관리는 역사에 남을 인품을 지녔다는
뜻으로 쓰였다. •署: 종명부를 가리킨다. •香: 인품을 나타낸다. 陽운이므로 인품을
香에 비유한 것이다. •경련은 풍경 묘사의 백미라고 할 수 있다. 소나무 사이로 흐르는
물소리를 생황 연주에 빗댄 표현은 절로 감탄이 일게 한다. •眞賜還疑는 지나칠 정도의
융숭한 대접을 나타낸다. •尙方: 제왕의 기물을 관장하는 부서. 황제가 하사하는 상방
보검. 상방 보검 같은 인물이라고 칭찬하는 표현이다. 方이 압운이므로 이처럼 표현되었
다. 도량으로 의역해둔다.

제3구 儵然欲下陰山雪 평평측측평평측
제4구 不去非無漢署香 측측평평측측평

儵然欲下와 不去非無는 형용동사로 약간의 관대에 속한다. 陰山과 漢署는 지명, 雪과 香은 구체와 추상의 대장이다.

제5구 絶辟過雲開錦繡 측측평평평측측
제6구 疏松夾水奏笙簧 평평측측측평평

絶辟과 疏松은 형용사/명사, 過雲과 夾水, 開/錦繡와 奏/笙簧은 동사/목적어 대장이다.

七月一日題終明府水樓 (2)
7월 1일 종명부의 물가 누각에서 (2)

宓子彈琴邑宰日　　복자의 거문고 소리 처신 같은 이 읍의 재상
복자탄금읍재일

終軍棄繻英妙時　　종군이 신표 연연치 않고 영묘하던 때 같네
종군기수영묘시

承家節操尙不泯　　가문 받든 절개 지조 더욱 망할 일 없으리!
승가절조상불민

爲政風流今在茲　　백성을 위한 정치 기풍 흐름 지금 더 힘쓰네
위정풍류금재자

可憐賓客盡傾蓋　　가련한 빈객 수레 덮개 기울인 듯 투합하니
가련빈객진경개

何處老翁來賦詩　　어느 곳의 늙은이가 와서 시 지어야겠는가!
하처노옹래부시

楚江巫峽半雲雨　　초 지방 강 무협은 비구름 날씨가 다반사인데
초강무협반운우

淸簟疏簾看弈棋　　모처럼 맑은 주렴 자리에 앉아 바둑 구경하듯
청점소렴간혁기

• 宓子: 종명부의 비유로 쓰였다. 宓子는 공자의 제자인 복자천(宓子賤)으로, 거문고 타는 일만으로도 단보(單父) 지방을 잘 다스렸다고 한다. 그러나 어찌 거문고 타는 일만으로 백성을 잘 다스릴 수 있겠는가! 후인의 잘못된 해석일 뿐, 맑은 거문고 소리처럼 처신하며 백성들을 잘 '돌보았다'라고 풀이해야 한다. • 終軍(BC 133~BC 112)은 서한 정치가. • 繻: 헝겊 신표로 신표는 관직의 고하를 상징한다. • 終軍棄繻: 종군청영(終軍請纓)의 변형으로 남월(南越) 지방을 복종시키기 위해 큰 권한을 요구한 고사에 기인한다. 남월왕이 복종하지 않자 공격하다 죽임을 당했으니, 21세의 나이였다. 웅지와 보국을 나타내는 전고로 쓰인다. • 제2구의 棄繻는 종명부가 작은 관직에 연연할 인물이 아니며 종군처럼 큰 포부를 펼칠 수 있는 인물이란 점을 나타낸다. • 泯: 멸망하다. 不泯은 가문이 멸망하지 않을 것이라는 뜻이다. • 風流: 풍도(風度)와 같다. 度는 측성이므로 안배하기 어렵다. • 茲: 무성해지다. 힘쓰다. • 傾蓋: 경개여고(傾蓋如故)의 준말로 우연히 만난 사람과 마음이 의기투합하는 전고로 쓰인다. 의역해둔다. • 賓客과 老翁은 두보 자신으로, 경련은 후한 접대에 대한 고마움의 또 다른 표현이다. 이러한 후의에 단지 시로써만 감사의 마음을 나타낼 수밖에 없다는 겸양 표현이다. • 簟: 대자리.

제3구 承家節操尙不泯 평평측평측측측
제4구 爲政風流今在茲 측측평평평측평

承家와 爲政은 동사/목적어, 節操와 風流는 명사로 네 운자의 비중은 같다. 尙/不泯과 今/在茲는 부사/동사 대장이다.

제5구 可憐賓客盡傾蓋 측평평측측평측
제6구 何處老翁來賦詩 평측측평평측평

可憐/賓客과 何處/老翁은 형용사/명사 형태, 盡傾/蓋와 來賦/詩는 동사/목적어 형태의 대장이다.

不歸
불귀의 객이 되다니

河間尙征伐　하간 지방 아직도 정벌 중이라니!
하 간 상 정 벌

汝骨在空城　네 유골 빈 성에 있겠구나! 아~아!
여 골 재 공 성

從弟人皆有　사촌 동생 사람이면 모두 다 있는데
종 제 인 개 유

終身恨不平　네 생각 평생 통한 가라앉지 않으리!
종 신 한 불 평

數金憐俊邁　금성을 예견한 영리와 비범한 머리
수 금 령 준 매

總角愛聰明　뿔 머리 앙증맞고 초롱초롱 눈망울
총 각 애 총 명

面上三年土　옥 얼굴 위 3년 덮인 흙! 이 동생아~
면 상 삼 년 토

春風草又生　봄바람에 잡초만 우거질 이 슬픔을!
춘 풍 초 우 생

•생생함을 제대로 드러낼 수 없는 5언 표현의 단점이다. 통곡하며 썼을 심정을 헤아리며 풀이해둔다. •從弟: 사촌 동생. 한 낱말로 쓰인 從을 終과 대장시키는 능력은 쉬운 것 같지만 참으로 어렵다. •總角: 어린 시절. 고대에 미성년자의 머리를 뿔처럼 묶은 데서 붙은 별칭이다. 자의대로 풀어야 생동감이 더해질 것 같다. •憐: '령'으로 읽는다. 영리하다. •俊邁: 준범하다. •數: 예견하다. 짐작하다.

제3구 從弟人皆有 평측평평측
제4구 終身恨不平 평평측측평

從弟와 終身은 형용사/명사, 人/皆/有와 恨/不/平은 주어/부사/동사 형태 구성이다.

제5구 數金憐俊邁 측평평측측
제6구 總角愛聰明 측측측평평

數金과 總角은 동사/목적어, 憐/俊/邁와 愛/聰/明은 동사/동사/동사 구성이다.

漫成 ⑴
시흥이 넘쳐 이루어지다 ⑴

野日荒荒白　전야의 날들 거친 비 후 눈부시고
야 일 황 황 백

春流泯泯清　봄 탁류는 흐르다 점점 맑아졌네
춘 류 민 민 청

渚蒲隨地有　물가의 부들은 양지 따라 점유했고
저 포 수 지 유

村徑逐門成　오솔길 사립문 뒤쫓듯 이루어졌네
촌 경 축 문 성

只作披衣慣　단지 하는 일이란! 옷 풀어 헤치는 습관
지 작 피 의 관

常從漉酒生　항상 따르는 것은! 술 걸러 마시는 생활
상 종 록 주 생

眼前無俗物　눈앞에는 욕심낼 필요 없는 만물
안 전 무 속 물

多病也身輕　많은 병에도 몸 가벼워지는 기분
다 병 야 신 경

•泯: 망하다. 탁류가 점점 맑아지는 모습의 형용이다.　•漫: 질펀하다. 넘치다.　•白:
눈부시게 희다.　•地는 白에 근거하여 양지로 풀이해둔다.

제3구 渚蒲隨地有 측평평측측
제4구 村徑逐門成 평측측평평

渚蒲와 村徑은 蒲와 徑에 중점이 있다. 隨/地/有와 逐/門/成은 동사/목적어/동사 구성이다.

제5구 只作披衣慣 측측평평측
제6구 常從漉酒生 평평측측평

只/作/披/衣/慣과 常/從/漉/酒/生은 부사/동사/동사/목적어/동사 형태의 구성이다.

漫成 (2)
시흥이 넘쳐 이루어지다 (2)

江皐已仲春　강과 언덕 이미 3월 말의 풍경
강고이중춘

花下復淸晨　꽃 아래 또다시 맑은 아침 맞네
화하부청신

仰面貪看鳥　얼굴 들어 탐내듯 새 바라보다
앙면탐간조

回頭錯應人　고개 돌려 잘못 타인 응대했네
회두착응인

讀書難字過　독서에 어려운 자 대강 넘기고
독서난자과

對酒滿壺頻　대작에 가득 찬 항아리 자주 여네
대주만호빈

近識峨嵋老　근래에 알게 된 아미산 늙은이 말
근식아미로

知予懶是眞　나를 일깨우듯 게으름이 진여라네!
지여라시진

・仲春: 음력 2월. 양력 3월 말에서 4월 초에 해당한다. ・對酒: 아미산 늙은이와의
술자리를 뜻한다.

제3구 仰面貪看鳥 측측평평측
제4구 回頭錯應人 평평측평평

仰面과 回頭는 동사/목적어, 貪/看/鳥와 錯/應/人은 동사/동사/목적어
구성이다.

제5구 讀書難字過 측평평측측
제6구 對酒滿壺頻 측측측평평

讀書와 對酒는 동사/목적어, 難字/過와 滿壺/頻은 주어/동사 구성이다.

春夜喜雨
봄밤의 기쁜 비

好雨知時節 호 우 지 시 절	좋은 비 시절을 알아
當春乃發生 당 춘 내 발 생	봄을 맞이하여 싹을 발생시키네
隨風潛入夜 수 풍 잠 입 야	바람 따라 살며시 밤까지 스며들고
潤物細無聲 윤 물 세 무 성	만물 윤내면서도 가늘어 소리도 없네
野徑雲俱黑 야 경 운 구 흑	들길은 구름으로 매우 어두운데
江船火獨明 강 선 화 독 명	강물 위의 배 불빛만 유독 밝네
曉看紅濕處 효 간 홍 습 처	새벽에 붉게 젖은 곳을 바라보면
花重錦官城 화 중 금 관 성	만발한 꽃 금관성처럼 소중하리라!

•知: 알다. 의인화의 수법이다. •乃: 곧바로. •發生: 싹을 발생시킨다는 뜻이다. •潛: 조용히. 살며시. 바람 따라 밤까지 그치지 않고 내린다는 뜻이다. •潤物: 봄비의 혜택으로 만물이 빛나는 모습의 형용이다. •野徑: 들판의 좁은 길이다. •江船火獨明: 강 위의 배 역시 비 내리는 밤에 보이지 않지만, 불 켜진 몇몇 배만 유독 밝다는 뜻으로 쓰였다. 봄밤의 비 내리는 정경을 더욱 뚜렷하게 나타낸다. •紅濕處: 비에 젖어 더욱 윤택하게 보이는 꽃 무리를 뜻한다. •重: 봄비 맞아 만개한 꽃은 금관성과 견줄 정도로 소중하다는 뜻이다. 紅濕處와 관련지어 생각해보면, 비에 젖은 꽃은 더욱 붉게 보이면서 금관성을 빛내준다는 뜻으로 풀이할 수 있다. 重이 '겹치다'의 뜻으로 쓰면 평성이므로, 평측의 2/4 不同 안배에 맞지 않다. •錦官城: 성도(成都)의 별칭. 금성(錦城)으로도 불린다.

제3구 隨風潛入夜 평평평측측
제4구 潤物細無聲 측측측평평

隨風과 潤物은 동사/목적어, 潛과 細는 부사, 入夜와 無聲은 동사/목적어 형태 구성이다.

제5구 野徑雲俱黑 측측평평측
제6구 江船火獨明 평평측측평

野徑과 江船은 徑과 船에 중점이 있다. 雲俱黑과 火獨明은 주어/부사/동사 형태 구성이다.
역대 평론가들의 평가는 다음과 같다.

• 紅濕 두 자는 해당화를 연상시키는 絕唱이다.(元代 方回 《瀛奎律髓》)
• ‘野徑雲俱黑, 江船火獨明’과 같은 정묘한 표현은 전대에도 없었고, 후대에도 없었다. 풍격은 서체가 가늘면서도 힘찬 것과 같고, 뜻은 심오하다.(明代 胡應麟 《詩藪》)
• 미련에서 重으로 매듭지은 표현은 오묘하여 타인은 이처럼 나타내기 어렵다.(明代 王嗣奭 《杜臆》)
• 함련에서 비 내리는 모습을 설명한 후 경련에서는 한 걸음 더 나아갔으며, 미련에서는 꿰뚫어 맺었다. 두보의 영물시는 대체로 이러하며, 후학들은 모범으로 삼아야 할 것이다.(淸代 黃生 《唐詩摘鈔》)
• 광풍이 불면서 소나기가 내리면, 만물을 오히려 손상시킨다. 潛, 細는 은근하게 계속되는 모습의 형용으로, 싹의 발생 기미에 조화롭다.(淸代 仇兆鰲 《杜詩詳注》)

悲秋
슬픈 가을

涼風動萬里 　싸늘한 바람이 만 리를 요동치듯
양 풍 동 만 리

群盜尙縱橫 　무리 지은 도적 여전히 종횡하네
군 도 상 종 횡

家遠傳書日 　고향 집 멀어 편지 전하는 날 다반사
가 원 전 서 일

秋來爲客情 　가을 도래에 객으로 사는 심정이란!
추 래 위 객 정

愁窺高鳥過 　근심은 높이 날던 새가 엿보듯 들르니
수 규 고 조 과

老逐衆人行 　이 늙은이 뭇사람을 구걸하듯 따르네
노 축 중 인 행

始欲投三峽 　바야흐로 삼협에 투신해야 할 판이니
시 욕 투 삼 협

何由見兩京 　무슨 연유로 낙양 장안 볼 수 있으리!
하 유 견 량 경

• 가장의 서글픈 마음이 절로 묻어난다. 오늘날 실직한 50대 가장의 심정을 대변하는
듯하다.

제3구 家遠傳書日 평측평평측
제4구 秋來爲客情 평평측측평

家遠과 秋來는 주어/동사, 傳/書/日과 爲/客/情은 동사/목적어/동사형
명사 구성이다.

제5구 愁窺高鳥過 평평평측측
제6구 老逐衆人行 측측측평평

愁/窺/高鳥/過와 老/逐/衆人/行은 주어/동사/목적어/동사 구성이다.

獨坐

홀로 앉아

悲秋回白首 슬픈 가을 백발의 자신을 돌아보며
비 수 회 백 수

倚杖背孤城 지팡이 짚고 외로운 성을 등졌네
의 장 배 고 성

江斂洲渚出 강물 줄어들어 모래톱 드러나고
강 렴 주 저 출

天虛風物淸 하늘은 공허하고 풍물은 차갑네
천 허 풍 물 청

滄溟服衰謝 검푸른 바다 곤의 뜻은 쇠락에 복종하니
창 명 복 쇠 사

朱紱負平生 붉은 인끈만 선망하다 평생을 저버렸네
주 불 부 평 생

仰羨黃昏鳥 황혼에 돌아오는 새 부러워하는 까닭은
앙 이 황 혼 조

投林羽翮輕 숲으로 날아드는 날 짓이 경쾌하기 때문
투 림 우 핵 경

• 새처럼 경쾌하게 숲으로 돌아오지 못한 자신의 초라한 처지를 표현했다. • 風物:
경물과 같다. • 淸: 영(冷)과 같다. 차갑다. 寒이 더 알맞지만, 庚운에서는 淸 외에
대체할 운자가 없다.

260

제3구 江斂洲渚出 평측평측측
제4구 天虛風物淸 평평평측평

江斂과 天虛, 洲渚/出과 風物/淸은 주어/동사 구성이다.

제5구 滄溟服衰謝 평평측평측
제6구 朱紱負平生 평측측평평

滄溟/服/衰謝와 朱紱/負/平生은 주어/동사/목적어로, 滄溟과 朱紱은 상
징 대장이다.

熟食日示宗文宗武

한식일 전날 종문 종무 두 자식에게 보이다

消渴遊江漢 당뇨 든 몸으로 장강 한수를 유력하다 보니
소 갈 유 강 한

羈棲尙甲兵 나그네의 서식이라면 오히려 으뜸 병사이다
기 서 상 갑 병

幾年逢熟食 몇 년이나 한식과 상봉했던가!
기 년 봉 숙 식

萬里逼淸明 만 리 강산은 청명을 핍박했다
만 리 핍 청 명

松柏邙山路 소나무와 측백으로 산 몸 이제 북망산천 길
송 백 망 산 로

風花白帝城 춘풍과 백화 같은 너희 앞날 당연히 백제성
풍 화 백 제 성

汝曹催我老 아비 인생 본 네놈들이 도리어 늙음 재촉하니
여 조 최 아 로

回首淚縱橫 이 노릇 어이하리! 눈물만 종횡하는 현실을!
회 수 루 종 횡

•제2구가 풀이의 핵심이다. 아비로서의 준엄한 꾸짖음이다. •熟食日: 한식일 전날이지만 한식날 풀이가 생동감 있다. 한식날은 불을 때지 않으므로 나그네에게는 더욱 고통스러운 날이다. 시제의 한식날은 실제의 날이지만, 본문의 한식과 청명은 두보 자신을 상징한다. •逢은 의미 있는 안배이다. 좋은 날이 아닌 한식 상봉으로 여러 가지 의미를 내포한다. •消渴: 당뇨병. •羈: 기려. 나그네 생활. •邙山: 북망산. 죽음을 상징한다. •回首: '고개를 돌린다는 뜻'이지만 '이 노릇 어이하리'라는 뜻과 같다. 의역해둔다.

제3구 幾年逢熟食 측평평측측
제4구 萬里逼淸明 측측측평평

幾年과 萬里는 세월/거리, 逢/熟食과 逼/淸明은 동사/목적어 구성이다.

제5구 松柏邙山路 평측평평측
제6구 風花白帝城 평평측측평

松柏과 風花, 邙山/路와 白帝/城은 상징 대장이다.

季秋蘇五弟纓江樓夜宴崔十三評事韋少府姪 ⑴

늦가을 아우 소영이 강변 누각에서 최평사와 조카 위소부와 더불어 밤에 술자리를 가지며 ⑴

峽險江驚急 협곡 준험하고 물살도 매우 급하고
협험강경급

樓高月逈明 누대 높아도 달은 희미하게 빛나네
누고월형명

一時今夕會 이러한 때 이 밤 연회
일시금석회

萬里故鄕情 만 리 고향 그리는 정
만리고향정

星落黃姑渚 유성도 애타는 여인의 물가에 떨어지는데
성락황고저

秋辭白帝城 이 가을도 백제성 벗어날 희망을 사양하네
추사백제성

老人因酒病 이 늙은이 이로 인해 술병 들었으니
노인인주병

堅坐看君傾 잘 버텼는데 그대들 만나 다시 기울이네
견좌간군경

• 제6구의 이해가 풀이의 핵심이다. •黃姑渚: 견우성을 상징한다는 선인의 주석에 따르지 않는다. 자의대로도 잘 통한다. •星: 두보의 마음을 상징한다. •黃: 누렇다. 병들고 지친 모양. 자신을 애타게 기다릴 아내의 마음 표현인 동시에 白과의 색깔 대장으로 안배했다. •姑: 여인. •渚: 물가. •黃姑渚의 자의는 낭군이 보고 싶어 누렇게 뜬 얼굴로 물가에서 빨래하거나 물가의 집에서 하늘을 쳐다보는 여인으로서, 두보의 아내를 상징한다. •季秋: 늦가을. 음력 9월. 양력으로 10월 말 또는 11월 초에 해당한다. •逈: 멀다. 아스라이. •白帝城: 현재 두보가 거주하는 기주 지방을 나타낸다. •제6구는 올해도 백제성에서 고향으로 돌아갈 수 없다는 한탄과 같다. •堅坐는 몸이 안 좋아 술을 마시면 안 될 상태를 나타낸다. 그동안 술을 먹지 않고 굳건히 버텼다는 뜻이다. 두보 입장에서는 堅보다 더한 표현을 하더라도 과장이 아닐 것이다. •제8구는 술꾼이 10분 전까지 술 끊었다는 술좌석의 농담과 다를 바 없다.

제3구 一時今夕會 측평평측측
제4구 萬里故鄕情 측측측평평

一時와 萬里는 숫자, 今夕/會와 故鄕/情은 명사형 형용사/명사 구성이다.

제5구 星落黃姑渚 평측평평측
제6구 秋辭白帝城 평평측측평

星/落/黃姑渚(지명)와 秋/辭/白帝城(지명)은 주어/동사/목적어 구성이
다.

季秋蘇五弟纓江樓夜宴崔十三評事韋少府佺 (2)

늦가을 아우 소영이 강변 누각에서 최평사와 조카 위소부와 더불어 밤에 술자리를 가지며 (2)

明月生長好　밝은 달은 초하루부터 생장이 순조로운데
명 월 생 장 호

浮雲薄漸遮　뜬구름 신세는 엷음조차 점점 가려질 뿐
부 운 박 점 차

悠悠照邊塞　달은 한가한 듯 유유한 듯 변경을 비추는데
유 유 조 변 새

悄悄憶京華　이 몸은 근심하고 근심하며 경성 추억할 뿐
초 초 억 경 화

清動杯中物　달이 맑게 움직이면 잔 속 취할 물건 같지만
청 동 배 중 물

高隨海上槎　구름 높이 떠서 따르면 바다 위의 뗏목 같네
고 수 해 상 사

不眠瞻白兔　불면으로 선망하며 달 옥토끼 우러러보지만
불 면 첨 백 토

百過落烏紗　구름 기운 백 번 지나며 오사모를 떨어뜨리네
백 과 락 오 사

•달과 구름의 대비로 처량한 신세를 표현했다. •수련의 풀이는 함련에 근거한다.
•悠: 한가하다. •悄: 근심하다. •杯中物: 술. 자의대로 풀이해둔다. •白兔: 달. 관직만
주어지면 옥토끼 방아 찧듯 열심히 할 수 있다는 뜻과 같다. •瞻: 우러러보다. •烏紗:
오사모(烏紗帽). 검은색 관원 관모.

제3구 悠悠照邊塞 평평측평측
제4구 悄悄憶京華 평평측평평

悠悠와 悄悄는 첩어, 照/邊塞와 憶/京華는 동사/목적어로 邊塞와 京華는
지명 개념이면서 선명한 반대를 이룬다.

제5구 淸動杯中物 평측평평측
제6구 高隨海上楂 평평측측평

淸動과 高隨는 부사/동사, 杯中物은 달, 海上楂는 구름의 상징으로 선명
한 대장을 이룬다.

季秋蘇五弟纓江樓夜宴崔十三評事韋少府侄 (3)

늦가을 아우 소영이 강변 누각에서 최평사와 조카 위소부와 더불어
밤에 술자리를 가지며 (3)

對月那無酒 대 월 나 무 주	달을 마주하는데 어찌 안 마시겠는가!
登樓況有江 등 루 황 유 강	누각 오른 데다 강물처럼 급한 심정뿐
聽歌驚白鬢 청 가 량 백 빈	노래 들어도 흰 귀밑머리 슬프게 하고
笑舞拓秋窓 소 무 척 추 창	춤 장단에 웃어도 가을 창문 넓히는 격
尊蟻添相續 존 의 첨 상 속	술잔 점점 더해지며 서로 회포 이어지니
沙鷗竝一雙 사 구 병 일 쌍	모래밭 갈매기 합쳐져서 한 쌍 이룬 듯!
盡憐君醉倒 진 련 군 취 도	끝까지 동정하던 그대들 취해 쓰러진 후
更覺片心降 갱 각 편 심 강	더 깨달았으니! 귀환 일편단심 무너짐을!

• 제2구의 풀이는 첫수에 근거한다. •3수 모두 처량한 신세 한탄이다. •驚: 양으로
읽는다. 슬프다. •那: 평측 모두 안배할 수 있다. •舞: 실제 춤이 아니라 부추기거나
위로하는 말이다. 제7구에 근거한다. •拓: 확장하다. •拓秋窓은 불우한 신세 한탄이다.
시제의 季秋는 늦가을이므로 창을 닫아야 마땅한데도 창을 넓힌다고 표현함으로써
처량한 신세를 은유로 드러내었다. •蟻: 술. •尊: 준(樽)과 같다. 술잔으로 풀이해둔다.
•添: 계속 들이키는 표현이다. •片心: 일편단심. •降: 무너져 내리다.

제3구 聽歌驚白鬢 평평평측측
제4구 笑舞拓秋窗 측측측평평

聽歌와 笑舞, 驚/白鬢과 拓/秋窗은 동사/목적어 구성이다.

제5구 尊蟻添相續 평측평평측
제6구 沙鷗竝一雙 평평측측평

尊蟻와 沙鷗는 蟻와 鷗에 중점이 있으며, 鷗의 대장으로 蟻를 안배한 묘미를 보아낼 수 있다. 상징 대장이다.

雨 (1)

비 (1)

微雨不滑道　이슬비여서 아직 길 미끄럽지 않고
미 우 불 활 도

斷雲疏復行　조각구름 드문드문 또다시 흘러가네
단 운 소 복 행

紫崖奔處黑　은자가 달려가는 곳은 어둑하고
자 애 분 처 흑

白鳥去邊明　흰 새가 날아가는 쪽은 밝네
백 조 거 변 명

秋日新霑影　가을 해 또다시 그림자를 더하고
추 일 신 점 영

寒江舊落聲　찬 강물은 변함없이 소리를 내네
한 강 구 락 성

柴扉臨野碓　사립문에서 거친 방아질을 마주하니
시 비 림 야 대

半濕搗香粳　반쯤 마른 향기로운 벼를 찧고 있네
반 득 도 향 갱

• 비가 내렸다 그쳤다 하는 상황의 반복이다. •微雨: 이슬비. •斷雲: 조각구름. •紫崖:
자줏빛 산언덕. 處를 보충하여 은자의 거처를 나타내었다. •去: 비(飛)가 더 알맞지만,
평성이어서 안배할 수 없다. •霑影: 해가 진다는 뜻으로 쓰였다. •舊: 언제나. 변함없이.
•落: 떨어지다. 이루다. •白鳥: 깃털이 하얀 새. •野: 질박하다. 형용사로 쓰였다.
•臨: 임하다. 직면하다. 대하다. •碓: 방아질의 뜻으로 쓰였다. •濕: 축축하다. 반쯤
말랐다는 말은 아직 축축하다는 말과 같다. 제8구로 미루어보면 두보가 도착했을
때 아내가 방아 찧는 상황임을 짐작할 수 있다.

제3구 紫崖奔處黑 측평평측측
제4구 白鳥去邊明 측측측평평

紫崖와 白鳥는 사람의 상징과 동물 대장이다. 紫崖가 실제 자색산 언덕인
지는 중요하지 않다. 은자를 상징하면서도 紫와 白의 색깔 대장은 정련된
대장의 묘미를 보여준다. 奔處와 去邊은 동사형 형용사/명사(위치) 구성이
다. 黑과 明은 형용동사로 선명한 대장이다.

제5구 秋日新霽影 평측평평측
제6구 寒江舊落聲 평평측측평

秋日과 寒江은 (명사형) 형용사/명사(자연), 新과 舊는 부사, 霽影과 落聲
은 동사/목적어로, 影과 聲은 무성과 유성의 선명한 대장이다.

雨 (2)

비 (2)

江雨舊無時　강촌에 내리는 비는 언제나 때 없으니
강 우 구 무 시

天晴忽散絲　하늘 맑다가도 홀연 비 실을 풀어놓네
천 청 홀 산 사

暮秋霑物冷　늦가을 비가 만물 적시면 쌀쌀해지는데
모 추 점 물 랭

今日過雲遲　오늘 비는 구름과 번갈아 가며 지체하네
금 일 과 운 지

上馬迥休出　산가지로 점치자 생각과 달라 외출 삼갔는데
상 마 형 휴 출

看鷗坐不辭　갈매기 보며 앉아 있어도 불안 그치지 않네
간 구 좌 불 사

高軒當灩滪　높은 곳 집은 바위에 눌리듯 답답해도
고 헌 당 염 예

潤色靜書帷　시를 다듬으며 서재에서 진정해보네
윤 색 정 서 유

•馬가 풀이의 핵심이다. 마(碼)와 같다. 산가지. •上馬: 산가지를 책상에 올려 하루
운수를 점쳤다는 뜻이다. •散: 흩뜨리다. 풀어놓다. •暮秋: 늦가을. •過: 들르다. 경과하
다. •今日過雲遲: 비가 내렸다 그쳤다 반복하는 상황을 나타낸다. •迥: 멀다. 차이가
크다. •辭: 사양하다. 피하다. 약간 어색하지만, 支운에서는 대체할 만한 운자가 없다.
•灩滪: 염예퇴(灩滪堆). 물 가운데 우뚝 솟은 거대한 바위. •當: 당면하다. 마주 보는
거대한 바위처럼 집안에서 답답함을 느낀다는 뜻으로 쓰였다. •潤色: 문장을 다듬다.
•書帷: 서재와 같다.

제3구 暮秋霑物冷　측평평측측
제4구 今日過雲遲　평측측평평

暮秋와 今日은 시간/자연, 霑/物/冷과 過/雲/遲는 동사/목적어/형용동사의 대장으로 이 구성을 잘 익혀야 다양한 표현과 알맞은 문법을 구사할 수 있다.

제5구 上馬迥休出　측측측평평
제6구 看鷗坐不辭　평평측측평

上/馬와 看/鷗는 동사/목적어 구성이다. 碼 대신에 馬를 안배하여 鷗와 대장한 것은 묘미 있다. 迥과 坐는 형용동사, 休/出과 不/辭는 동사/목적어 구성이다.

雨 (3)

비 (3)

物色歲將晏　물색은 세월 더해 고와지는데
물 색 세 장 안

天隅人未歸　변방 나그네 돌아갈 기약 없네
천 우 인 미 귀

朔風鳴淅淅　북풍은 석석 석석 우는 듯
삭 풍 명 석 석

寒雨下霏霏　찬비 부슬부슬 끊이지 않네
한 우 하 비 비

多病久加飯　잦은 병은 오랫동안 다반사인 채
다 병 구 가 반

衰容新授衣　쇠약해진 모습으로 또다시 가을
쇠 용 신 수 의

時危覺凋喪　위험할 때는 죽을 지경임을 깨닫는데
시 위 각 조 상

故舊短書稀　친구에게서는 짤막한 서신조차 없네
고 구 단 서 희

•物色: 물건의 빛깔. 일의 형편. 물색으로 풀이해둔다. •晏: 늦다. 화락하다. 곱다.
•天隅人: 하늘가로 떠도는 사람. •朔風: 북풍과 같다. •淅淅: 비바람 소리. •霏霏:
부슬부슬 비나 눈이 계속 내리는 모양. •加飯: 다반사(多飯事)와 같다. 밥 먹거나
차 마시는 일처럼 일상사라는 뜻이다. 多飯으로 쓰지 못한 까닭은 多病에서 안배했기
때문이다. •授衣: 음력 9월 가을. 양력으로 10월 말이나 11월에 해당한다. 9월이 되면
관리에게 겨울옷을 하사한 데서 유래한다. •凋: 느른해지다. 맥이 풀리다. •喪: 죽다.
•短書: 서신과 같다. •稀: 매우 드물다. 支운에서는 稀가 無에 제일 가까운 압운이다.

제3구 朔風鳴淅淅　측평평측측
제4구 寒雨下霏霏　평측측평평

朔風과 寒雨는 형용사/명사(자연), 鳴과 下는 동사, 淅淅과 霏霏는 의성어와 의태어 대장이다.

제5구 多病久加飯　평측측평측
제6구 衰容新授衣　평평평측평

多病과 衰容은 형용사/명사로 病과 容은 기색과 신체 대장이다. 久와 新은 부사, 加飯과 授衣는 상징어 대장이다.

雨 (4)

비 (4)

楚雨石苔滋   초 지방 비는 이끼 불어나는 듯한 근심
초우석태자

京華消息遲   장안의 소식은 지체될 뿐이네
경화소식지

山寒靑兕叫   추운 산에서 코뿔소가 부르짖듯 괴롭고
산한청시규

江晚白鷗饑   저문 강에 갈매기 굶주리듯 고통스럽네
강만백구기

神女花鈿落   신녀의 머리에서 꽃장식이 떨어진 듯 슬프고
신녀화전락

鮫人織杼悲   쉴 수 없는 인어의 베틀 북소리처럼 슬프네
교인직저비

繁憂不自整   빈번한 근심 절로 그칠 기약 없이
번우부자정

終日灑如絲   종일토록 뿌려대는 부슬비와 같네
종일쇄여사

• 근심의 표현은 앞의 3수만으로도 충분할 것 같다. •石苔: 이끼. •京華: 장안을 가리킨다. •靑兕: 푸른 색깔의 소. 白鷗를 갈매기라고 풀이하듯이 靑兕 역시 푸른 코뿔소로 풀이하지 않는다. •花鈿: 부녀자의 머리에 꽂는 장신구 또는 얼굴에 장식한 꽃무늬. •鮫人: 인어. 베를 짜는 데 능하여 쉼 없이 베를 짜면서 흘리는 눈물이 진주로 변한다고 한다. 《수신기(搜神記)》에 근거한다. •絲: 부슬비. 제2수의 산사(散絲)에도 나타난다.

제3구 山寒靑兕叫 평평평측측
제4구 江晩白鷗饞 평측측평평

山/寒과 江/晩은 주어/형용동사의 대장으로 寒山과 晩江이 평측 안배를
위해 도치되었다. 靑/兕와 白/鷗는 색깔/동물, 叫와 饞는 형용동사의 구성
이다.

제5구 神女花鈿落 평측평평측
제6구 鮫人織杼悲 평평측측평

神女와 鮫人은 전설 대장, 花/鈿과 織/杼는 형용사/기물, 落과 悲는 동사
형태 구성이다.

久客
오랜 객지 생활에서

羈旅知交態 나그네 생활에서 친교 태도를 알았고
기 려 지 교 태

淹留見俗情 타향에 머물면서 세속의 정을 보았네
엄 류 견 속 정

衰顔聊自哂 노쇠한 얼굴 부족하나마 웃으려 해도
쇠 안 료 자 신

小吏最相輕 하찮은 관리들이 가장 서로 경멸하네
소 리 최 상 경

去國哀王粲 고향 떠난 왕찬 슬픔 이해할 수 있었고
거 국 애 왕 찬

傷時哭賈生 시대 슬퍼한 가의의 통곡도 짐작되었네
상 시 곡 가 생

狐狸何足道 이리 여우 같은 놈들 무슨 근본 있는가!
호 리 하 족 도

豺虎正縱橫 늦대 범 같은 놈들 마구마구 종횡하네
시 호 정 종 횡

•설명이 필요 없는 선명한 표현이다. •羈旅: 나그네. •淹留: 머물다. •聊: 애오라지.
부족하나마. •足: 근본. •足道: 근본 도리. 바탕. •正: '그야말로'이지만 생동감이
부족하여 의역해둔다.

제3구 衰顏聊自哂 평평평측측
제4구 小吏最相輕 측측측평평

衰顏과 小吏는 형용사/명사, 聊/自/哂과 最/相/輕은 부사/부사/동사 구성이다.

제5구 去國哀王粲 측측평평측
제6구 傷時哭賈生 평평측측평

去國과 傷時, 哀/王粲(인명)과 哭/賈生(인명)은 동사/목적어 구성이다.

秦州雜詩 (1)

진주 잡시 (1)

滿目悲生事　눈에 보이는 건 온통 삶을 슬프게 하는 일들 뿐
만 목 비 생 사

因人作遠遊　악인이 일으킨 일에서 이곳까지 떠돌게 되었네
인 인 작 원 유

遲回度隴怯　사방 살펴 굼뜨게 돌며 농산 지날 때는 두려웠고
지 회 택 롱 겁

浩蕩及關愁　오만한 무리 있는 농관에 이르렀을 때는 괴로웠네
호 탕 급 관 수

水落魚龍夜　강물이 물고기를 떨어뜨린 밤과 같았고
수 락 어 룡 야

山空鳥鼠秋　산이 새와 다람쥐를 비운 가을 같았네
산 공 조 서 추

西征問烽火　서쪽으로 걸어 걸어서 전쟁의 상황을 묻다가
서 정 문 봉 화

心折此淹留　좌절하여 이곳에 오래 머물게 된 까닭이라네
심 절 차 엄 류

•秦州: 지금의 감숙성(甘肅省) 천수시(天水市). 雜詩는 잡다한 생각을 쓴 시로 풀이하지
만, 雜은 어수선하다는 뜻이므로, 진주에 거주하면서 어수선한 마음을 나타낸 시 또는
진주의 어수선한 상황을 나타낸 시로 풀이해야 더욱 알맞다. •因: 비롯된. •人: 악인,
간신의 뜻으로 보아야 제1구를 뒷받침할 수 있다. •作: 일하다. 일으키다. 정도나
범위에 미치다. •遊: 떠돌다. •遲回: 지체하며 돌다. 고생고생하며 진주에 이르렀음을
짐작할 수 있다. •遲: 조심스럽다는 뜻이 강하다. •度: 사방을 살피다 過나 往을 쓰지
않은 것은 주위를 살피며 통과했기 때문이다. •隴: 농산. •及: 이르다. •浩蕩: 호호탕탕
(浩浩蕩蕩)의 준말이지만 부정의 뜻으로 쓰였다. 浩: 오만하다. 蕩: 방자하다. •關:
농관. •愁: 근심스럽다. 괴롭다. 압운이므로 苦를 쓰지 못한 것이다. •落: 떨어뜨리다.
•魚龍: 어룡천이지만 대장을 위해 활용한 것이다. 물고기의 총칭. •鳥鼠: 조서산이지만
자의만으로도 잘 통한다. •空: 비우다. 공허하다. •烽火: 전쟁. •淹留: 오래 머물다.
•淹: 오래다. •心折: 전쟁이 끝날 것 같지 않은 암울한 상황을 나타낸다.

280

제3구 遲回度隴怯 평평측측측
제4구 浩蕩及關愁 측측측평평

遲回와 浩/蕩은 부사형 동사/동사, 度/隴/怯과 及/關/愁는 동사/목적어/ 동사의 구성이다. 隴과 關은 지명의 대장으로 평측이 결정되어 있으므로 대장 구성의 역량을 나타낸다.

제5구 水落魚龍夜 측측평평측
제6구 山空鳥鼠秋 평평측측평

水/落/魚龍/夜와 山/空/鳥鼠/秋는 주어/동사/명사형 형용사구/목적어 구성이다. 魚와 龍, 鳥와 鼠의 비중은 같다. 동물에는 동물 또는 식물로 대장한다.

秦州雜詩 (2)
진주 잡시 (2)

秦州城北寺 진주성 북쪽에 있는 절에서
진주성북사

勝跡隗囂宮 승리는 반군 외효의 궁전에서만 볼 뿐
승적외효궁

苔蘚山門古 이끼 낀 산문은 오랜 방치 사실을 알 수 있고
태선산문고

丹青野殿空 단청은 퇴색한 채 등한시한 궁전은 쓸쓸할 뿐
단청야전공

月明垂葉露 달은 밝아지며 낙엽길에 달빛을 쏟고
월명수엽로

雲逐渡溪風 구름은 뒤따르다 계곡 바람 타고 달을 가로지르네
운축도계풍

清渭無情極 맑은 위수는 맑기만 할 뿐 무정의 극치이니
청위무정극

愁時獨向東 근심하는 이때 유독 동쪽 장안성을 향하는 듯
수시독향동

• 隗囂(?~33)는 한나라 왕망 말기에 롱서(隴西)를 중심으로 군사를 일으켰다. 후일
광무제에게 귀순했다가 다시 반란을 일으켰으나 연이은 패배로 원통한 마음을 이기지
못해 죽었다. • 跡: 살펴보다. • 제2구는 현재 조정이 반군에게 밀리고 있어 나라가
위태롭다는 뜻이다. • 野: 등한시하다. • 垂: 드리우다. 쏟다. • 清渭: 위수의 별칭. 물이
맑아 붙은 이름이다. 鳥鼠山에서 발원하여 동쪽으로 흐르며 장안성 북쪽을 통과한다.

제3구 苔蘚山門古 평측평평측
제4구 丹靑野殿空 평평측측평

苔蘚과 丹靑은 절묘하게 색깔의 대장을 이루었다. 山門과 野殿은 명사형 형용사/명사, 古와 空은 형용동사의 구성이다. 古는 퇴색되었다는 뜻이 강하다.

제5구 月明垂葉露 측평평측측
제6구 雲逐渡溪風 평측측평평

月明과 雲逐은 명사/동사, 垂/葉露와 渡/溪風은 동사/목적구의 구성이다. 제6구는 대장 여부와 상관없이 묘미 있는 표현이다.

秦州雜詩 (3)
진주 잡시 (3)

州圖領同谷 진주의 지도를 보면 동곡까지 관할하고
주 도 령 동 곡

驛道出流沙 역참 길은 사막 지방을 향한 출발지라네
역 도 출 류 사

降虜兼千帳 투항한 포로들 거주지는 천의 장막으로 나란하고
강 로 겸 천 장

居人有萬家 예로부터 자리 잡은 사람들의 집은 만 호를 넘네
거 인 유 만 가

馬驕珠汗落 호족의 말은 날뛰다 구슬땀 떨어지고
마 교 주 한 락

胡舞白題斜 춤출 때의 흰 양털모자 비스듬하네
호 무 백 제 사

年少臨洮子 어려도 임조에서 온 아이들은 용감하여
년 소 림 조 자

西來亦自誇 서쪽에서 왔다고 모두 다 자기 자랑하네
서 래 역 자 과

• 州圖: 진주의 형세를 그린 지도. •同谷: 진주의 남부로, 사막으로 통하는 길목이다.
• 領: 다스리다. 관할하다. •降虜: 이곳에 정착한 소수민족이지만 자의대로도 잘 통한다.
• 兼: 겹치다. 나란하다. •有: 독차지하다. 많다. •驕: 말이 길들지 않다. 교만하다.
제멋대로 하다. •白題: 흉노족이 쓰는 양털모자. 蹄로 된 판본도 있으나 題가 더 알맞다.
• 臨洮: 진주의 서쪽 지방. 이 지방 사람들은 용감하고 날랜 기질을 지녔다고 알려져
있다. •西來: 임조(臨洮)와 같다. •亦: 역시. 모두의 뜻도 있다.

제3구 降虜兼千帳 측측평평측
제4구 居人有萬家 평평측측평

降虜와 居人은 형용사/명사의 구성이며, 외지인과 원주민으로 선명한 대장을 이룬다. 兼/千帳과 有/萬家는 동사/목적어의 구성이며, 千과 萬은 숫자 대장이다.

제5구 馬驕珠汗落 측평평측측
제6구 胡舞白題斜 평측측평평

馬驕와 胡舞는 주어/동사로 馬와 胡는 밀접한 관계의 구성이다. 珠汗/落과 白題/斜는 주어 구/형용동사의 구성이며, 珠에는 붉다는 뜻이 있으므로 白과 선명한 대장을 이룬다. 白題는 모자 이름이지만, 題에는 이마의 뜻도 있다. 이마를 나타내려 한 것은 아니지만 汗과 멋지게 대장되었다. 경련은 대장의 묘미를 보여주면서도 자연스럽게 표현되었다.

秦州雜詩 (4)
진주 잡시 (4)

鼓角緣邊郡　전란의 북소리는 변방까지도 악연으로 만드니
고 각 연 변 군

川原欲夜時　진주의 산천조차 어둠의 시절을 맞으려는가!
천 원 욕 야 시

秋聽殷地發　추상의 북소리 들릴 때는 땅을 진동시키며 일지만
추 청 은 지 발

風散入雲悲　바람 불면 흩어지며 구름에 드는 형세여서 슬프네
풍 산 입 운 비

抱葉寒蟬靜　낙엽에도 감싸이려는 가을 매미 신세처럼 진정하고
포 엽 한 선 정

歸來獨鳥遲　보리 먹이에 의탁하려는 외로운 새처럼 서성거리네
귀 래 독 조 지

萬方聲一概　만방의 전쟁 북소리에도 오직 절개뿐인데도
만 방 성 일 개

吾道竟何之　나의 도리는 결국 어느 곳으로 향하겠는가!
오 도 경 하 지

• 鼓角: 군대에서 호령할 때 쓰던 북과 나팔. 전쟁을 상징한다. • 緣: 연유하다. 말미암다.
• 川原: 강과 들판. 진주의 산천으로 풀이해둔다. • 夜: 야이계일(夜以繼日)의 뜻으로
풀이해둔다. 밤낮없이. • 欲: 장차 ~하려 하다. • 殷: 격렬하다. 진동하다. • 함련은
관군이 불리하다는 뜻을 나타낸다. •寒蟬: 가을 매미. 매미는 가을이면 점차 사라지므로
문인의 불우한 신세를 나타내는 상징이다. • 抱: 감싸다. • 歸: 의지하다. • 來: 보리
밀. 《시경(詩經)·주송(周頌)·사문(思文)》에 근거한다. 麥은 측성이어서 쓸 수 없다. • 靜:
쟁(爭)과 같다. 다투다. 살기 위해 몸부림친다는 뜻이다. 爭은 평성이므로 쓸 수 없다.
• 獨: 외롭다. 孤는 평성이어서 쓸 수 없다. • 遲: 지체하다. 서성기리다. 徘나 徊는
압운이 아니어서 쓸 수 없다.

제3구　秋聽殷地發　평평평측측
제4구　風散入雲悲　평측측평평

　秋와 風은 상징의 구성이다. 秋는 관군의 형세. 風은 반군의 기세를 상징한다. 聽과 散은 동사, 殷地發과 入雲悲는 동사/목적어/동사의 구성이다. 雲은 관군의 형세가 구름에 들 듯 약해지는 모습의 표현이다.

제5구　抱葉寒禪靜　측측평평측
제6구　歸來獨鳥遲　평평측측평

　抱葉과 歸來는 동사/목적어 대장으로, 葉에 대장되는 來의 뜻으로는 보리 또는 이외에는 사용할 수 없다. 來로 麥을 대체한 역량을 짐작할 수 있다. 寒禪과 獨鳥는 형용사/명사(동물)로 상징의 구성이다. 寒禪은 영락한 관리의 상징으로, 상용하는 방법이다.

秦州雜詩 (5)
진주 잡시 (5)

南使宜天馬 　기주 남쪽의 관리는 준마를 잘 돌보니
남사 의 천 마

由來萬匹強 　이러한 유래로 수많은 말은 강해졌다네
유 래 만 필 강

浮雲連陣沒 　뜬구름 같이 이어진 군영은 먼지에 묻히고
부 운 련 진 몰

秋草遍山長 　추상같은 풀이 두루 퍼진 산은 유장하네
추 초 편 산 장

聞說眞龍種 　진짜 용 종자 같은 준마 소식에 기뻐하지만
문 설 진 룡 충

仍殘老驌驦 　노련한 준마 같은 인재는 오히려 재앙 당하네
잉 잔 노 숙 상

哀鳴思戰鬪 　슬픈 울음은 전투의 참상을 생각나게 하니
애 명 사 전 투

迥立向蒼蒼 　홀로 서서 바라보는 방향은 창망할 뿐이네
형 립 향 창 창

• 南使: 말을 관리하는 관직명. • 龍種: 자의 그대로 용의 종자이므로 준마를 뜻한다.
• 驌驦: 명마. • 宜: 마땅하다. 마땅히 ~해야 한다. • 迥: 홀로. • 蒼蒼: 창망하다. 아득하다.

秦州雜詩 (6)

진주 잡시 (6)

城上胡笳奏　진주성 위에서 호족 피리 연주 계속된 까닭은
성 상 호 가 주

山邊漢節歸　산기슭에 한나라 절도사가 돌아가기 때문이었네
산 변 한 절 귀

防河赴滄海　하북의 반군을 방어하러 창해로 달려가라고
방 하 부 창 해

奉詔發金微　조서 받든 병사 금미산 도독부에서 출발했다네
봉 조 발 금 미

士苦形骸黑　고통스러워하는 병사의 몸은 거멓게 탔고
사 고 형 해 흑

旌疏鳥獸稀　새겨져 있는 정기의 조수 그림은 바래졌네
정 소 조 수 희

那聞往來戍　그쪽에서 내왕한 수자리 병사의 이야기를 들어보니
나 문 왕 래 수

恨解鄴城圍　원통하게도 반군이 업성을 분열시키며 포위했다네
한 해 업 성 위

• 戍: 수자리 변방을 지키는 일.　• 得逞: 좋지 못한 음모를 달성하다. 목적을 달성하다.
• 疏: 새기다.

秦州雜詩 (7)
진주 잡시 (7)

莽莽萬重山 망망만중산	무성한 숲이 펼쳐진 첩첩의 산중에
孤城山谷間 고성산곡간	고립의 성은 산골짜기 사이에 있네
無風雲出塞 무풍운출새	바람조차 없어 구름은 요새 위에 떠 있고
不夜月臨關 불야월림관	밤 깊지 않은데도 달은 이미 관문 비추네
屬國歸何晚 속국귀하만	속국에 간 사신 귀국 왜 그리 늦었겠는가!
樓蘭斬未還 누란참미환	누란왕이 참수하여 돌아오지 못했기 때문
煙塵一悵望 연진일창망	전쟁 먼지 한 번 일면 시름없이 바라보며
衰颯正摧顏 쇠삽정최안	의기소침으로 얼굴 절로 일그러지게 하네

•莽: 숲이 우거지다. 무성하다. •不夜: 초저녁을 가리킨다. •臨: 비추다. •照: 측성이어서 안배할 수 없다. •屬國: 한대에 귀속되었던 흉노, 강족 등 소수민족의 행정구역. •樓蘭: 서역 나라 이름. 漢대에 누란국을 복속시키기 위해 사신을 보내면 누란왕이 참수했기 때문에, 부개자(傅介子)가 누란왕의 목을 베기까지 많은 사신이 죽임을 당했다. 경련은 이러한 사실을 빌려 현재 관군의 형세가 불리한 상황을 표현한 것이다. •煙塵: 먼지와 연기 전쟁의 별칭. •一은 봉화가 항상 오르는 것이 아니라 '일어날 때마다'의 뜻이므로 常을 쓰지 않은 것이다. 사리에 합당하게 표현하고 있음을 느낄 수 있다. •衰颯: 쇠잔해지다. 의기소침하다. •摧: 근심하다. 애태우다. •摧顏의 속뜻은 '애가 타다'이지만, 刪운에는 顏 외에 대체할 압운이 없다.

제3구 無風雲出塞 평평평측측
제4구 不夜月臨關 측측측평평

無와 不은 명사 앞에 습관적으로 붙는다. 雲出塞와 月臨關은 주어/동사/
목적어 형태의 구성이다.

제5구 屬國歸何晚 측측평평측
제6구 樓蘭斬未還 평평측측평

屬國과 樓蘭은 지명과 인명 형태인 동시에 전체와 부속 형식의 구성이다.
歸와 斬은 동사, 何와 未의 의문사와 부사 대장은 상용하는 방법이다. 晚과
還은 동사의 구성이다. 경련은 문답 대장에 속한다.

秦州雜詩 (8)
진주 잡시 (8)

聞道尋源使   견문 방법으로 황하 근원 찾아 나선 사신 장건
문도심원사

從天此路回   천자의 뜻에 따라 이 길로 나갔다가 돌아왔다네
종천차로회

牽牛去幾許   견우성이 이끌어도 때로 놓쳐 기대하기 어려웠으나
견우거기허

宛馬至今來   덕분에 서역국 명마는 지금까지도 돌아올 수 있네
완마지금래

一望幽燕隔   지금 일망무제 유연 길조차 막혔으니
일망유연격

何時郡國開   어느 때에 군국의 길이 열리겠는가!
하시군국개

東征健兒盡   동쪽 정벌에 동원된 건강한 자식 죽었다는 소식
동정건아진

羌笛暮吹哀   저물녘에 불어대는 강족의 피리 소리 애처롭네
강적모취애

•聞道: 도리를 '묻는다'로 풀이되지만 자의대로도 잘 통한다. •尋源使: 한무제의 명령으로 황하의 근원을 찾으러 떠났던 장건(張騫)을 가리킨다. 장건은 뗏목을 타고 나아갔다가 돌아왔다. •天: 천자. 한무제를 가리킨다. •路回: 노정(路程)과 같다. 程은 압운이 아니므로 回를 쓴 것이다. •此路回: 이 길로 나갔다가 되돌아왔다는 뜻이다. •함련의 풀이는 장건이 뗏목을 타고 서쪽을 향하다가 한 여인은 베를 짜고 한 청년은 황하 가에서 소에게 물을 먹이고 있는 모습을 보았다는 《형초세시기(荊楚歲時記)》의 기록에 따르지만, 자의대로도 잘 통한다. •幾: 때. •許: 기대하다. 바라다. •宛馬: 서역국의 명마. •幽燕: 지명. 燕이 제비의 뜻일 때에는 측성, 국명일 때는 평성이다. •郡國: 군과 나라의 병칭. 제후국의 나라. 전쟁으로 인해 자유롭게 왕래하지 못하는 상황을 가리킨다. •健兒: 전쟁에 동원된 자식들을 가리킨다. •盡: 죽다. •羌笛: 강족이 발명한 피리. 피리의 통칭. 함련과 경련은 강성한 당나라의 국운이 쇠퇴해진 상황에 대한 우국의 마음이 잘 나타나 있다.

제3구 牽牛去幾許 평평측측측
제4구 宛馬至今來 측측측평평

牽牛와 宛馬는 고유명사의 구성이다. 去幾와 至今은 동사/목적어, 許와
來는 동사의 구성이다. 함련은 대장의 묘미를 보여준다.

제5구 一望幽燕隔 측측평평측
제6구 何時郡國開 평평측측평

一과 何는 부사와 의문사의 대장으로 何 역시 숫자의 개념을 포함한다.
望과 時는 명사형 동사, 幽燕과 郡國은 지명의 구성이다. 지명일지라도 幽가
사용되었으므로, 郡 대신 형용사의 지명이 안배되면 더 좋은 대장으로 평가
받는다. 隔과 開는 형용동사의 구성이다. 경련 역시 대장의 묘미를 보여준다.

秦州雜詩 (9)
진주 잡시 (9)

今日明人眼 　오늘 모처럼 낭인의 눈 밝히는 일 있었으니
금 일 명 인 안

臨池好驛亭 　연못가의 경치 좋은 역참 정자 덕분이었네
임 지 호 역 정

叢篁低地碧 　무리 이룬 대숲은 땅으로 굽은 채 푸르렀고
총 황 저 지 벽

高柳半天青 　높은 버드나무는 하늘색을 나눈 듯 푸르렀네
고 류 반 천 청

稠疊多幽事 　조밀히 겹친 모습은 그윽한 일 많이 떠올리게 하여
조 첩 다 유 사

喧呼閱使星 　지난날 요란하게 불러대며 부리던 별을 세어보았네
훤 호 열 사 성

老夫如有此 　노부가 이곳에 있는 마음과 같다면
노 부 여 유 차

不異在郊坰 　조정에 있는 것처럼 변방에 있겠네
불 이 재 교 경

•驛亭: 역참에 설치된 정자. •半: 나누다. 동사로 풀이해야 한다. •稠: 빽빽하다.
농후하다. •疊: 겹치다. •使星: 임금의 명령으로 지방 출장 가던 관리. 지난날 자신을
아껴주었던 상관이나 수장을 상징한다. 역참 정자에서 지난날 좋았던 때를 회고하는
장면이다. 보통은 윗사람이 자주 호출하면 귀찮지만 제3구로 미루어보면, 그리워하고
있음을 짐작할 수 있다. 심정의 절묘한 표현이다. •閱: 검열하다. 보다. 하나하나
세다. 군사의 수를 점 찍어가며 세다. •老夫: 오늘날의 관점에서는 어색하다. 이 작품은
759년에 지어졌으므로 49세 무렵이다. 이 말로 미루어보면 제1구의 人은 老人으로도
풀이할 수 있다. 이미 마음이 지쳐 이렇게 표현했는지도 모르겠다. •郊坰: 교외. 변방.
•坰: 넓게 트인 땅. 변방.

제3구 叢篁低地碧 평평평측측

제4구 高柳半天青 평측측평평

叢篁과 高柳는 형용사/명사(식물)의 구성이다. 鄰對일 때는 篁과 柳처럼 격이 맞아야 한다. 低地와 半天은 동사/목적어 구성이다. 低가 동사이므로 半은 동사의 대장으로 풀이해야 한다. 碧과 青은 형용동사로 색깔의 구성이다.

제5구 稠疊多幽事 평측평평측

제6구 喧呼閱使星 평평측측평

稠疊과 喧呼는 부사/동사, 多/幽事와 閱/使星은 동사/목적어 구성이다. 閱이 동사이므로 多는 동사로 풀이해야 한다.

秦州雜詩 (10)
진주 잡시 (10)

雲氣接崑崙　구름 기운이 곤륜산에 접할 때마다
운 기 접 곤 륜

潨潨塞雨繁　진주에는 주룩주룩 빈번하게 내리는 비
잠 잠 새 우 번

羌童看渭水　강족의 아이들도 맑은 위수를 바라볼 수 있어야 하니
강 동 간 위 수

使客向河源　사자는 응당 황하 원류를 침입한 적을 향해야 한다네
사 객 향 하 원

煙火軍中幕　연기와 불 뒤엉킨 군중의 막사가
연 화 군 중 막

牛羊嶺上村　소와 양 대신에 산마을을 차지했네
우 양 령 상 촌

所居秋草淨　거처한 곳 가을 풀만이 오히려 마음 맑히니
소 거 추 초 정

正閉小蓬門　그야말로 작은 사립문조차도 닫아야 할 때
정 폐 소 봉 문

• 5언의 함축으로 인해 그 뜻을 정확하게 파악하기 어렵지만, 다음과 같은 근거로
일단 위와 같이 풀이해둔다. 수련은 대체로 경련의 근거로 구성하거나 함련이나 경련은
수련의 뜻을 밝히는 내용으로 구성하게 마련이어서, 비가 주룩주룩 내리는 음울한
상황으로 소와 양을 대변할 수는 없다. 소와 양은 일반적으로 목가적인 풍경을 상징하지
만, 수련은 전쟁이 그치지 않는 상황을 암시한다. 함련에서 위수를 쓴 까닭은 전쟁이
빨리 그치기를 바라는 마음의 표현이다. 위수는 맑음의 상징이므로, 비가 빈번히 내려
탁하게 만드는 상황은 전쟁이 끝날 기미가 없음을 나타낸다. 하루빨리 사자를 보내
황하의 원류를 위협하는 북방 민족을 회유하거나 경고해야 하는 까닭이다. •河源은
황하의 근원으로 대부분 좋은 뜻으로 쓰지만, 이 구에서는 전란을 일으킨 북방 부족으로
보아야 상통한다. •源은 元운에 속하며, 源 이외에는 渭水에 대장할 만한 압운을 찾기
어렵다. 시제의 雜이 가진 어수선한 마음을 드러낸 시로 풀이해야 할 것이다. •제5구를
연기와 불 피어오르는 막사로, 제6구를 소와 양이 있는 산마을로만 풀이하면 두 구만으로
는 선명한 풍경 묘사일지라도 위아래로 통해야 작품으로서의 가치가 있게 된다. •제7구
에서 거처하는 곳의 가을 풀이 맑다는 풀이만으로는 어색할 뿐이다. 설령 가을 풀이

제3구 羌童看渭水 평평평측측
제4구 使客向河源 측측측평평

羌童과 使客은 명사형 형용사/명사, 童과 客은 인명의 개념이다. 看/渭水
와 向/河源은 동사 목적어 구성이다. 渭는 청류, 河는 탁류의 상징이므로
선명하게 대장되었다.

제5구 煙火軍中幕 평측평평측
제6구 牛羊嶺上村 평평측측평

煙과 牛, 火와 羊의 비중은 같다. 軍/中/幕과 嶺/上/村은 명사/위치/명사
의 대장으로 경련은 전란과 목가를 상징하는 선명한 구성이다.

맑다 할지라도, 맑으면 감상을 더해야 인지상정이므로, 제8구처럼 사립문을 닫는 상황은
서로 어울리지 않는다. 〈춘일강촌〉 5수를 비롯하여 지나친 함축으로 함의를 제대로
파악하기 어려운 작품이 상당하지만, 행간의 의미를 보충해 살펴보면 '과연 시성이로
다!'라는 감탄이 절로 나온다. •湋: 비가 죽죽 내리다. •使客: 사자(使者)와 같다.
•淨: 깨끗하다. 맑다. 밝다. 사념이 없다. •蓬門: 사립문.

秦州雜詩 (11)

진주 잡시 (11)

蕭蕭古塞冷 소소고새랭	쓸쓸하고 쓸쓸한 허름한 요새에 바람은 찬 데다
漠漠秋雲低 막막추운저	막막하고도 막막한 가을 구름 낮게 드리웠네
黃鵠翅垂雨 황곡시수우	고니는 날다가 비에 날개를 늘어뜨릴 정도의 상황
蒼鷹饑啄泥 창응기탁니	매는 굶주려 진흙에서까지 먹이를 쪼아야 할 상황
薊門誰自北 계문수자북	계문 상황 심각해도 누가 북쪽 평정 자원하는가!
漢將獨征西 한장독정서	한나라 장군은 홀로 서역을 정벌하러 갔었는데!
不意書生耳 불의서생이	아니로다! 아~아! 이 서생이 들을 바는!
臨衰厭鼓鼙 임쇠염고비	직면한 마음 약해지며 북소리에 가위눌리네

•수련은 암울한 배경 서술로 함련과 경련의 표현을 뒷받침한다. •함련의 鵠과 鷹, 雨와 泥는 실제 상황이 아니라 혼란의 상징어로, 경련의 표현이 이를 뒷받침한다. •7언이라면 좀 더 자세한 상황은 나타냈겠지만, 5언의 함축에서 긴박한 상황을 더 잘 느낄 수 있다. 왜 5언 작품을 많이 썼는지, 7언보다 5언 구성이 어려운지를 실감할 수 있겠다. •塞: 요새. •漢將: 구체적으로 누구인지는 알 수 없으나 제7수에서 누란왕의 목을 벤 부개자(傅介子)로 추측하여 풀이해둔다. •薊門: 당(唐)대의 관문. •自는 동사로 풀이해야 한다. •경련은 漢대의 장군을 대비시켜 우국충정의 장수가 없음을 한탄한 표현이다. •不意: 뜻하지 않다는 의미이지만, 이러한 표현만으로는 경련까지의 상황을 뒷받침하기에는 너무 미약하다. •意에는 '아~아!'의 뜻도 있으므로 위와 같이 풀이해둔다. •臨: 직면하다. •衰: 약해지다. 의기소침하다. •厭: 싫어하다. 너무 실컷 맛보아서 질리다 외에 가위눌린다는 뜻도 있다. •鼓鼙: 전쟁의 북소리를 상징한다.

제3구 黃鵠翅垂雨 평측측평측
제4구 蒼鷹饑啄泥 평평측측평

黃鵠과 蒼鷹은 색깔/동물로 상징어로 쓰였다. 鵠은 한 번에 천 리를 난다는 전설에 기인하여 뛰어난 문사, 鷹 역시 용맹함의 상징으로 용맹한 무장을 상징한다. 翅와 饑는 동사, 垂雨와 啄泥는 동사/목적어 대장으로 雨와 泥 역시 암울한 현실의 상징이다. 함련은 동량이 혼란한 현실 앞에 꺾이는 뜻을 나타낸다.

제5구 薊門誰自北 측평평측측
제6구 漢將獨征西 측측측평평

薊門과 漢將은 인명과 지명의 구성이다. 誰와 獨은 의문사와 부사로 부사에 의문사의 대장은 상용하는 방법이다. 自와 征은 동사로 征이 동사이므로 自 역시 동사로 풀이해야 한다. 北과 西는 방향으로 방향에는 방향 또는 위치, 시간으로 대장한다.

秦州雜詩 (12)

진주 잡시 (12)

山頭南郭寺 혜음산 정상 남곽사 안에 있는
산두남곽사

水號北流泉 샘물은 '북류천'이라고 부르네
수호북류천

老樹空庭得 두 그루 고목은 뜰을 메울 정도여서 득의한 듯
노수공정득

清渠一邑傳 북류천의 맑은 도랑은 고을에 한결같이 전하네
청거일읍전

秋花危石底 가을꽃은 돌바닥이 안 보일 정도로 흐드러졌는데
추화위석저

晚景臥鐘邊 저녁 해는 종 주변에서 자려는 듯이 저물어가네
만경와종변

俯仰悲身世 천지사방을 둘러보아도 이 몸을 슬프게 하는 세상
부앙비신세

溪風爲颯然 계곡 바람 '획'하고 지나가며 그러하다는 것 같네
계풍위삽연

• 老樹: 남곽사 뜰에 있는 두 그루의 측백나무. • 危: 흐드러지다. • 臥: 눕다. 엎드리다. 쉬다. • 危와 臥는 함의를 보아내어야 할 운자로 감탄이 절로 나오는 운용이다. • 秋花와 晚景의 극명한 대비처럼 처량한 신세를 이보다 더 잘 나타낼 방법이 있겠는가! • 鐘은 속된 말로 인생 종 쳤다는 말과 같다. • 空: 비다. 비우다. 정원에 다른 것들을 모두 비워야 할 정도로 크다는 뜻을 나타낸다. 滿과 같은 뜻이지만, 만은 측성이어서 안배할 수 없다. • 俯仰: 천지 사방의 뜻으로 쓰였다. • 颯: 획. 바람 소리. 홀연히. • 爲: 바람이 위로해준다는 뜻으로 풀이해둔다.

제3수 老樹空庭得 평측평평측
제4수 淸渠一邑傳 평평측측평

老樹와 淸渠는 형용사/명사, 空庭得과 一邑傳은 형용동사/목적어/동사의 구성이다. 一은 수사나 부사여서 空과 약간 어색하지만, 숫자의 대장으로, 이러한 구성은 종종 나타난다. 老 역시 묘미 있는 운자 활용이다. 뜰을 차지한 老樹와 처량한 신세를 극명하게 대비시켰다.

제5수 秋花危石底 평평평측측
제6수 晩景臥鐘邊 측측측평평

秋花와 晩景은 명사형 형용사/명사로 花와 景에 중점이 있다. 危/石底와 臥/鐘邊은 동사/목적어 대장으로, 底와 邊은 위치를 나타낸다.

秦州雜詩 ⑴⑶
진주 잡시 ⑴⑶

傳道東柯谷　세상 도리 전한다는 동가 계곡
전 도 동 가 곡

深藏數十家　깊숙이 수십 집을 숨겨놓았네
심 장 수 십 가

對門藤蓋瓦　문과 짝을 이룬 등나무 덩굴은 기와 담장을 덮고
대 문 등 개 와

映竹水穿沙　대 그림자를 반사한 물은 흰 모래를 꿰뚫을 정도
영 죽 수 천 사

瘦地翻宜粟　척박한 땅이지만 도리어 조를 심기에 알맞고
수 지 번 의 속

陽坡可種瓜　양지바른 언덕에는 그런대로 오이 심어놓았네
양 파 가 충 과

船人相近報　사공에게 서로 가까이 있다고 알리도록 한 까닭은
선 인 상 근 보

但恐失桃花　다만 도화원에서 길 잃을까 염려해서였네
단 공 실 도 화

• 《통지(通志)》에 따르면, 이곳에 조카인 杜佐가 살고 있었다고 하지만, 조카가 아니더라도 어떤 곳인지 궁금하여 찾았음을 짐작할 수 있다. 미련의 정황으로 미루어보면, 경련까지는 이전의 소문에 대한 표현으로도 짐작할 수 있지만, 현재 상황으로 풀이해도 잘 통하므로 위와 같이 풀이해둔다. • 藏: 포(抱)와 같다. 抱는 측성이어서 안배하기 어렵다. • 瓦: 문과 짝을 이룬 상황이어서 담장으로 풀이해둔다. • 穿: 수(透)와 같다. 하얀 모래와 구분이 안 될 정도로 물이 맑다는 뜻이다. • 翻을 '도리어'라고 풀이했으나, 宜粟과 관련지어 생각해보면, 조를 식량 삼아도 자족할 수 있다는 뜻이 더 강하다. • 船人: 자의는 뱃사람이지만, 사공으로 보는 것이 타당할 것이다. • 미련은 도연명의 《도화원기(桃花源記)》를 연상시키지만 수련을 뒷받침하는 표현만으로도 충분하다.

제3구 對門藤蓋瓦 측평평측측
제4구 映竹水穿沙 측측측평평

對門藤과 映竹水는 동사/목적어/주어로, 門과 竹은 인공과 자연물, 蓋瓦
와 穿沙는 형용동사/목적어로 瓦와 沙도 인공과 자연의 구성이다.

제5구 瘦地翻宜粟 측측평평측
제6구 陽坡可種瓜 평평측측평

瘦地와 陽坡는 형용사/명사의 구성으로 地와 坡에 중점이 있다. 翻과 可는
부사, 宜粟과 種瓜는 동사/목적어 구성이다.

秦州雜詩 (14)
진주 잡시 (14)

萬古仇池穴 만고 이래 전해지는 구지산 동굴에 들어가니
만고구지혈

潛通小有天 은밀한 통로는 협소해도 하늘을 소유했네
잠통소유천

神魚人不見 신비한 물고기 잡는다는 사람은 볼 수 없지만
신어인불견

福地語眞傳 복된 장소라는 말은 제대로 전해진 것 같네
복지어진전

近接西南境 연못 부근은 서남쪽의 경계에 맞닿았고
근접서남경

長懷十九泉 연못 길이는 열아홉 길의 샘을 품었네
장회십구천

何時一茅屋 어느 때 이와 같은 곳에 초가라도 지어
하시일모옥

送老白雲邊 늙음을 보내는 흰 구름 근처에 있겠는가!
송로백운변

• 전설에 근거하면 다른 풀이도 가능하지만, 자의에 맞추어 풀이해둔다. •仇池: 산 이름. •穴: 혈맥. 동굴. •潛: 가라앉다. 자맥질하다. 감추다. •小有天: 도가에서 신선이 사는 곳. 명승지를 뜻하지만, 자의대로 풀어둔다. •제2구는 동굴 안의 풍경에 감탄하는 표현이다. •神魚: 동굴 속의 못에 사는 신비한 물고기로 이 물고기를 먹으면 신선이 된다는 전설이 전하지만, 자의대로 풀이해둔다. •長: 시간. 공간적 거리. 길이. •十九泉에 대해서는 이설이 있을 수 있지만, '열 길 물속'처럼 풀이해둔다. 한 길은 1仞과 같다. 1인은 약 8尺에 해당하며, 唐代에 1척은 약 30㎝이므로 1인은 약 24m에 해당한다. 19인은 약 50m에 가깝다. 長은 단순한 깊이가 아니라 폭에도 해당한다. •送: 보내다. 쫓다. 쫓아버리다. •送老구는 연못에서 잡은 물고기를 먹으면 신선이 된다는 전설을 인용했으므로, 노쇠함을 쫓아버리는 흰 구름 근처라는 풀이도 가능하다.

제3구 神魚人不見　평평평측측
제4구 福地語眞傳　측측측평평

神魚/人과 福地/語는 형용사구/명사로 주체와 종속을 상징할 수 있는 神福, 人語로 조어되므로 묘미 있다. 不見과 眞傳은 부사/동사의 구성이다.

제5구 近接西南境　측측평평측
제6구 長懷十九泉　평평측측평

近/接/西南境과 長/懷/十九泉은 주어/동사/목적구의 구성이다. 西南과 十九는 방향과 숫자의 대장으로, 대장의 다양한 예를 보여준다.

秦州雜詩 (15)

진주 잡시 (15)

未暇泛滄海 경황없이 창해 떠도는
미 가 범 창 해

悠悠兵馬間 언제 끝날지 모르는 전란의 틈새
유 유 병 마 간

塞門風落木 변방 관문에서의 바람은 거목을 쓰러뜨릴 정도
새 문 풍 낙 목

客舍雨連山 객사에 머물 때의 비는 산을 연결한 것 같았네
객 사 우 련 산

阮籍行多興 죽림의 완적은 자행으로 많은 흥 풀며 살았고
완 적 행 다 흥

龐公隱不還 방덕공은 은거한 후 초청해도 돌아오지 않았네
방 공 은 불 환

東柯遂疏懶 동가곡에 머물 때는 마침내 빗질도 의욕 없어
동 가 수 소 라

休鑷鬢毛斑 비녀 묶는 일조차 그쳐 귀밑머리 헝클어졌었네
휴 섭 빈 모 반

• 운자의 활용이 돋보인다. 함련이 변방에서의 바람은 나뭇잎을 떨어뜨리고, 객사에서의 비는 산으로 이어졌다가 두보의 뜻이라면 이 작품은 가치가 없다. 하나 마나 한 소리이기 때문이다. 이 작품은 역사적 사실에 의하지 않고 내용으로만 판단한다면, 미련 이전은 회상이며, 미련을 현재로 풀어야 한다. 즉, 동가곡에 정착하게 되니 빗질조차 의욕 없고, 비녀 묶는 일조차 그쳐 귀밑머리는 엉망이라고 풀이되어야 한다. •悠悠: 아득하다. •落: 쓰러뜨리다. 넘어뜨리다. •連은 참으로 묘미 있다. 산들을 하나로 연결한 듯이 구분을 할 수 없을 정도로 많은 비가 내렸다는 뜻이다. •阮籍: 위진 문학가. 죽림칠현의 한 사람이다. 홀로 수레를 몰고 가서 생각이 막히면 통곡하다가 돌아왔다고 한다(車跡所窮 便慟哭而返). 《진서(晉書)·완적전(阮籍傳)》에 근거한다. 자의대로는 수레를 몰고 나가 길이 막힌 곳에서, 통곡하며 돌아왔다고 풀이되지만, 행간의 뜻을 좀 더 읽어내야 한다. 단순히 길이 막혔다고 통곡했다면, 정신 나간 사람에 가깝기 때문이다. •龐公: 동한시대 방덕공(龐德公). 관직에 미련이 없어서 당시 유표(劉表)가 간절히 초청해도 거절하고 가족을 거느리고 녹문산(鹿門山)에 은거했다. 황보밀(皇甫謐)의 《고사전(高士傳)》에 근거한다. •疏懶: 게으르다는 뜻이지만, 5언은 함축이 심하므

제3구 塞門風落木 측평평측측
제4구 客舍雨連山 측측측평평

塞門/風과 客舍/雨는 형용사구/명사로 塞門과 客舍는 위치, 落木과 連山은 동사/목적어 구성이다.

제5구 阮籍行多興 측측평평측
제6구 龐公隱不還 평평측측평

阮籍/行과 龐公/隱은 주어(인명)/동사의 대장으로, 인명의 대장은 격이 맞아야 하고, 평측이 결정되어 있으므로 대장이 까다롭다. 多/興과 不/還은 부사/동사의 구성이다. 多가 부사이므로 興과 還은 동사로 풀어야 한다.

로 세세하게 풀어야 할 것이다. ·鑷: 비녀가 풀리지 않도록 매는 장신구. 비녀 끈으로 풀이해둔다. ·斑: 얼룩지다. 어지러워지다. 斑 외에 알맞은 압운을 찾기 어렵다. ·東柯구는 제13수에 보인다.

秦州雜詩 (16)

진주 잡시 (16)

東柯好崖谷　동가에 머물 때는 특히 언덕과 계곡 좋아했으니
동 가 호 애 곡

不與衆峰群　뭇 봉우리와 더불어 말할 수 없을 정도였다네
불 여 중 봉 군

落日邀雙鳥　지는 해는 쌍쌍이 무리 지은 새를 맞이하게 했고
낙 일 요 쌍 조

晴天攬白雲　바람 없는 맑은 하늘은 흰 구름을 붙든 듯했었지!
청 천 람 백 운

野人矜險絶　촌사람이 자랑하는 절벽은 깎아지른 듯
야 인 긍 험 절

水竹會平分　물가의 대숲 모습은 고르게 퍼져 있었지!
수 죽 회 평 분

採藥吾將老　나도 약초나 캐며 이곳에서 늙어가고 싶다고 말했지만
채 약 오 장 로

兒童未遺聞　애송이는 아직 벼슬 욕심 버리지 못할 것이라고 듣네
아 동 미 견 문

• 동가촌에 머물 때의 회상이다. • 與: 더불어. 인정하다. 기리다. • 제2구는 반드시
동가촌 이외의 산들을 의미하지는 않는다. • 邀: 해가 새를 맞이하는 것이 아니라,
저물녘 새의 귀소를 맞이한다는 뜻이다. • 攬: 붙들다. 晴이 맑고 맑은 하늘로 바람이
없는 상태를 나타내므로 흰 구름을 묶어둔다는 攬의 안배는 묘미 있다. • 絶: 절단되다.
깎아지른 듯하다. • 矜은 음(吟)으로 된 판본도 있으나, 위아래 맥락으로 보아 矜이
더 어울린다. • 未: 아직 ~않다. 不과 차이가 있다. • 兒童: 자식의 뜻으로 볼 수 없다.
애송이 정도의 애칭으로 보아야 한다. • 이 작품은 동가촌의 조카를 방문한 내용으로,
마을 사람들과 친숙한 상황임을 짐작할 수 있다. 벼슬하던 사람이 벽촌을 방문하여
약초나 캐고 싶다고 말한다면, 농담조로 '당신 같은 애송이가 이곳에 어찌!' 하는
표현이 나오리라 짐작할 수 있다. 대체로 아이들에게 알리지 않은 상황으로 풀이되지만
뜬금없다. 그렇게 되려면 앞부분부터 진술이 달라져야 한다. 떨쳐버린다는 遺의 안배는
이러한 정황을 뒷받침한다.

제3구 落日邀雙鳥 측측측평측
제4구 晴天攬白雲 평평측측평

落日과 晴天은 형용사/명사, 邀/雙鳥와 攬/白雲은 동사/목적어 구성이다. 雙과 白은 숫자와 색깔의 대장으로, 좀처럼 보기 어렵다. 숫자에는 숫자, 색깔에는 색깔의 대장이 거의 정형화되어 있다.

제5구 野人矜險絶 측평평측측
제6구 水竹會平分 측측측평평

野人과 水竹은 명사형 형용사/명사의 대장으로, 人과 竹에 중점이 있다. 矜과 會는 동사로 쓰였지만 실제로는 자랑하는 곳, 이룬 모습의 뜻을 나타낸다. 5언 함축의 단점이다. 險絶과 平分은 형용동사로 네 운자의 비중은 같다.

秦州雜詩 (17)
진주 잡시 (17)

邊秋陰易夕　변방 가을 음산해지며 저녁때처럼 바뀌니
변추음이석

不復辨晨光　또다시 아침햇살조차 분별할 수 없네
불부변신광

簷雨亂淋幔　처마의 빗물은 어지러이 천막을 적시고
첨우란림만

山雲低度牆　산 구름은 낮게 드리운 채 담장 지나네
산운저도장

鸕鶿窺淺井　가마우지는 얕은 웅덩이를 엿보고
노자규천정

蚯蚓上深堂　지렁이는 두꺼운 문설주를 기어오르려 하네
구인상심당

車馬何蕭索　수레와 말 왕래 없으니 그 얼마나 쓸쓸한가!
차마하소색

門前百草長　문 앞에는 온갖 풀만 더 길어졌을 뿐이네
문전백초장

• 夕을 久의 잘못으로 보기도 하지만 夕으로 써야 한다. 夕 또한 저녁을 의미하지 않는다. •井은 식수로 사용하는 우물이 아니라 웅덩이에 가깝다. •深堂은 대청, 문설주의 뜻도 있다. 문설주로 풀이해둔다. •蕭索: 쓸쓸하다.

제3구 簷雨亂淋幔 평측측평측
제4구 山雲低度牆 평평평측평

簷雨와 山雲은 명사형 형용사/명사로 雨와 雲에 중점이 있다. 亂과 低는
부사, 淋幔과 度牆은 동사/목적어로, 幔과 牆은 인공의 구성이다.

제5구 鸛鶒窺淺井 평평평측측
제6구 蚯蚓上深堂 평측측평평

鸛鶒와 蚯蚓은 생물, 窺/淺井과 上/深堂은 동사/목적어 구성이다.

秦州雜詩 (18)
진주 잡시 (18)

地僻秋將盡   땅은 편벽한 데다 가을조차 끝나려 하는데
지 벽 추 장 진

山高客未歸   산 막힌 듯이 객의 신세 돌아갈 기약 없네
산 고 객 미 귀

塞雲多斷續   변방의 구름이 자주 끊어졌다 이어지듯
새 운 다 단 속

邊日少光輝   변방에서의 날들은 잠시 희망 있었을 뿐
변 일 소 광 휘

警急烽常報   경보는 다급하여 봉화는 자주 상황을 알리고
경 급 봉 상 보

傳聞檄屢飛   역참에서는 소식 알리며 격문은 누차 나는 듯
전 문 격 루 비

西戎外甥國   서융은 원래 사위의 나라와 같은데
서 융 외 생 국

何得迕天威   무엇 얻고자 천자 위엄 거스르는가!
하 득 오 천 위

• 未: 미정의 뜻이 강하므로 不과 구분해야 한다. • 客은 夜로 된 판본도 있으나 客으로
써야 한다. • 少: 잠시. 잠깐. • 光輝: 자의대로 찬란한 빛이 아니라, '좋은 날이 약간
있었다' 또는 '전쟁이 그칠 기미가 약간 보였다'는 뜻으로 풀이해둔다. 微운에서는
輝를 대체할 압운을 찾기 어렵다. • 傳: 역참. 역참의 수레. • 聞: 알리다. 소식을 전하다.
聲으로 된 판본도 있으며, 자체로는 더 잘 어울리지만, 急과 어색한 대장이다. • 外甥:
사위. • 迕: 거스르다. 등지다.

제3구　塞雲多斷續　측평평측측
제4구　邊日少光輝　평측측평평

塞雲과 邊日은 형용사/명사, 多와 少는 부사, 斷續과 光輝는 형용동사의 구성이다. 多와 少가 부사이므로 명사로 풀이할 수 없다. 雲日, 多少, 斷光, 續輝처럼 조어되므로 묘미 있다.

제5구　警急烽常報　측측평평측
제6구　傳聞檄屢飛　평평측측평

警急과 傳聞은 주어/동사, 烽과 檄은 전쟁의 상징, 常/報와 屢/飛는 부사/동사의 구성이다.

秦州雜詩 (19)
진주 잡시 (19)

鳳林戈未息 봉림 지방에는 전쟁 여전히 그치지 않으니
봉 림 과 미 식

魚海路常難 토번이 선택한 방도는 항상 괴로움만 줄 뿐
어 해 노 상 난

候火雲峰峻 봉화 오른 구름 봉우리 상황은 심각한 데다
후 화 운 봉 준

懸軍幕井乾 고립된 군영에는 막사 우물조차 말랐다네
현 군 막 정 건

風連西極動 전쟁의 바람은 수도의 경계까지 이어져 진동하니
풍 련 서 겁 동

月過北庭寒 달이 조정의 뜰을 지날 때마다 마음만 차가울 뿐
월 과 북 정 한

故老思飛將 그러므로 '자나 깨나' 비호같은 장군을 그리워하나니
고 노 사 비 장

何時議築壇 어느 때 의논하겠는가! 제단 쌓아 하늘에 알릴 때를!
하 시 의 축 단

• 鳳林: 봉림현. 이 당시 吐蕃이 침입했다. • 魚海: 토번이 봉림현을 침입한 사실을 가리킨다. 수련도 대장했다. • 路: 길. 방도. 빈번히 침입하는 상황을 가리킨다. • 難: 괴롭다. 苦가 더 어울리지만, 압운이 아니므로 쓸 수 없다. • 候火: 봉화와 같다. 候는 봉화가 계속 대기 중인 느낌을 주므로 烽보다 묘미 있을뿐더러, 烽으로 안배하면 懸은 쓸 수 없다. • 懸軍: 고립된 군대를 가리킨다. 孤보다 묘미 있다. • 西極: 자의는 서쪽의 끝이지만, 당시 서쪽의 경계에 장안이 위치하므로 장안의 별칭으로 보아야 한다. 평측 안배와 대장 구성 때문에 장안을 쓰지 못한 것이다. • 北庭: 선우(單于)가 통치하던 흉노 지방 또는 번진을 뜻한다고 선인의 주석에서 밝히고 있으나 인정하기 어렵다. 율시는 역사 기록을 나타내는 방법이 아니라 감정의 서술이다. 북쪽은 천자가 있는 곳을 상징하므로 이 구에서는 조정의 뜻으로 보아야 한다. • 月 역시 상징어로 단순히 달이 아니라 세월의 뜻도 포함한다. 시간이 흐를수록 위험에 처한 조정의 상황을 걱정하는 표현이다. • 故老: 인습에 젖은 늙은이로 두보 자신을 가리키지만, 자의대로도 잘 통한다. 老는 부사로 '항상'의 뜻이다. • 常은 평성이어서 안배하지 않은 것이며, 경련까지의 내용으로 미루어보아 '자나 깨나'에 가깝다. • 飛將: 한(漢)나라

제1구 鳳林戈未息 측평평측측
제2구 魚海路常難 평측측평평

鳳林과 魚海는 지명의 구성이다. 戈와 路는 명사, 未/息과 常/難은 부사/형용동사의 구성이다. 鳳과 魚는 묘미 있는 느낌을 준다. 비교 불가인데도, 魚가 鳳을 잡아먹는 형국이다. 林海, 戈路, 未常으로도 조어되므로, 대장의 맛을 잘 느낄 수 있는 구성이다.

제3구 候火雲峰峻 측측평평측
제4구 懸軍幕井乾 평평측측평

候火와 懸軍은 형용사/명사로 候 대신에 烽을 안배하면 懸과 대장되지 않는다. 雲峰과 幕井은 명사형 형용사/명사, 峻과 乾은 형용동사의 구성이다. 두 구는 候火雲峰/峻과 懸軍幕井/乾으로, 이러한 구성은 좀처럼 보기 어렵다.

제5구 風連西極動 평평평측측
제6구 月過北庭寒 측측측평평

風/連/西極/動과 月/過/北庭/寒은 주어/동사/목적어/동사로 5언 구성의 전형을 보여준다. 風과 月은 상징어로 쓰였다.

이광(李廣)이 북쪽을 평정했을 때 두려움에 떨던 흉노족이 비장군이라고 부른 별칭이지만 자의대로도 잘 통한다. •築壇: 역시 유방이 한신을 대장군으로 임명할 때, 단을 쌓고 제사를 올린 일을 뜻하지만, 자의대로도 잘 통한다.

秦州雜詩 (20)

진주 잡시 (20)

唐堯眞自聖 당 요 진 자 성	요임금은 그야말로 성인이니 〈격양가〉 부른
野老復何知 야 로 부 하 지	촌로는 더 무슨 일을 알 필요가 있었겠는가!
曬藥能無婦 쇄 약 능 무 부	약을 말리며 집에 아내 없는 때를 견디면서
應門幸有兒 응 문 행 유 아	문외한에 응하는 많은 자식을 다행으로 여기네
藏書聞禹穴 장 서 문 우 혈	장서에서 우임금 묘혈 속 황제 이야기를 알아
讀記憶仇池 독 기 억 구 지	열독의 기억은 구지산과 같은 이상향을 그리네
爲報鴛行舊 위 보 원 행 구	처에게 보답하기 위해 원앙 행렬은 영원해야 하니
鷦鷯在一枝 초 료 재 일 지	초료새처럼 한 나뭇가지에만 깃들겠다고 약속하네

•논리의 수미일관이 중요함을 다시 한 번 되돌아보게 하는 작품이다. •唐堯: 요임금. 숙종을 가리킨다는 전인의 풀이는 인정하기 어렵다. 자의대로 더 잘 통한다. •眞自: 그야말로. •野老: 두보 자신으로 풀이하는 경우가 대부분이나 그렇다면 唐堯를 쓸 까닭이 없다. 이 구는 선진(先秦)시대 고체시 〈격양가(擊壤歌)〉의 인용이다. "해가 지면 쉬고, 우물 파서 물 마시네. 밭을 갈아 식량 구하니, 요임금의 힘이 나에게 무슨 소용 있겠는가!"라는 《논형(論衡)·감허(感虛)》에 근거한다. 최상의 정치는 백성들이 군주가 다스리는 줄을 알지 못하고, 백성들이 자신의 힘으로 모든 것을 이룬 줄 알도록 통치해야 한다는 말과 같다. 〈격양가〉는 요임금이 성인임을 몰랐다는 뜻이 아니라 요임금의 덕을 최상으로 칭송하는 노래이다. •無婦: 지금 집 안에 없는 아내로 보아야 한다. 다른 집 일을 하러 나갔거나 볼일을 보러 나간 상황이다. •能: 아내가 출타했을 때 대신 일을 감당한다는 뜻으로 보아야 한다. 耐와 같지만 측성이므로 안배하기 어렵다. •門: 문외한으로 보아야 앞부분과 수미일관한다. •幸은 亦으로 된 판본도 있으나 幸으로 써야 알맞다. 다행이다. •有: 많다. 독차지하다. •應門幸有兒구는 아내가 없으면 전혀 집안일을 알지 못하는 봉건시대의 전형적인 남편 모습을 표현했다. •禹穴:

제3구 曬藥能無婦 측측평평측
제4구 應門幸有兒 평평측측평

曬藥과 應門은 동사/목적어, 能/無婦와 幸/有兒는 형용동사/목적어 구성
이다.

제5구 藏書聞禹穴 평평평측측
제6구 讀記憶仇池 측측측평평

藏/書와 讀/記는 형용사/명사, 聞/禹穴(지명)과 憶/仇池는 동사/목적어
구성이다.

동굴 이름. 우임금의 장지. 전설상의 제왕인 黃帝의 서적이 간직되었다는 장소로 알려져
있다. 황제는 중국의 시조로 여겨질 뿐만 아니라 도가에서 비조로 존숭하는 인물이다.
黃帝의 서적은 《황제내경(黃帝內經)》으로 불로장생에 관한 내용을 다루고 있다. 가족과
노후를 편안하게 보내고 싶은 심정이 잘 나타나 있다. •仇池: 산 이름. 선계와 같은
풍광으로 정상에 仇池로 불리는 연못이 있어 이렇게 불린다. 禹穴과의 대장이므로,
반드시 구지산만 한정하지 않는다. 제5구와 마찬가지로 농사지으며 가족과 편안하게
살고 싶은 마음을 표현했다. •鴛行: 조정에 늘어선 관료들의 행렬이지만 두보는 처자식
과 안정된 생활을 하고 싶다는 뜻으로 사용했다. •爲報鴛行舊: 외출에서 돌아온 아내에
게 고마움을 표시하는 말로 鴛行이 핵심 시어이다. •초료는 《장자(莊子)·소요유(逍遙
遊)》에서 대붕의 뜻을 알지 못하고 겨우 지붕이나 가까운 거리밖에 이동하지 못하는
새이지만, 긍정의 의미로 사용되었다. 오직 아내만을 사랑하겠다는 두보의 다짐이다.

落日
석양에

落日在簾鉤 낙 일 재 렴 구	석양이 주렴을 거는 갈고리에 있을 무렵
溪邊春事幽 계 변 춘 사 유	시냇가에서 맞이한 봄날 만사가 그윽하네
芳菲緣岸圃 방 비 연 안 포	향기로운 채소는 언덕의 채원에 연유했고
樵爨倚灘舟 초 찬 의 탄 주	불 피우는 아궁이는 여울의 배에 의지하네
啅雀爭枝墜 탁 작 쟁 지 추	짹짹거리는 참새는 가지 다투다 추락하고
飛蟲滿院遊 비 충 만 원 유	나는 벌레는 정원에 가득 차서 유영하네
濁醪誰造汝 탁 료 수 조 여	탁주여! 누가 너를 만들었던가!
一酌散千憂 일 작 산 천 우	한잔 술에 온갖 시름 흩어지네

• 落日在簾鉤: 해가 뉘엿뉘엿 지는 때를 가리킨다. • 芳菲는 芳草와 같다. 草가 측성이므로 菲를 안배한 것이다. • 緣: 장식하다. 落日은 夕陽과 같다. 陽이 평성이므로 落日로 안배한 것이다. 석양으로 구성하면 평기식(平起式)이 되므로 함련과 경련에서의 대장이 이처럼 표현될 수 없다.

제3구 芳菲緣岸圃 평/평/평/측/측
제4구 樵爨倚灘舟 평/측/측/평/평

芳菲와 樵爨은 명사, 緣/岸圃와 倚/灘舟는 동사/목적어 구성이다.

제5구 啅雀爭枝墜 측/측/평/평측
제6구 飛蟲滿院遊 평/평측/측/평

啅雀과 飛蟲은 형용동사/명사, 爭枝와 滿院은 동사/목적어, 墜와 遊는
동사 구성이다.

陪王使君晦日泛江就黃家亭子 ⑴
그믐날 왕사군을 모시고 배를 띄워 황가 정자로 나아가니 ⑴

山豁何時斷 산골짜기 풍경 어느 때 끊어졌나?
산활하시단

江平不肯流 강물이 평지처럼 흐르지 않는 듯
강평불긍류

稍知花改岸 조금씩 꽃을 느끼며 언덕을 바꾸다가
초지화개안

始驗鳥隨舟 먼저 새 울음 시험하며 배를 따르네
시험조수주

結束多紅粉 결속할수록 붉은 분과 거듭 겹치고
결속다홍분

歡娛恨白頭 환호할수록 늙은이를 한스럽게 하네
환오한백두

非君愛人客 그대 아닌 타인을 사랑하는 객
비군애인객

晦日更添愁 그믐날 더욱 근심 더하는 자리
회일갱첨수

• 晦日은 그믐날이지만 실제의 그믐날인지는 중요하지 않다. 두보 자신의 처지를 상징한
다고 보아야 한다. • 泛江의 속뜻은 여인을 대동했다는 뜻이다. • 정자는 산 중턱에
있으므로 배를 저어 나아갈 수 있는 상황이 아니다. 수련은 여인에게 빠져들어 주위
풍경이 눈에 들어오지 않는 상황을 나타낸다. 두보는 아랑곳하지 않고 여인을 희롱하는
왕사군의 추태를 눈앞에서 보는 듯하다. 미련은 반어법으로 표현되었다. 君이 두보
자신, 客이 왕사군이다. 무언가 부탁이 있어서 모신 듯하다. • 花, 岸, 鳥, 舟는 여인을
상징한다. 岸은 여인의 엉덩이 또는 유방. 舟는 정사 상황을 나타낸다. 실제 상황이라면
미련과 수미일관하지 않는다.

제3구 稍知花改岸 평평평측측

제4구 始驗鳥隨舟 측측측평평

稍/知/花/改/岸과 始/驗/鳥/隨/舟는 부사/동사/목적어/동사/목적어로
함련은 상징의 구성이다.

제5구 結束多紅粉 측측평평측

제6구 歡娛恨白頭 평평측측평

結束과 歡娛는 동사, 多/紅粉과 恨/白頭는 동사/목적어 구성이다.

陪王使君晦日泛江就黃家亭子 (2)
그믐날 왕사군을 모시고 배를 띄워 황가 정자로 나아가니 (2)

有徑金沙軟　오솔길 점유한 금빛 모래만 부드럽고
유 경 금 사 연

無人碧草芳　사람 없는데 푸른 풀만 향기로운 격
무 인 벽 초 방

野畦連蛺蝶　들판의 두렁이 나비에 연결되는 격
야 휴 련 협 접

江檻俯鴛鴦　강변 정자 난간이 원앙 굽어보는 격
강 함 부 원 앙

日晚煙花亂　해 저물 때까지 안개꽃 어지럽지만
일 만 연 화 란

風生錦繡香　바람 일어도 비단 자수만 향기롭네
풍 생 금 수 향

不須吹急管　결국 급격한 피리 소리 불어내지 못해
불 수 취 급 관

衰老易悲傷　쇠약한 늙은이 곧바로 슬픔과 상심뿐
쇠 로 이 비 상

・徑: 여인의 음부를 상징한다. ・金沙: 자의로는 금빛 모래지만 돈을 암시한다. 돈을 물 쓰듯 해야 여인을 부드럽게 할 수 있다는 뜻이다. 정자 주변에는 모래가 없다. 제6구의 풀이는 미련에 근거한다. 왕사군의 헛된 힘에 여인의 옷자락만 향기롭다는 뜻으로 여인은 돈에 관심 있을 뿐 왕사군에게는 교태의 흉내만 낼 뿐이다. ・管: 피리. 急管은 절정에 이른 여인의 신음을 뜻한다. ・須: 결국. 모름지기. 당연히. 수련과 함련이 실제 상황이라면 함련 미련과 통하지 않는다.

제3구 野畦連蛺蝶 측평평측측
제4구 江檻俯鴛鴦 평측측평평

野畦/連/蛺蝶과 江檻/俯/鴛鴦은 주어/동사/목적어로 실제의 모습이 아니라 상징어 구성이다.

제5구 日晚煙花亂 측측평평측
제6구 風生錦繡香 평평측측평

日/晚/煙花/亂과 風/生/錦繡/香은 주어/동사/목적어/형용동사로 상징어 구성이다.

旅夜書懷
나그네의 밤에 회포를 쓰다

細草微風岸
세 초 미 풍 안
부드러운 풀과 미풍 이는 언덕 찾아도

危檣獨夜舟
위 장 독 야 주
부러질 돛대로 홀로 가는 밤 배 신세

星垂平野闊
성 수 평 야 활
별빛이 평야에만 드리워져 멀어지듯이

月湧大江流
월 용 대 강 류
달빛이 대강에만 용솟음쳐 흘러가듯이

名豈文章著
명 기 문 장 저
명성은 어이하고 문장만 달라붙는가!

官應老病休
관 응 노 병 휴
관직 당연하나 노병마저 그치게 하네

飄飄何所似
표 표 하 소 사
나부끼며 방랑하는 모습은 무엇과 같은가!

天地一沙鷗
천 지 일 사 구
천지 떠도는 한 마리 모래밭 기러기 신세

•수련의 풀이는 경련, 함련의 풀이는 수련, 경련의 풀이는 시제에 근거한다. •危: 위태하다. •危檣: 강한 바람에 부러질 듯한 위태한 돛 상태를 가리킨다. •闊: 멀어지다. •闊과 流는 부정의 의미로 쓰였다. •별과 달은 실제가 아니라 두보 자신을 상징한다. 별이나 달과 같은 존재로 조정에서 빛나고 싶다는 뜻을 내포한다. •豈와 應을 동사로 묘미 있게 안배했다. '이름이 어찌 문장만으로 드러나겠는가'로 풀이하면 제6구와 통하지 않는다. 자신의 문장이 반드시 명성으로 드러나야 마땅하다는 뜻이다.

제3구 星垂平野闊 평평평측측

제4구 月湧大江流 측측측평평

星/垂/平野/闊과 月/湧/大江/流는 주어/동사/목적어/형용동사로 상징
어 구성이다.

제5구 名豈文章著 평측평평측

제6구 官應老病休 평평측측평

名/豈/文章/著와 官/應/老病/休는 주어/동사/주어/동사 구성이다. 豈는
동사처럼 활용되었다.

曉望白帝城鹽山
새벽에 백제성 백염산을 바라보며

徐步移斑杖　천천히 걷다가 얼룩 대 지팡이 옮겨
서 보 이 반 장

看山仰白頭　산 보니 도리어 늙은이 경모하는 듯
간 산 앙 백 두

翠深開斷壁　비취색 깊게 펼쳐지다 절벽에서 끊긴 모습은
취 심 개 단 벽

紅遠結飛樓　붉은 기운 멀리서도 매며 성루 날고 싶은 나
홍 원 결 비 루

日出清江望　해 돋아도 맑은 강물 원망스러운 모습
일 출 청 강 망

暄和散旅愁　따뜻해도 흩뿌려지는 나그네 근심이네
훤 화 산 려 수

春城見松雪　봄 성이 소나무의 적설처럼 보이니
춘 성 견 송 설

始擬進歸舟　비로소 헤아려 나가려다 배 돌리네
시 의 진 귀 주

• 백염산 색깔과 仰白頭가 풀이의 핵심이다. 산을 보려 고개 든다는 표현은 어린아이의 말에 불과할 뿐이다. 소금처럼 희뿌연 색깔이 도리어 자신을 우러러볼 것 같은 반어법으로 처량한 신세를 의탁했다. 산은 봄 되면 푸르고 가을 되면 단풍이 형형색색으로 수를 놓아야 사람들이 가치 있게 여긴다. 백염산 정상 부근은 희뿌연 바위 절벽으로 이루어져 있으므로 어떠한 푸름도 절벽 앞에서는 끊길 수밖에 없다. •紅은 두보 자신의 능력을 나타낸다. 중용을 간절히 바라는 마음은 때와 장소를 불문하고 성을 향하지만 푸르러질 수 없는 백염산 절벽 신세와 같다는 뜻을 나타내었다. •日出清江望 역시 두보의 마음을 나타낸다. 해가 나야 사람들은 강물의 맑음을 보고 감탄하지만 백염산은 항상 희므로 사람들은 오히려 희다는 사실을 잊듯이, 자신 역시 그러한 처지임을 의탁했다. •斑杖은 斑竹으로 만든 지팡이. •白頭: 늙은이의 별칭. 두보 자신. •暄和: 따뜻하다. •경련의 풀이는 미련에 근거한다. •松雪의 자의는 소나무에 쌓인 눈이지만 雪은 백염산 정상을 나타낸다. •城과 松은 두보 자신. 백염산 정상을 쌓인 눈으로 보아 자신을 억누르는 모습으로 표현했다. 절묘한 표현이다. •擬: 헤아리다. •제8구는 암울한 미래를 예견하며, 벼슬로 나아가려는 뜻을 접을 수밖에 없다는 한탄을 나타낸다.

제3구 翠深開斷壁 측평평측측
제4구 紅遠結飛樓 평측측평평

翠/深/開/斷/壁과 紅/遠/結/飛/樓는 주어/부사 형태/동사/동사/목적어
로 翠와 紅은 색깔 구성이다.

제5구 日出淸江望 측측평평측
제6구 暄和散旅愁 평평측측평

日出과 暄和는 관대에 속한다. 淸江/望과 散旅/愁는 주어/동사 형태의
구성이다.

비취와 절벽과 해와 강과 소나무와 눈은 실제가 아니라 상징이다.

月
달

四更山吐月　4경 무렵 산이 달을 토해내니
사 경 산 토 월

殘夜水明樓　남은 밤 강물이 초당을 밝히네
잔 야 수 명 루

塵匣元開鏡　아내는 낡은 상자 거울 먼저 꺼낸 후
진 갑 원 개 경

風簾自上鉤　주렴은 곧바로 절로 갈고리에 걸리듯
풍 렴 자 상 구

兔應疑鶴髮　토끼 달 아내 응당 늙은이 의심했을 터
토 응 의 학 발

蟾亦戀貂裘　두꺼비 달 나 또한 담비 갖옷 그리웠네
섬 역 련 초 구

斟酌姮娥寡　짐작건대 항아는 너무 외로웠으리!
짐 작 항 아 과

天寒耐九秋　하늘 추워도 9년 인내한 당신이여!
천 한 내 구 추

•4경의 달은 실제의 달이 아니라 부부의 합방 시간을 의미한다. 새벽 1시에서 3시 사이는 산에서 달이 떠오를 시각이 아니다. 제2구의 강물은 부부 합방에 따르는 정의 강물이다. 실제 달이라면 누각이 바로 달을 비추어야지 강물이 누각을 밝힐 수는 없다. 산이 달을 토한 것은 아내의 젖가슴으로, 두보가 아내를 깨운 것이다. 제3구는 매무새를 다듬는 아내, 제4구는 일 나갈 아내 모습이다. •兔는 아내로 잠자리에 소원했던 자신을 의심했으리라는 생각이다. •樓: 초당. 尤운이므로 樓를 안배한 것이다. •蟾은 자신으로 타향으로 전전하는 동안 한없이 아내를 그리워했다는 표현이다. 미련으로 미루어보아 9년 동안 떨어져 있었음을 짐작할 수 있다. 계속 떨어져 있었는지는 알 수 없다. •미련은 아내에 대한 고마움의 표현이다. 실제로 그러했을지는 의문이지만 부부의 정이 뚝뚝 묻어난다. •四更: 새벽 1시부터 3시 사이. •塵匣: 두보 아내의 허름한 화장 상자. •風簾: 주렴과 같다. 風은 塵의 대장으로 안배되었다. •鶴髮: 노인의 별칭. 두보. •貂裘: 두보의 아내를 가리킨다. •寡: 외롭다. 과부. •耐는 柰로도 전사되어 있으며 뜻은 같지만 耐가 더 알맞다. •九秋: 아홉 번의 가을. 9년.

제3구 塵匣元開鏡　평측평평측
제4구 風簾自上鉤　평평측측평

塵匣/元/開/鏡과 風簾/自/上/鉤는 주어/부사/동사/목적어 구성이다.

제5구 免應疑鶴髮　측평평측측
제6구 蟾亦戀貂裘　평측측평평

免/應/疑/鶴髮과 蟾/亦/戀/貂裘는 주어/부사/동사/목적어로, 鶴과 貂는
동물이면서 색깔 개념 구성이다. 학은 흰색, 담비는 검은색에 가깝기 때문이
다. 경련은 절묘한 표현의 상징어 구성이다.

院中晚晴懷西郭茅舍

막부에서 저녁에 맑게 개자 절로 서쪽 성곽 변 초당을 그리워하며

幕府秋風日夜清 막부추풍일야청	막부의 가을바람 밤낮 귀향 결심 맑은 기운
澹雲疏雨過高城 담운소우과고성	고향의 맑은 구름 비 되어 높은 성에 들르네
葉心朱實看時落 엽심주실간시락	낙엽 마음에 붉은 결실은 보려 해도 떨어지니
階面青苔先自生 계면청태선자생	계단 표면에 푸른 이끼 제일 먼저 자란 마음
複有樓臺銜暮景 부유누대함모경	또다시 누대를 점유한들 저녁 해를 품은 격
不勞鍾鼓報新晴 불로종고보신청	출세에 애쓰지 않는다고 알려 다시 맑아지리!
浣花溪里花饒笑 완화계리화요소	완화 계곡 속의 가족 꽃은 웃음으로 넘쳐나며
肯信吾兼吏隱名 긍신오겸리은명	아마 내가 관리와 은사 명성 겸했다고 믿겠지!

• 제1구가 풀이의 핵심으로 서진 문학가 장한(張翰)의 순로지사(蓴鱸之思) 전고를 암용(暗用)했다. 張翰은 낙양에서 관리 생활을 하던 중 가을이 되자 고향의 순채국과 농어회가 그리워 벼슬을 그만두고 고향으로 돌아갔다. 제1구는 막부 생활을 그만두고 고향으로 돌아가야겠다는 일념을 나타낸 반어법이다. 清의 압운은 묘미 있다. 험한 막부 생활을 청산하고 고향으로 돌아가야 마음이 맑아질 것이라는 뜻으로 안배되었다. 고향으로 돌아가고 싶다는 행간의 의미를 보충하지 않고 자의대로만 풀이하면 이 작품은 전혀 수미일관하지 않는다. • 제2구의 澹雲疏雨는 고향 하늘을 대변하며 매일 성을 지나는 듯한 환상의 표현으로 제1구의 심정을 한층 깊게 드러내었다. 제3구는 마음 기울여 열매 거두려는 마음이 자꾸만 사라진다는 뜻으로 제4구가 이를 뒷받침한다. 막부의 계단은 분주하게 드나들어야 하는 곳이어서 이끼가 낄 틈이 없어야 정상이다. 얼마나 발길 끊고 싶은 곳인지를 극단의 반어법으로 나타내었다. • 제5구의 누대는 관리들의 휴식 장소이자 세상을 조망하며 뜻을 굳히거나 실의를 달래는 곳이다. 그런데도 저물녘 해를 품는다는 표현 역시 막부 생활을 그만두고 싶다는 강한 의지 표현이며 제6구에서 비유로 밝혔다. • 不勞鍾鼓는 사직서를 제출한다는 말로 출세의 의지가

제3구 葉心朱實看時落　측평평측평평측
제4구 階面靑苔先自生　평측평평평측평

葉心/朱實과 階面/靑苔는 명사형 형용사/명사, 看과 先은 관대, 時落과
自生은 부사/동사 대장이다.

제5구 複有樓臺銜暮景　측측평평평측측
제6구 不勞鍾鼓報新晴　측평평측측평평

複/有/樓臺와 不/勞/鍾鼓는 부사/동사/목적어 형태, 銜暮景과 報新晴은
대장되지 않는다. 경련은 부분 대장으로써 속내를 충분히 표현했다.

없음을 드러낸다. 수련을 뒷받침하며 시제의 핵심 주제이다. •미련의 완화계는 두보
초당이 있는 곳으로 고향으로 돌아간 후의 일상에 대한 상상이다. 논리 정연한 논설문을
읽는 느낌이 절로 들게 한다. •澹: 맑다. •葉心: 낙엽처럼 흔들리는 마음을 나타낸다.
•銜: 품다. 머금다. •實: 결실. 재물. •朱: 붉다. •鍾鼓: 종고지악(鍾鼓之樂)의 준말.
궁중 또는 권문세가의 음악. 출세의 상징이다.

夜
밤

露下天高秋水清 노 하 천 고 추 수 청	이슬 내리고 하늘 높고 가을 물은 맑은데
空山獨夜旅魂驚 공 산 독 야 려 혼 량	쓸쓸한 산 고독의 밤 나그네 혼 처량하네
疏燈自照孤帆宿 소 정 자 조 고 범 숙	성긴 등불 홀로 외로운 배 비춘 때의 숙박
新月猶懸雙杵鳴 신 월 유 현 쌍 저 명	초승달 여전히 쌍 다듬이에 걸린 때의 소리
南菊再逢人臥病 남 국 재 봉 인 와 병	남쪽 국화만 다시 만나 사람은 병들어 누웠고
北書不至雁無情 북 서 부 지 안 무 정	북쪽 서신 전해주지 않는 기러기 무정할 뿐
步簷倚杖看牛斗 보 첨 의 장 간 우 두	처마 아래 걷다 지팡이 기대 우두성 바라보면
銀漢遙應接鳳城 은 한 요 응 접 봉 성	은하수만 저 멀리 응당 봉황성에 이어진 때

• 〈추야객사(秋夜客舍)〉로도 알려져 있으며, 이 시제가 더 어울린다. •驚은 량으로 읽는다. 슬프다. •疏: 성기다. 희미하다. •雙杵: 두 여인이 양손에 다듬잇방망이를 들고 마주 보며 번갈아 다듬이질 하는 모습. •牛斗: 별자리. 우성과 두성. 상서로운 기운이 서려 있다고 생각한다. •鳳城: 봉황성 또는 단봉성과 같다. 장안을 가리킨다.

제3구 疏燈自照孤帆宿 평평측측평평측
제4구 新月猶懸雙杵鳴 평측평평평측평

疏燈과 新月은 형용사/명사로 燈과 月은 인공/자연 대장이다. 自/照/孤帆
/宿과 猶/懸/雙杵/鳴은 부사/동사/목적어/명사 형태로 孤와 雙은 숫자 대
장이다.

제5구 南菊再逢人臥病 평측측평평측측
제6구 北書不至雁無情 측평측측측평평

南菊과 北書는 菊과 書에 중점이 있으며, 南과 北은 방향을 나타낸다.
再逢과 不至는 부사/동사, 人/臥/病과 雁/無/情은 주어/동사/목적어 형태
대장이다.

愁

근심

江草日日喚愁生
강초일일환수생
강변 풀 매일매일 근심 소환하듯 자라나고

巫峽泠泠非世情
무협령령비세정
무협 인심 깨달을수록 세상 인정 아니라네

盤渦鷺浴底心性
반와로욕저심성
소용돌이 속 백로 목욕 어찌 심성이겠으며

獨樹花發自分明
독수화발자분명
홀로 선 나무에 꽃이 핀들 홀로 분명할 뿐

十年戎馬暗萬國
십년융마암만국
10년간의 전쟁은 온 세상을 암울하게 하니

異域賓客老孤城
이역빈객로고성
이역만리 빈객은 고독한 성에서 늙어갈 뿐

渭水秦山得見否
위수진산득견부
장안의 위수 진산 같은 덕행 볼 수 있겠는가!

人今罷病虎縱橫
인금피병호종횡
지금 지치고 병들었는데 호랑이만 종횡이니!

• 강희위오체(強戲爲吳體)라는 부제가 있다. 이 작품은 흔히 말하는 요체(拗體)로 구성되었으므로 吳體라는 부제를 붙였다는 전인의 설명이지만, 7언의 대다수는 이러한 형식이므로 이 작품만 요체로 보기는 어렵다. 두보의 상용 수법으로 평측을 되돌려보면 기본 구식에 알맞기 때문이다. 지금까지 본 연구에서도 요체는 정격과 '같다'라는 증명 위주였으나, 요체는 후인이 율시 구성의 원래 의도를 잘 이해하지 못해서 생겨난 용어라고 보아야 마땅하다. 즉 요체가 아니라 표현을 우선하면서 평측을 능숙하게 조율한 것이다. 앞으로 요체라는 말은 쓰지 말아야 하며 이러한 형식은 초서 달인 형태의 평측 구성이라는 표현 등으로 바꾸어야 한다. 요체라는 말을 계속 사용하는 이상 이러한 형태로 수백 편을 구성한 소동파, 황정견, 육유 등의 작품을 평가절하하는 결과를 낳기 때문이다. 시언지(詩言志)가 한시 창작의 본질이며, 두보는 시언지에 충실하면서 평측을 능숙하게 조절하여 표현했다. 여태껏 두보 율시 전편의 평/측을 분석해본 연구가 없었기에 평측 안배를 잘 이해하지 못한 상황에서 요체라는 용어가 생겨났다고 보아야 한다. • 부제의 戲는 '장난삼다'가 아니라 '서러울 호'라고 누차 언급했다. 내용으로 미루어보면 '強戲爲吳體'는 '지나치게 서러워하다 보니 오나라

제3구 盤渦鷺浴底心性 평평측측측평측
제4구 獨樹花發自分明 측측평측측평평

盤渦와 獨樹는 형용사/명사, 鷺浴과 花發은 주어/동사, 底와 自는 부사, 心性과 分明은 관대에 속한다.

제5구 十年戎馬暗萬國 측평평측측측측
제6구 異域賓客老孤城 측측평측측평평

十年/戎馬와 異域/賓客은 형용사/명사, 暗/萬國과 老/孤城은 동사/목적어 대장이다. 十과 萬, 異와 孤는 자대이면서 위아래 숫자 개념으로 대장되었다.

여인의 슬픔을 대변하는 체제가 되었다' 또는 '오 지방 민가에 나타난 서러운 뜻으로 구성되었다'는 말과 같다. 내용만 살펴봐도 장난삼아 쓴 작품이 아님을 바로 알 수 있다. 戱를 희로 풀이하려면 '장난삼아'가 아니라 '너무 어처구니없어서 헛웃음밖에 안 나온다'는 뜻으로 풀이해야 한다. •冷: 깨닫다. 冷冷을 맑고 맑다는 자의만으로 풀이하면 제1구와 수미일관하지 않는다. 맑고 맑은 물처럼 너무 바닥까지 잘 볼 수 있듯이 무협 인심이 좋지 않다고 비꼬는 말이다. 우리말의 '어찌 그리 맑은지!'가 맑다는 뜻이 아니라는 반어법과 같다. 무협의 인심이 좋지 않다는 표현은 여러 편에서 언급되었다. •底: 어찌. 몹시. 부사로 쓰였다. •盤渦: 소용돌이. 위험한 상태. 함련은 자신의 신세를 묘미 있게 표현했다. 소용돌이는 혼란 상황을 나타낸다. 백로는 두보 자신, 심성은 자신의 능력을 뜻한다. 혼란 속에서는 자신의 능력이 어떠한지를 세상이 깨닫기 어렵다는 뜻으로 썼다. 제4구가 이를 뒷받침한다. 외따로 떨어져 있는 나무에 제아무리 많은 꽃 피어난들 알아줄 사람이 없다는 말과 같다. •渭水秦山: 장안을 둘러싼 강과 산. •得: 이득. 덕행. •제7구는 장안으로 돌아가더라도 위수와 진산 같은 배경을 얻기 어려우리라는 회의의 심정이며, 제8구에서는 이러한 심정의 까닭을 밝혔다. 여전히 포악한 호랑이 같은 자들만 득세하는 현실이기 때문이다. •罷는 피로 읽는다. 지치다. 고달프다.

酬郭十五判官受
판관 곽수에게 응수하다

才微歲老尙虛名　재능 미약에 세월만 저물고 여전히 헛된 명성
재 미 세 로 상 허 명

臥病江湖春複生　와병 중 강호의 봄만 부질없이 다시 소생하네
와 병 강 호 춘 복 생

藥裹關心詩總廢　약 꾸러미 관심에 시작 모조리 폐했으나
약 과 관 심 시 총 폐

花枝照眼句還成　꽃가지 눈 밝히자 구절 다시 이루어지네
화 지 조 안 구 환 성

只同燕石能星隕　나는 단지 연산 흔한 돌 같고 운석 같은 능력
지 동 연 석 능 성 운

自得隋珠覺夜明　그대의 시 절로 수후의 구슬 야광주를 느끼네
자 득 수 주 각 야 명

喬口橘洲風浪促　교구와 귤주의 풍랑이 나그네 재촉해도
교 구 귤 주 풍 랑 촉

系帆何惜片時程　배 묶어 어찌 짧은 만남인들 아쉬워하랴!
계 범 하 석 편 시 정

• 酬는 상대방이 보내온 시에 대한 화답과 같다. • 裹: 꾸러미. 里로도 전사되어 있으나 枝와 대장되지 않는다. • 燕이 연 지방을 가리킬 때는 평성이다. • 燕石: 연산에서 나는 흔한 돌. 옥석과 자주 착각하는 데서 생긴 말이다. • 隋珠: 수 지방 제후가 뱀을 구해주고 꿈속에서 얻었다는 야광주를 가리킨다. • 제5구는 자신의 시에 대한 겸양의 표현, 제6구는 곽수의 시를 칭찬하는 표현이다. 겸양의 표현 자체가 뛰어나니 누군들 겸양으로 여기겠는가! 喬口, 橘洲: 지명. • 片時: 짧은 시각. • 제8구는 아무리 바빠도 잠시 서로 만나 회포를 풀었으면 좋겠다는 말과 같다.

제3구 藥裹關心詩總廢 측측평평평측측
제4구 花枝照眼句還成 평평측측측평평

　藥裹와 花枝는 명사형 형용사/명사, 關心과 照眼은 동사/목적어로 關心은 마음을 '연관시키다'로 풀이된다. 詩/總/廢와 句/還/成은 주어/부사/동사 대장이다.

제5구 只同燕石能星隕 측평평측평평측
제6구 自得隋珠覺夜明 측측평평측측평

　只/同/燕石과 自/得/隋珠는 부사/동사/목적어, 能/星隕과 覺/夜明은 동사/목적어 형태 대장이다. 경련은 전고 대장으로, 까다로운 구성이다.

嚴中丞枉駕見過
엄 중승이 왕림하여 책망하다

元戎小隊出郊坰
원 융 소 대 출 교 경
엄무의 작은 부대가 교외를 나서

問柳尋花到野亭
문 류 심 화 도 야 정
버들 묻고 꽃 찾아 초라한 정자에 도착했네

川合東西瞻使節
천 합 동 서 첨 사 절
내는 동서를 합해 절도사 우러러보는 격

地分南北任流萍
지 분 남 북 임 류 평
처지는 남북을 나누어 부평에 내맡긴 격

扁舟不獨如張翰
편 주 부 독 여 장 한
일엽편주는 스스로 벼슬 버린 장한 같지 않고

皂帽還應似管寧
백 모 환 응 사 관 녕
검은 관모는 억지로 은자 관녕과 닮으려 하네

寂寞江天雲霧里
적 막 강 천 운 무 리
적막강산에 구름과 안개 속 신세

何人道有少微星
하 인 도 유 소 미 성
어찌 나만 은자와 같은 길인지요?

• 엄무가 칙령으로 절도사를 제수받아 동천에서 서천까지 다스리게 되었다(嚴自東川除西川, 勅令都節制)라는 두보의 자주(自註)가 달려 있다. •坰: 들판. •見過: 잘못을 책망하다. 윗사람이 아랫사람을 찾게 한 자체가 잘못이라는 겸양어로 쓰이지만, 내용으로 미루어보면 두보를 달래러 들른 듯하다. •元戎: 엄무를 가리킨다. •함련의 川은 엄무, 地는 두보를 가리킨다. 엄무의 권한이 막강해졌는데도 자신에 대한 보상은 미약한 상황임을 짐작할 수 있다. 경련이 이를 뒷받침한다. 장한은 스스로 벼슬을 버렸고 위나라 관녕이 스스로 은자의 길을 택한 경우와는 다르다는 표현으로 강한 불만을 드러내었다. •皂帽: 은사의 관으로 고아한 절조를 나타내지만, 신세 한탄의 뜻으로 쓰였다. •還應: 억지의 뜻이 강하다. •少微星: 말 그대로 희미한 별이므로 은사를 상징한다.

제3구 川合東西瞻使節　평측평평평측측
제4구 地分南北任流萍　측평평측측평평

川/合/東西와 地/分/南北은 주어/동사/목적어, 瞻/使節과 任/流萍은 동사/목적어로 東西와 南北은 처지를 상징하는 선명한 대장이다.

제5구 扁舟不獨如張翰　평평측측평평측
제6구 皂帽還應似管寧　측측평평측측평

扁舟와 皂帽는 명사형 형용사/명사, 不獨과 還應은 부사, 如/張翰과 似/管寧은 동사/목적어 형태로 인명의 대장은 평/측이 결정되어 있으며, 격에 맞아야 하므로 까다롭다.

題張氏隱居 (1)
장씨의 은거처에서 쓰다 (1)

春山無伴獨相求　봄 산에 동반자 없이 유독 서로만을 찾으니
춘 산 무 반 독 상 구

伐木丁丁山更幽　친구 찾는 〈벌목〉 생각나 산 더욱 그윽하네
벌 목 정 정 산 갱 유

澗道餘寒曆冰雪　골짜기에는 추위 남아 눈과 얼음 역력하고
간 도 여 한 력 빙 설

石門斜日到林丘　석문에 비낀 햇빛 숲과 구릉까지 잇달았네
석 문 사 일 도 임 구

不貪夜識金銀氣　욕심 없는 밤에는 금은을 식별할 음식 내오고
불 탐 야 식 금 은 기

遠害朝看麋鹿遊　이해 멀리한 아침 사슴 보듯 한가롭게 거니네
원 해 조 간 미 록 유

乘興杳然迷出處　흥 오르면 묘연히 나아간 곳에 빠져드니
승 흥 묘 연 미 출 처

對君疑是泛虛舟　그대 대하면 빈 배 띄웠는지 의심된다오
대 군 의 시 범 허 주

•石門: 돌로 쌓은 대문. 주로 은자의 거처를 가리킨다. •氣가 풀이의 핵심이다. 희로 읽는다. 희(餼)와 같다. 음식을 보내다. •경련은 전인의 여러 가지 설이 있으나 따르지 않는다. 자의대로 풀이해둔다. •흥의 수법을 잘 활용한 작품이다. 麋鹿은 실제의 사슴이 아니라 자신을 귀빈으로 대접한다는 뜻이다. 《시경·소아(小雅)·벌목(伐木)》의 이해 가 선행되지 않으면, 제대로 그 뜻을 알기 어렵다. 〈벌목〉의 내용은 다음과 같다. 伐木丁丁 / 鳥鳴嚶嚶/ 出自幽谷/ 遷於喬木/ 嚶其鳴矣/ 求其友聲/ 相彼鳥矣/ 猶求友聲/ 矧伊人矣/ 不求友生/ 神之聽之/ 終和且平/ 伐木許許/ 釃酒有藇/ 既有肥羜/ 以速諸父/ 寧適不來/ 微我弗顧/ 於粲灑掃/ 陳饋八簋/ 既有肥牡/ 以速諸舅/ 寧適不來/ 微我有咎/ 伐木於阪/ 釃酒有衍/ 籩豆有踐/ 兄弟無遠/ 民之失德/ 乾餱以愆/ 有酒湑我/ 無酒酤我/ 坎坎鼓我/ 蹲蹲舞我/ 迨我暇矣/ 飲此湑矣. 흥(興)의 수법은 《시경》 이래, 한시의 창작에서 최고의 비유법으로 여긴다. 흥은 최고의 비유법으로 감흥을 나타내는 방법이다. 벌목 소리는 새들의 울음소리를 상징하고, 새의 울음소리는 우정을 상징한다. 의식적인 비교가 아니라 사물에 연계되어 무의식적으로 솟아나는 감흥을 드러내는 방법이다.

제3구 澗道餘寒歷冰雪　측측평평측평측
제4구 石門斜日到林丘　측평평측측평평

澗과 石은 자연, 道와 門은 인공의 대장, 餘寒과 斜日은 형용사/명사, 歷/
冰雪과 到/林丘는 동사/목적어의 대장이다. 제3/4구의 구성은 경물의 묘사
에서 상용한다.

제5구 不貪夜識金銀氣　측평측측평평측
제6구 遠害朝看麋鹿遊　측측평평평측평

不貪夜와 遠害朝는 동사/목적어, 識/金銀/氣와 看/麋鹿/遊는 동사/목적
어/동사 대장이다.

題張氏隱居 (2)
장씨의 은거처에서 쓰다 (2)

之子時相見 그대에게 갈 때마다 서로 나기만 하면
지 자 시 상 견

邀人晚興留 나를 맞아 주흥을 다하도록 만류하네
요 인 만 흥 류

霽潭鱣發發 비 갠 연못에 잉어 발발 나타나듯
제 담 전 발 발

春草鹿呦呦 봄풀에 기쁜 사슴 유~유 울 듯이
춘 초 록 유 유

杜酒偏勞勸 두강주는 자꾸자꾸 위로하며 권유하고
두 주 편 로 권

張梨不外求 장씨 돌배 술은 밖에서 구할 수 없다네
장 리 불 외 구

前村山路險 돌아갈 앞마을 산길 아무리 험준해도
전 촌 산 로 험

歸醉每無愁 귀로에도 취해 있어 매번 근심 없애주네
귀 취 매 무 수

• 之子時는 동사/목적어/명사형 동사로 풀이해야 문법에 알맞다. • 晚: 늦다. 人을 장씨로 보아 맞이한 사람이 주흥 다할 때까지 만류한다고 풀이해도 통한다. • 鱣: 잉어또는 황어. 황어는 잉엇과에 속한다. 함련은 실제의 잉어나 사슴이 아니라 두보를맞이하는 장씨의 기쁜 심정을 나타낸다. 실제라면 수련과 통하지 않는다. 정답게 맞이하는 풍경이 눈앞에 선하다. • 杜酒: 두강(杜康)이 처음 술을 발명했다는 전설에 기인하여술의 통칭으로 쓰인다. 자의대로 풀이해둔다. • 偏: 편향되다. 자꾸자꾸. • 梨: 배로담근 술을 뜻한다. 돌배 술로 풀이해둔다. 친구를 초대에서 담근 술 내어놓는 장면과같다.

제3구 霽潭鱣發發 측평평측측
제4구 春草鹿呦呦 평측측평평

霽潭과 春草는 潭과 草에 중점이 있다. 鱣과 鹿은 동물 개념, 發發과 呦呦
는 첩어 대장이다.

제5구 杜酒偏勞勸 측측평평측
제6구 張梨不外求 평평측측평

杜酒와 張梨는 酒와 梨에 중점이 있기는 하지만, 杜와 張은 인명 개념으로
비중을 논하기 어렵다. 偏勞勸과 不外求는 관대로 엄격한 대장을 추구하지
않음으로써 생동감 있는 표현이 이루어졌다.

江上值水如海勢聊短述

강가에서 보니 강물이 바다와 같은 기세로 불어날 즈음이어서 기이한 풍경을 이루는데도 가구를 찾지 못해 조금 부족하게 기술되다

爲人性僻耽佳句
위인성벽탐가구
위인 성질 편벽하여 좋은 구절만을 탐하니

語不驚人死不休
어불경인사불휴
타인을 놀라게 해야 죽어서도 쉴 수 있네

老去詩篇渾漫興
노거시편혼만흥
늙어가며 짓는 시편은 넘치는 흥에 둔감하여

春來花鳥莫深愁
춘래화조막심수
봄에 꽃과 새 보아도 깊은 근심 표현 어렵네

新添水檻供垂釣
신첨수함공수조
새로 물가 정자 제공되어 낚시 드리우다가

故著浮槎替入舟
고착부사체입주
일부러 뗏목 버리고 시상을 위해 배를 타네

焉得思如陶謝手
언득사여도사수
어찌해야 도연명과 사령운 재주를 얻겠는가!

令渠述作與同遊
영거술작여동유
그분들과 같은 수준이어야 함께할 수 있네

• 겸손이 묻어나는 표현이다. •性僻: 성벽(性癖)과 같다. •渾: 흐리다. 둔하다. 늙어감에 따라 즉흥적으로 시가 잘 써지지 않는다는 겸손의 뜻으로 쓰였다. •漫興: 질펀하게 흘러넘치는 흥으로, 주체할 수 없는 흥을 뜻한다. •替: 교체되다. 폐기되다. •槎가 나무를 베다의 뜻일 때는 차로, 뗏목의 뜻일 때는 사로 읽는다. •令: 남을 높이는 말. •渠: 그들. •令渠: '그분들'이라는 높임말로 쓰였다. •與: 함께하다.

제3구 老去詩篇渾漫興 측측평평평측측
제4구 春來花鳥莫深愁 평평평측측평평

老去와 春來는 주어/동사, 詩篇과 花鳥는 약간의 偏枯지만 표현이 우선이다. 渾/漫興과 莫/深愁는 동사/목적어 대장이다.

제5구 新添水檻供垂釣 평평측측평평측
제6구 故著浮槎替入舟 측측평평측측평

新/添/水檻과 故/著/浮槎는 부사/동사/목적어, 供垂/釣와 替入/舟는 동사/목적어 대장이다.

奉贈王中允維

중윤이신 왕유를 받들어 증정하다

中允聲名久 중윤의 꾀병 소리 명성 오래되었으니
중 윤 성 명 구

如今契闊深 지금도 칼로 새겨 넓고도 심원합니다
여 금 계 활 심

共傳收庾信 한결같이 우국 전해 유신 거둔 격
공 전 수 유 신

不比得陳琳 비교 불가 충정으로 진림 이긴 격
불 비 득 진 림

一病緣明主 포로 일심 칭병 끝은 밝은 군주 인연
일 병 연 명 주

三年獨此心 3년 동안 제 마음을 독차지했습니다
삼 년 독 차 심

窮愁應有作 곤궁 근심에도 충정 작품 점유하리니
궁 수 응 유 작

試誦白頭吟 시험 삼아 〈백두음〉을 음송해봅니다
시 송 백 두 음

• 이 작품은 758년에 지었으며 제5구의 이해가 풀이의 핵심이다. 756년 6월. 안록산이
장안까지 침입하자 현종은 사천으로 피신하고 왕유는 포로가 되었다. 포로가 된 왕유는
칭병을 가장하여 현실에서 도피하려 했으나 그의 시 명성이 너무 커서 안록산은 사람을
보내 그를 영접하고 보리사에 구금한 후 억지로 급사시중의 허직을 맡겼다. 757년
관군이 장안을 수복하자, 장안으로 압송되었다. 허직을 맡았더라도 당연히 사형에
처할 운명이었지만, 포로 신세일 때 지은 〈응벽지(凝碧池)〉가 알려져 전화위복으로
太子中允을 제수받았다. 〈응벽지〉는 망국의 통한과 조정을 그리는 정을 읊은 작품이다.
• 一病: 안녹산의 포로가 되었을 때 칭병한 일을 가리킨다. • 緣明主: 전란 후 다행히도
〈응벽지〉가 알려져 사면을 받았을 뿐 아니라 도리어 승진한 일을 가리킨다. • 三年獨此心
은 두보의 입장이다. 고난의 상황 속에서도 변하지 않은 왕유의 우국충정 마음이
이 작품을 쓸 때까지 3년 동안 마음속에 자리 잡고 있었다는 표현이다. • 제7구는
어려운 상황에서도 변절의 작품을 써서는 안 된다는 재다짐과 같다. 유신과 진림은
포로가 된 상황에서 잠시 변절한 적도 있었기 때문에 왕유와는 비교 불가라는 뜻이다.
收와 得으로 그러한 뜻을 나타내었다. 유신과 진림은 왕유를 본받아야 한다는 것이

제3구 共傳收庾信 측평평측측
제4구 不比得陳琳 측측측평평

共傳과 不比는 부사/동사, 收/庾信(인명)과 得/陳琳(인명)은 동사/목적어 구성이다.

제5구 一病緣明主 측측평평측
제6구 三年獨此心 평평측측평

一病과 三年은 숫자/명사, 緣/明主와 獨/此心은 동사/목적어 구성이다.

함련의 뜻이다. •제8구의 〈백두음〉은 일편단심을 표현한 탁문군의 작품으로 〈옹벽지〉를 대신한다. 吟이 압운이며, 평측 안배가 어려워 〈백두음〉으로 대신한 것이다. 〈백두음〉을 음송한다는 말은 두보 역시 그러한 상황에서 왕유처럼 행동할 자신이 있다는 뜻을 나타낸다. 수련 역시 왕유의 칭병 방법을 두보 자신의 마음에 칼로 새긴 듯 깊이 간직하고 있다는 뜻으로 나타내었다. •개인 간의 서신 형식으로 지나치게 많은 내용을 함축하고 있어서 5언으로는 적합하지 않지만 두 사람 사이에서는 이심전심으로 더욱 깊은 정을 나누었음을 짐작할 수 있다. 역사적 고증이 필요한 이러한 작품은 자의만으로는 이해하기 어렵다. •中: 관명이나 적중의 뜻일 때는 측성이다. •契: 칼로 새기다.

野望
시골 노인 원망

清秋望不極 청 추 망 불 극	맑은 가을인데 늙은이 원망 끝없으니
迢遞起曾陰 초 체 기 증 음	아득히 갈마들어 일면서 그늘 겹치네
遠水兼天淨 원 수 겸 천 정	저 먼 강물이 하늘과 겸하여 찬 신세
孤城隱霧深 고 성 은 무 심	외로운 성이 안개에 감추어져 숨은 듯
葉稀風更落 엽 희 풍 갱 락	잎 희소한데 바람 더해 떨어지는 신세
山迴日初沈 산 형 일 초 침	산세 빛나도 해 제일 먼저 지는 신세
獨鶴歸何晩 독 학 귀 하 만	고독한 학의 귀환 어찌 이리 늦은가!
昏鴉已滿林 혼 아 이 만 림	혼미한 까마귀만 이미 숲에 가득하네

• 은유 표현의 신세 한탄이다. 실제로 들판에서 바라보았다면 맑은 가을에 그늘 겹칠 수 없고, 안개가 성을 감출 수 없다. 시제의 풀이는 미련에 근거한다. •陰과 淨이 풀이의 핵심이다. 그늘을 더한 이상 淨을 깨끗하다고 풀이하면 수미일관하지 않는다. •迢: 멀다. •遞: 갈마들다. •曾은 增과 같다. 겹치다. •淨: 차다. •深: 깊이 숨다. •迴: 빛나다. 아득한 정도로 차이가 크다. 다르다.

제3구 遠水兼天淨 측측평평측
제4구 孤城隱霧深 평평측측평

遠水와 孤城은 형용사/명사, 兼/天/淨과 兼/天/淨은 동사/목적어/형용동
사로 함련은 상징 은유 구성이다.

제5구 葉稀風更落 측평평측측
제6구 山迴日初沈 평측측평평

葉/稀/風/更/落과 山/迴/日/初/沈은 주어/동사/주어/부사/동사로 물이
흐르듯 자연스럽게 서술된 流水對이자 상징 은유 구성이다. 함련과 경련은
대장 표현의 극치라 할 수 있다.

春日江村 (1)
봄날의 강촌 (1)

農務村村急 농사일 마을마다 바쁘지만
농무촌촌급

春流岸岸深 봄 강물 흘러 언덕에 깊네
춘류안안심

乾坤萬里眼 건곤만리의 안계
건곤만리안

時序百年心 시서백년의 심정
시서백년심

茅屋還堪賦 초가집에서는 여전히 시를 지을 만하고
모옥환감부

桃源自可尋 복숭아꽃 원류는 자연히 찾을 만하다네
도원자가심

艱難賤生理 힘들고 어려워도 삶 이치 경시하여
간난천생리

飄泊到如今 표류하고 정박하다 금일의 처지라네
표박도여금

• 村村과 岸岸은 첩어의 구성이다. 제3/4구에 대장하지 않더라도, 첩어에는 첩어로
대응하는 것이 일반적이다. •自: 절로. 당연히. •乾坤萬里眼과 時序百年心은 풀어서
해석하면 오히려 어색할 것 같다. •生理: 양생의 도리를 나타낸다. •艱難賤生理를
제1구와 관련지어 생각하면, 벼슬길에 나서지 않고, 농사일에 전념했더라면 지금의
처지보다 나았을 것이라는 자조 섞인 표현으로도 볼 수 있지만, 제5/6구와는 자연스럽게
연결되지 않는다. •飄: 표류하다. •泊: 정박하다.

제3구 乾坤萬里眼 평평측측측
제4구 時序百年心 평측측평평

乾坤萬里와 時序百年은 성어의 일종으로 대장되었다. 萬과 百은 숫자의 구성이다. 眼과 心은 구체와 추상의 구성이다.

제5구 茅屋還堪賦 평측평평측
제6구 桃源自可尋 평평측측평

茅/屋과 桃/源은 명사형 형용사/명사의 구성이다. 屋과 源에 중점이 있다. 還/堪/賦와 自/可/尋은 부사/동사/동사의 구성이다. 賦는 시, 부 등을 '짓다'라는 동사로 쓰였다.

春日江村 (2)
봄날의 강촌 (2)

迢遞來三蜀 초 체 래 삼 촉	아득한 촉 지방에 와서
蹉跎有六年 차 타 유 륙 년	헛되이 6년을 보내네
客身逢故舊 객 신 봉 고 구	나그네 신세가 고향 친구를 만나니
髮興自林泉 발 흥 자 림 천	백발 흥은 절로 숲속 샘물을 따르네
過懶從衣結 과 라 종 의 결	지나치게 나태해져 의복은 여태껏 때 응결된 채이고
頻遊任履穿 빈 유 임 리 천	빈번한 어울림에 신발은 제멋대로 구멍 난 그대로네
藩籬無限景 번 리 무 한 경	담장 바깥의 무한한 풍경이여!
恣意買江天 자 의 매 강 천	마음대로 강과 하늘을 세내네

•迢遞: 아득히 멀다. •三蜀: 촉 지방과 같다. 제2구의 六에 습관적인 대응이다. •蹉跎: 헛되다. 세월을 헛되이 보내다. 시기를 놓치다. •故舊: 고향 친구. •髮은 客의 대장으로 안배되었다. 오언이어서 白髮로 안배되지 않았다. •自: 자연히 ~하다. 좇다. 따르다. •林泉: 수풀과 샘물. 수풀 속에 있는 샘물. 은사의 거처. •從: 여태껏. •結: 응결하다. •衣結과 履穿은 衣弊의 변형으로 원래는 가난을 나타내지만, 친구와 노는 데 심취하여, 옷을 빨거나 신발을 기울 여유가 없었다는 뜻으로 쓰였다. 從衣와 任履는 衣從과 履任으로 안배해도 무방하다. •恣意는 방자하다. 제멋대로. •買: 사다. 세내다. •向으로 된 판본도 있으나 買가 더 묘미 있다.

제3구 客身逢故舊 측평평측측
제4구 鬚興自林泉 측측측평평

客/身과 鬚/興은 명사형 형용사/명사의 구성이다. 身과 興에 중점이 있다. 逢과 自는 동사의 대장이나 일반적으로 自는 부사로 쓰인다. 故/舊와 林/泉은 명사형 형용사/명사의 구성이다. 林泉을 숲과 샘물로 풀이하면 故舊와 대장되지 않는다.

제5구 過懶從衣結 측측평평측
제6구 頻遊任履穿 평평측측평

過/懶와 頻/遊는 부사/동사, 從과 任은 부사의 구성이다. 衣/結과 履/穿은 주어/형용동사의 구성이다. 結은 凝이 더 어울리지만 凝은 평성이므로 안배할 수 없다.

春日江村 (3)
봄날의 강촌 (3)

種竹交加翠　심은 대나무는 서로 뒤섞여 푸르고
충 죽 교 가 취

栽桃爛漫紅　재배한 복숭아꽃은 눈부시도록 붉네
재 도 란 만 홍

經心石鏡月　그러나 마음을 기울여도 얼음에 비친 달빛처럼 차고
경 심 석 경 월

到面雪山風　표정에 드러날 땐 설산의 바람맞은 것처럼 굳어지네
도 면 설 산 풍

赤管隨王命　지난날 붉은 붓으로 왕명을 수행할 때
적 관 수 왕 명

銀章付老翁　은 관인은 이 늙은이에게 맡겨졌지!
은 장 부 노 옹

豈知牙齒落　어찌 치아 빠지듯이 낙오될 줄 알았겠는가!
기 지 아 치 락

名玷薦賢中　평판은 천거한 현인의 심중을 욕보였으니!
명 점 천 현 중

• 春來不似春이다. 옷깃을 부여잡고 위로하며 함께 통곡하고 싶은 마음이 절로 든다.
• 수련은 아내와 자식들의 원래 모습을 상징한다. 대나무는 대나무가 아니요, 복숭아꽃
은 복숭아꽃이 아니다. 실제의 대나무와 복숭아꽃이라면 경련 미련과 수미일관하지
않는다. •交加: 겹치다. 뒤섞이다. •爛漫은 눈부시다. •經: 목매다. 아내에게 마음을
기울인다는 뜻으로 썼다. •石鏡: 유리거울. 달이 돌에 비칠 때의 차가운 느낌 또는
얼음. 아내의 얼굴을 상징한다. •到: 이르다. 닿다. 표정에 '드러나다'는 뜻으로 썼다.
자식들의 얼굴을 상징한다. •함련은 아내와 자식들에게 냉대받는 가장의 처절한 심경
표현이다. •赤管: 상서령(尙書令) 관직을 비유하지만, 자의만으로도 잘 통한다. •管:
붓 대롱. 붓대. •銀章: 은인(銀印)과 같다. 은으로 만든 관인. 印이 측성이므로 안배하지
않았다. •付: 맡기다. •老翁: 오늘날의 관점으로는 부적절한 표현이다. 옛사람은 60에
가까워지면 이미 늙었다고 생각했으니, 고통과 좌절의 생애는 100년을 산 것처럼
느껴서인지도 모르겠다. •名: 명성. 평판. •玷: 이지러지다. 욕보이다.

제3구 經心石鏡月 평평측측측
제4구 到面雪山風 측측측평평

經/心(마음)과 到/面(신체)은 동사/목적어, 石과 雪은 자연, 鏡과 山은 인공과 자연, 月과 風은 자연의 구성이다.

제5구 赤管隨王命 측측평평측
제6구 銀章付老翁 평평측측평

赤과 銀은 색깔, 管은 문사의 도구, 章은 도구로 이루어진 결과를 상징한다. 묘미 있다. 隨/王命과 付/老翁은 동사/목적어 구성이다.

春日江村 (4)
봄날의 강촌 (4)

扶病垂朱紱　병에 시달리면서도 붉은 인 끈을 드리우다가
부병수주불

歸休步紫苔　돌아와 쉬면서 자색 갓 자라난 밭길을 걷네
귀휴보자태

郊扉存晚計　교외의 사립문은 만년 삶의 설계로 설치되었으니
교비존만계

幕府愧群材　군막 관아에선 뛰어난 동료의 재능에 부끄러웠네
막부괴군재

燕外晴絲卷　제비 나는 너머로는 거미줄만 감싸져 있고
연외청사권

鷗邊水葉開　갈매기 헤엄치는 주변 수초 잎만 펼쳐졌네
구변수엽개

鄰家送魚鱉　이웃 사람이 생선 반찬을 가지고 와서는
인가송어별

問我數能來　자주 와도 되느냐고 묻네
문아삭능래

• 扶: '부축하다' '돕다'는 뜻이지만 '시달리다'는 뜻으로 쓰였다. • 紱: 인끈. 관리의 복장. • 紫苔는 紫菜苔. 자주색 갓. • 存은 보살피다. 설치하다. 가난의 상징으로 쓰였다. • 幕府: 군영의 장막. • 제4구는 겸손의 표현이다. • 晴絲: 유사(遊絲)와 같다. 거미줄. 아지랑이. • 卷: 돌돌 감아 싸다. 끊어지다. 권(婘)의 뜻으로도 쓰인다. • 送: '보내다'는 뜻이지만 정황으로 보면 직접 가지고 온 것이다. • 魚鱉: 물고기와 자라 또는 어류의 총칭이지만 통상의 표현이며 생선으로 보아도 무방할 것이다.

제3구 郊扉存晚計 평평평측측
제4구 幕府愧群材 측측측평평

郊/扉와 幕/府는 형용사/명사, 存과 愧는 형용동사, 晚/計와 群/材는 형용사/명사의 구성이다. 표현이 자연스럽다.

제5구 燕外晴絲卷 측측평평측
제6구 鷗邊水葉開 평평측측평

燕/外와 鷗/邊은 동물과 위치의 구성이다. 晴과 水는 약간 어색하다. 絲와 葉은 명사, 卷과 開는 형용동사의 구성이다. 거미줄에 걸리면 말리므로 展이 아닌 卷을 안배했으리라고 짐작하니, 감탄이 절로 나온다.

春日江村 (5)
봄날의 강촌 (5)

群盜哀王粲 도적무리가 왕찬 슬프게 했으나 조조가 중용했고
군 도 애 왕 찬

中年召賈生 한문제는 등극한 해에 바로 가의를 초청했었네
중 년 소 가 생

登樓初有作 왕찬은 누대에 오를 때마다 곧바로 작문할 수 있었고
등 루 초 유 작

前席竟爲榮 왕이 자리 당겨 총애한 가의는 필경 영광이었으리라!
전 석 경 위 영

宅入先賢傳 가의의 도량은 선현의 전기에 서술된 바와 같고
택 입 선 현 전

才高處士名 왕찬의 재주는 처사의 명성을 높였었지!
재 고 처 사 명

異時懷二子 이전에도 두 분을 마음에 품고 있었는데
이 시 회 이 자

春日復含情 봄날을 맞이하여 또다시 무한한 정 품네
춘 일 부 함 정

•初有作은 누각에 오를 때마다 순식간에 시상이 떠올라 으뜸으로 작품을 짓는다는 뜻이다. •前席은 왕이 총애하는 신하의 이야기를 더 잘 듣기 위해 몸소 신하 쪽으로 나아가 친밀감을 표시하는 전고이다. •賈生: 가의(賈誼). 세상에서는 賈生으로 불렸으니, 賈生은 '문장가 가의 탄생' 정도의 준말이 될 것이다. •宅: 도(度)와 같다. '기량' '재주'를 뜻한다. 宅을 집으로 풀이하면 才의 대장은 매우 어색하며, 대장을 고려하지 않더라도 전개상 뜬금없다. •入: 합치하다. 부합하다. •異時: 이전. 다른 때. •5언 함축의 단점이면서 백미를 보여주는 작품이다. 王粲은 동한 말기 문학가로 建安七子 중 으뜸으로 평가받는 인물이다. 처음에는 劉表에게 의탁했으나 신임을 받지 못하다가, 유표가 조조에게 투항한 후 조조가 중용했다. •中年에 대해서는 억측이 많으나 한문제의 등극 시기를 생각해보면 답은 자명해진다. 문제는 제5대 황제로 劉邦의 넷째 아들이므로 계승 서열에서는 멀어져 있었지만, 조정을 좌우지하던 呂氏의 난이 평정된 뒤 중신들의 옹립으로 제위에 올랐다. BC 180년의 일이다. 정상적인 서열이 아니라 당첨된 것 같은 등극이므로 中을 썼다. 中에는 '적중하다'의 뜻이 있으며, 이때는 측성이다. 가의보다 2살 위이며, 등극하자마자 명성이 자자하던 21세의 가의를 불러들였다. 제2구

제3구 登樓初有作 평평평측측
제4구 前席竟爲榮 평측측평평

登/樓와 前/席은 동사/목적어, 初와 竟은 부사, 有/作과 爲/榮은 동사/명사의 구성이다. 爲는 평측 모두 안배할 수 있다.

제5구 宅入先賢傳 측측평평측
제6구 才高處士名 평평측측평

宅과 才는 비슷한 뜻으로 鄰對에 해당한다. 入과 高는 형용동사, 先賢/傳과 處士/名은 형용사구/명사의 구성이다. 傳이 전기의 뜻일 때는 측성이다.

는 이러한 사실에 대한 표현이며, '중년의 가의'로 풀이될 수 없는 근거다. •登樓初有作은 王粲이 〈등루부(登樓賦)〉를 지었으므로 왕찬이 〈등루부〉를 처음 지었다고 풀이하는 경우가 많지만 그러려면 제4구의 前席 대신에 작품이 안배되어야 한다. 가의는 시문에 뛰어나고 제자백가에 정통하여 문제의 총애를 받아 약관으로 최연소 박사가 되었다. 고관들의 시기로 인해 장사왕(長沙王)의 태부(太傅)로 좌천되었다. 4년 뒤 복귀하여 문제의 막내아들인 양왕(梁王)의 태부가 되었지만, 왕이 낙마하여 급서하자 이를 애도한 나머지 1년 후 33세로 죽었다. 함련은 두 사람을 부러워하는 두보의 심정이 그대로 투영되어 있다. 사마천의《史記·屈原賈生列傳》에는 굴원과 함께 가의를 서술하고 있으므로, 제5구의 傳은 가의에 대한 일을 가리키며, 왕찬은 사마천보다 훨씬 뒤의 사람이므로 해당하지 않는다. •제6구의 處士는 왕찬이 될 수밖에 없다. 왕찬은 조조에게 중용되기까지 재주를 인정받지 못했으므로 처사로 표현한 것이다. 제8구의 舍情은 그리워한다는 뜻도 있지만, 내심 부러움의 표현이다. 王粲과 가의의 죽음은 안타깝지만, 재능은 널리 알려져 중용되었기 때문이다. 역사 인물과 전고를 인용한 5언의 구성은 까다롭다. 아무리 심오한 내용을 구성했을지라도, 자연스럽게 표현되어야 작품으로서의 가치를 인정할 수 있을 것이다.

又示兩兒

또 두 자식에게 지시하다

令節成吾老　법 같은 절조도 내 늙음만 이루었나니
영 절 성 오 로

他時見汝心　죽은 후에도 너희들 마음 살필 것이다
타 시 견 여 심

浮生看物變　평생 떠돌면서 사물 살피며 변통했으나
부 생 간 물 변

爲恨與年深　못 이룬 한은 나이와 함께 깊을 뿐이다
위 한 여 년 심

長葛書難得　오래된 갈옷조차 책으로 얻기는 어려워
장 갈 서 난 득

江州涕不禁　이 강촌에서조차 눈물 금할 방법 없다
강 주 체 불 금

團圓思弟妹　우애가 있어야 동생 누이 그리운 법
단 원 사 제 매

行坐白頭吟　앉으나 서나 늙은 아비 신음뿐이로다
행 좌 백 두 음

• 아버지의 준엄한 꾸짖음이다. •令: 법령. •節: 절조. •他時: 죽은 후를 가리킨다.
• 團圓: 단란한 가족의 상징이다. 우애로 풀이해둔다. •行坐: 앉으나 서나. 밤낮으로.

제3구 浮生看物變 평평평측측
제4구 爲恨與年深 측측측평평

浮生과 爲恨은 동사/목적어, 看/物/變과 與/年/深은 동사/목적어/동사 구성이다.

제5구 長葛書難得 평측평평측
제6구 江州涕不禁 평평측측평

長葛과 江州는 관대에 속한다. 書/難/得과 涕/不/禁은 주어/부사/동사 형태의 구성이다.

課小豎鋤斫舍北果林枝蔓荒穢淨訖移床 (1)

약간 날 선 호미를 시험 삼아 집 북쪽 과수원의 가지와 넝쿨을
베고 거칠었던 과수원이 깨끗이 정리되어 평상을 옮기다 (1)

病枕依茅棟 질병에 베갯머리 초당 마룻대 의지하다가
병 침 의 모 동

荒鋤淨果林 서투른 호미질로 과수원 잡초 숲을 매었네
황 서 정 과 림

背堂資僻遠 초당 등진 농사 자질 피하며 소원했으나
배 당 자 피 원

在野興清深 모처럼 야외에 임한 흥취는 맑고도 깊네
재 야 흥 청 심

山雉防求敵 산 꿩 같은 아이들 헤살 놓아 대적 요구해
산 치 방 구 적

江猿應獨吟 강변 원숭이처럼 반응하다 홀로 신음하네
강 원 응 독 음

洩雲高不去 날 듯한 구름 뜻 높아 제거할 수 없다가
예 운 고 불 거

隱幾亦無心 기댄 의자에 몸 숨기자 또한 무심해지네
은 궤 역 무 심

• 課: 시험하다. • 小豎: 어린아이, 어린 종, 환관의 비하 등의 뜻이지만 호미의 별칭으로
쓰였다. 小를 약간 豎를 세우다의 주된 뜻으로 보아야 課와 斫과 더 잘 통한다. • 荒穢:
거칠다. • 床: 침상이 아니라 평상 또는 밥상을 뜻한다. 평상으로 풀이해둔다. • 경련의
풀이가 핵심이다. 농사일 서툰 아버지를 놀리는 장면이 눈에 선하다. 모처럼 병든
몸 일으켜 과수원 일을 돕는 명분으로 아이들과 즐겁게 어울리는 모습의 표현으로도
볼 수 있지만, 아버지 병의 차도에 자식들이 기운 돋우려는 눈물겨운 장난질이다.
자식들과 놀아주고 싶은 심정 또한 마찬가지일 것이다. 눈시울 절로 붉어지게 하는
표현이다. • 鋤는 서(鉏)로 된 판본도 있다. 이체자이다. • 棟: 마룻대. • 僻: 피로 읽는다.
피하다. • 防: 방(妨)과 같다. 헤살 놓다. • 洩: 예로 읽는다. 퍼져나가다. • 幾: 궤로
읽는다. 안석. 기대는 의자.

제3구 背堂資僻遠 측평평측측
제4구 在野興淸深 측측측평평

背/堂/資와 在/野/興은 동사/목적어/명사, 僻遠과 淸深은 동사 구성이다.

제5구 山雉防求敵 평측평평측
제6구 江猿應獨吟 평측평측평

山雉/防과 江猿/應은 주어/동사, 求敵은 동사/목적어, 獨/吟은 부사/동
사로 엄격하게 대장하지 않음으로써 눈물겨운 표현이 이루어졌다.

課小豎鋤斫舍北果林枝蔓荒穢淨訖移床 (2)

약간 날 선 호미를 시험 삼아 집 북쪽 과수원의 가지와 넝쿨을
베고 거칠었던 과수원이 깨끗이 정리되어 평상을 옮기다 (2)

衆壑生寒早　일만 많은 골짜기 삶의 추위 빠르니
중 학 생 한 조

長林卷霧齊　숲도 안개 걷혀야 정연히 보이는 법
장 림 권 무 제

靑蟲懸就日　푸른 벌레가 매달리며 해를 향한 격
청 충 현 취 일

朱果落封泥　붉은 과일 떨어져 진흙에 덮이는 격
주 과 락 펌 니

薄俗防人面　야박한 속인 사람 체면 헤살하니
박 속 방 인 면

全身學馬蹄　온몸은 말발굽 일을 배워야 하네
전 신 학 마 제

吟詩坐回首　시를 읊조리며 앉았다 고개 돌리니
음 시 좌 회 수

隨意葛巾低　뜻을 따른 칡 베 두건 위치와 같네
수 의 갈 건 저

• 삶의 고단함을 생생하게 표현했다. • 靑蟲과 朱果가 풀이의 핵심이다. • 寒早, 長林卷霧, 就日, 朱果, 封泥는 모두 상징으로 자신의 처지를 나타낸다. 아무리 긴 숲의 청명함도 안개 같은 삶 속에서는 고통만 더해줄 뿐이다. 실제 자연의 상황이라면 추위 속에 벌레가 해를 향해 나아갈 수 없다. 이미 동면한 상황으로 표현해야 한다. 함련이 평안한 전원생활의 묘사라면 경련과 상통할 수 없다. 함련은 관직에 있어야 할 몸이 나락으로 떨어진 신세 한탄이며 경련은 그러한 신세가 처한 현실이다. 구성의 순차는 잘 짜인 논설문처럼 정연한데 내용은 눈물 난다. • 衆: 일이 많다. • 靑蟲: 벌레 모양을 조각한 푸른 패옥. • 就日: 천자를 경모하는 별칭으로 쓰인다. 《사기(史記)·오제본기(五帝本紀)》 에 근거한다. • 懸: 매달리다. • 朱果: 주로 감을 가리키지만, 산사춘과 비슷한 모양의 열매로 귀한 약재로 쓰인다. 두보 자신을 가리킨다. • 封은 폄으로 읽는다. 매장하다. 《예기(禮記)·단궁(檀弓)》에 근거한다. • 제8구는 두보의 속내를 짐작할 수 있는 은유 표현이다. 葛巾은 은자의 상징물로, 隨意는 은자 자신의 결정이지만, 두보는 은자처럼 살고 싶지 않은 것이다. 低는 은자의 삶을 폄하는 말이 아니라 억지 은자가 되었다는

제3구 靑蟲懸就日　평평평측측

제4구 朱果落封泥　측측측평평

靑蟲과 朱果는 형용사/명사로 靑과 朱는 색깔의 구성이다. 懸/就/日과 落/封/泥는 동사/동사/목적어로 함련은 상징 구성이다.

제5구 薄俗防人面　측측평평측

제6구 全身學馬蹄　평평측측평

薄俗과 全身은 형용사/명사, 防/人面과 學/馬蹄는 동사/목적어 구성이다.

말과 같다. 실제로 은자의 삶을 원하는 표현이라면 경련과 수미일관하지 않는다.

課小豎鋤斫舍北果林枝蔓荒穢淨訖移床 (3)

약간 날 선 호미를 시험 삼아 집 북쪽 과수원의 가지와 넝쿨을 베고 거칠었던 과수원이 깨끗이 정리되어 평상을 옮기다 (3)

籬弱門何向　울타리 허약하고 문은 어느 곳 향했는가!
이 약 문 하 향

沙虛岸只摧　사공 허약한데 기댈 언덕이라 재촉할 뿐
사 허 안 지 최

日斜魚更食　해 기울자 물고기 같은 자식들 더욱 탐식하니
일 사 어 갱 식

客散鳥還來　가장은 혼비백산 일 나간 아내 다시 돌아왔네
객 산 조 환 래

寒水光難定　차가운 물빛에도 어렵사리 안정해보려는데
한 수 광 난 정

秋山響易哀　또다시 가을 산 메아리에 허무하고 슬플 뿐
추 산 향 이 애

天涯稍曛黑　하늘 물가 점점 더 으스레해지다 칠흑 어둠
천 애 초 훈 흑

倚杖更徘徊　지팡이 기댄 몸 더욱 배회할 뿐!
의 장 갱 배 회

•沙가 풀이의 핵심이다. 사공. 허약한 울타리, 허약한 사공, 나아갈 길 없는 방도는 곧 무너져 내릴 언덕과 같다. 언덕은 두보 자신과 가족을 동시에 나타낸다. 해는 해가 아니요, 물고기는 물고기가 아니며, 객은 객이 아니요, 새는 새가 아니다. 경련은 겨우겨우 마음을 추스르다 한꺼번에 무너져 내리는 비참한 가장의 모습이다. 100세 시대에 부양가족은 많은데 하루하루 살아가다 실직한 50대 가장이라 상상해보시라! •함련의 풀이는 수련과 경련, 미련에 근거한다. •岸: 기댈 언덕. •門: 방도. •魚: 물고기. 자식을 나타낸다. •客: 속뜻은 가장으로 두보 자신이다. 가장으로 풀이해둔다. •鳥: 새. 아내를 나타낸다. 아내로 의역해둔다. •寒水光: 아내 또는 자식의 원망스러운 눈초리가 눈에 선하다. •響: 원숭이의 애절한 울음. 바람 소리. 처참한 심정을 대변하는 소리의 총칭이다. •易: 쉽다. 허무하다는 뜻과 같다. •曛: 으스레하다.

제3구 日斜魚更食 측평평측측
제4구 客散鳥還來 측측측평평

日/斜/魚/更/食과 客/散/鳥/還/來는 주어/동사/주어/부사/동사로 상징
구성이다.

제5구 寒水光難定 평측평평측
제6구 秋山響易哀 평평측측평

寒水光/難/定과 秋山響/易/哀는 주어/부사/형용동사로 상징 구성이다.

暝

별이 빛나는 밤

日下四山陰　해지는 서산 산그늘 어둠 스미며
일 하 사 산 음

山庭嵐氣侵　산속 뜨락에 남기 기운 스밀 때도
산 정 람 기 침

牛羊歸徑險　소와 양 돌아오는 오솔길 험해도
우 양 귀 경 험

鳥雀聚枝深　새와 참새 모여든 가지 그윽하네
조 작 취 지 심

正枕當星劍　베개 바로잡고 별을 맞으려는 검
정 침 당 성 검

收書動玉琴　책 거두고 옥을 요동시킬 거문고
수 서 동 옥 금

半扉開燭影　반쯤 열린 사립문에 촛불 켠 그림자
반 비 개 촉 영

欲掩見清砧　가려도 이미 맑은 다듬잇돌 보았네
욕 엄 견 청 침

•시제의 풀이는 내용에 근거한다. •경련과 미련은 부부의 정사를 절묘하게 표현했다.
사립문은 두보 아내, 촛불 그림자는 두보의 생식기를 나타낸다. •소와 양은 부부,
새와 참새는 자식을 나타낸다. 가정에 평화가 찾아든 날이다. 함련은 가족의 단란한
한때를 나타내지만 두보의 뜻은 정작 다른 데 있다. •별은 별이 아니요, 검은 검이
아니며, 옥은 옥이 아니요, 거문고는 거문고가 아니며, 사립문은 사립문이 아니요,
촛불은 촛불이 아니며, 가림은 가림이 아니요, 다듬잇돌은 다듬잇돌이 아니다. •嵐이
올바른 풀이의 시작이다. •嵐氣: 산속의 아지랑이 같은 기운 또는 산바람으로 좋은
기운을 나타낸다. •扉: 사립문이지만 해학적으로 쓰였다. 거칠다는 뜻을 나타내는
참으로 묘미 있는 운자 운용이다. •掩: 가리다. •半/扉/開/燭/影은 형용사/명사/동사/
목적어/명사로 풀이해야 감탄할 만한 속뜻을 짐작할 수 있다. 半을 절정으로 풀이하면
더욱 그러하다.

제3구 牛羊歸徑險 평평평측측
제4구 鳥雀聚枝深 측측측평평

牛羊/歸/徑/險과 鳥雀/聚/枝/深은 주어/동사/목적어/동사로 牛羊과 鳥雀은 동물 구성이다. 歸徑과 聚枝는 형용사/명사로 풀이해야 더 자연스럽다. 함련은 상징 구성이다.

제5구 正枕當星劍 측측평평측
제6구 收書動玉琴 평평측측평

正枕과 收書는 동사/목적어, 當星劍과 動玉琴은 동사/목적어/명사로 상징 구성이다.

雲
구름

龍似瞿唐會	때로는 용이 구당 협곡에 모여 회의하는 것 같고
용 사 구 당 회	
江依白帝深	강물 속 그림자는 백제성을 의지한 형상으로 깊네
강 의 백 제 심	
終年常起峽	일 년 내내 협곡에서 발생하여
종 년 상 기 협	
每夜必通林	매일 밤 반드시 숲을 통과하네
매 야 필 통 림	
收穫辭霜渚	땅에 회수되면 서리 내린 물가에 있다고 알리는 듯
수 호 사 상 저	
分明在夕岑	명월을 나누면서 저녁 산에 머물기도 하네
분 명 재 석 잠	
高齋非一處	고아한 서재 역할의 구름은 한곳에 머물지 않으면서
고 재 비 일 처	
秀氣豁煩襟	시상 일으키는 빼어난 기운은 번뇌의 마음과 통하네
수 기 활 번 금	

•收穫, 分明, 高齋, 秀氣의 활용은 참으로 묘미 있다. •제1구는 구당 협곡 위에 떠 있는 구름의 모습, 제2구는 백제성과 더불어 강 속에 비친 구름 그림자를 형용한다. •深: 물이 맑다는 뜻을 내포한다. •終年: 일 년 내내. •穫은 호로 읽는다. 땅 이름. •分明: 구름이 지나가면서 달을 가리는 상태를 나타낸다. 霜渚: 구름이 서리로 변했다고 생각하는 표현이다. •岑: 높은 산. •高齋: 고아한 서재. 묘미 있다. 서재에서 일어나는 무궁한 시상을 구름의 변화와 같다고 본 것이다. •豁: 소통하다. •襟: 마음. 생각.

南征

남쪽으로 먼 길을 떠나다

春岸桃花水 봄 언덕에 복숭아꽃 물결로 아롱지는 때
춘안도화수

雲帆楓樹林 높은 돛 단 배는 단풍나무 숲을 지나네
운범풍수림

偷生長避地 삶에 구차해져 오래 벽지 떠돌았는데
투생장피지

適遠更霑襟 원주를 향하며 또다시 소매를 적시네
적원갱점금

老病南征日 늙고 병든 채 남쪽 향한 먼 길 떠나면서도
노병남정일

君恩北望心 군주의 은혜 바라며 북쪽 그리는 마음이여!
군은북망심

百年歌自苦 육기의 〈백년가〉 부르면서 절로 이는 고통
백년가자고

未見有知音 만날 수 없어도 충분히 그 음악 뜻 깨닫네
미견유지음

•雲帆: 고범(高帆)과 같다. 높은 돛. 배. •適: 맞다. 가다. •遠은 원주(遠州)로 풀이해둔다. 지금의 사천성 송반(松潘). 《구당서(舊唐書)·지리지(地理志)》에 근거한다. 또는 먼 지방. 제3구에서 生을 쓴 이상, 멀다는 뜻으로는 풀이할 수 없다. •偷: 구차하다. 훔치다. •避: 회피하다. 물러나다. 숨다. 떠돌다의 뜻이 강하다. •征: 먼 길을 가다. •望: 원망과 희망의 두 가지로 풀이할 수 있다. 희망으로 풀이해둔다. 미련은 반어법으로 표현되었다. 老病~望心은 늙고 병든 채 남쪽 향한 먼 길 떠나게 되니, 군주 은혜 멀어져 북쪽 원망하는 마음으로 풀이해야 더 수미일관한다. •知音: 노래 내용과 두보 처지는 다르지만, 영화를 바라는 심정은 같다는 뜻이다. •有: 독차지하다. 충분하다. •7구의 〈百年歌〉는 서진 시대 육기(陸機, 261~303)가 사람의 일생을 10년 단위로 100세까지 나누어 쓴 악부시(樂府詩)로 풀이해둔다. 아이러니하게도 육기는 42세에 죽었다. 두보가 50대 후반에 쓴 내용이므로 50대의 〈百年歌〉 내용은 다음과 같다. 荷旄仗節鎭邦家/ 鼓鐘嘈囋趙女歌/ 羅衣絳綵金翠華/ 言笑雅舞相經過/ 清酒將炙奈樂何/ 清酒將炙奈樂何! 두보의 입장에서 〈백년가〉는 절로 고통스러운 노래였을 것이다.

제3구 偸生長避地 평평평측측
제4구 適遠更霑襟 측측측평평

偸/生과 適/遠은 동사/목적어 형태, 長과 更은 부사, 避/地와 霑/襟은
동사/목적어 대장이다.

제5구 老病南征日 측측평평측
제6구 君恩北望心 평평측측평

老/病과 君/恩은 주어/동사의 대장이다. 老는 늙은이. 南征/日과 北望/心
은 형용동사 구/목적어 대장이다. 南과 北은 방향으로 선명하게 대장된다.

登樓
누각에 올라

花近高樓傷客心
화근고루상객심
꽃이 누각 가까워도 객의 마음 상심케 하는

萬方多難此登臨
만방다난차등림
온 세상 어려운 이때 누각 올라 내려다보네

錦江春色來天地
금강춘색래천지
금강의 봄빛이 사방천지에서 와야 하는데

玉壘浮雲變古今
옥루부운변고금
옥루산 뜬구름이 고금을 변화시키려 하네

北極朝廷終不改
북극조정종불개
북극의 조정은 영원히 바뀌지 않을 것이니

西山寇盜莫相侵
서산구도막상침
서산의 도적들 헛되이 서로 침범하지 말길!

可憐後主還祠廟
가련후주환사묘
가련한 후주 여전히 사당에 모셔진 상황인데

日暮聊爲梁甫吟
일모료위량보음
저물녘 애오라지 제갈량 〈양보음〉 읊조릴 뿐

• 함련의 풀이는 당시 토번이 장안과 송주, 유주 등을 공격한 상황을 나타내는 제6구의 西山寇盜에 근거한다. •後主는 《삼국지》에 등장하는 유비의 아들인 유선으로 부친의 뜻을 받들지 못하고 망국의 길을 걸었다. 유선처럼 망국을 길을 재촉하는 현종을 비유한 표현으로 보아야 수미일관한다. •〈梁甫吟〉은 제갈량의 작품으로 추정되며, 제8구는 제갈량과는 달리 중용되지 못하는 한탄을 빗댄 표현이다.

제3구 錦江春色來天地 측평평측평평측
제4구 玉壘浮雲變古今 측측평평측측평

錦江과 玉壘는 지명, 春色과 浮雲은 형용사/명사, 來/天地와 變/古今은
동사/목적어 대장이다.

제5구 北極朝廷終不改 측측평평평측측 측측평평평측측
제6구 西山寇盜莫相侵 평평측측측평평 평평측측측평평

北極朝廷/終不/改와 西山寇盜/莫相/侵은 주어/부사/동사 대장이다.

鷄
닭

紀德名標五	기록에는 닭의 덕과 명성이 다섯 가지로 나타나는데
기 덕 명 표 오	
初鳴度必三	신의의 새벽 첫울음 세어보면 으레 세 번이라네
초 명 탁 필 삼	
殊方聽有異	이곳 닭 울음은 방법을 달리하여 들려주어 괴이하고
수 방 청 유 리	
失次曉無慚	차수를 잊고 알리면서도 부끄러움이 없는 것 같네
실 차 효 무 참	
問俗人情似	의문스러운 풍속과 인정도 이곳 닭 울음과 비슷하니
문 속 인 정 사	
充庖爾輩堪	충분한 음식인데도 너의 무리만 즐기다니!
충 포 이 배 감	
氣交亭育際	이러한 기분 교차하며 서운한 기분 솟는 요즈음이니
기 교 정 육 제	
巫峽漏司南	무협 생활은 나무아미타불을 빠트렸다 지켰다 하네
무 협 루 사 남	

•닭의 다섯 가지 덕을 묘사한 《한시외전(韓詩外傳)》의 내용은 다음과 같다. "머리의 벼슬은 문사를 연상케 한다. 발톱은 무사를 연상케 한다. 눈앞의 적에게 용감하게 대드는 모습은 용기를 연상케 한다. 먹이를 보고는 소리쳐 동료를 부르는 모습은 인을 연상케 한다. 시간을 지켜 어기지 않고 우는 일은 신의를 연상케 한다." •度: 탁으로 읽는다. 헤아리다. 세다. •殊方: 이역, 타향을 뜻하지만 失次에 맞추어 풀이해둔다. •曉: 알리다. •함련은 타향인 무협의 닭 울음은 다른 지방과 다르며, 시도 때도 없이 운다는 뜻으로 쓰였다. 다른 지방의 닭 울음과 크게 다르지 않을지라도 타향의 야박한 인심을 빗대기 위한 표현이다. •堪: 즐기다. 약간 어색한 것 같지만 覃운에서는 대체할 만한 압운이 없다. •育: 배양하다는 뜻이지만 사나운 인심에 서운한 감정이 자꾸 솟는다는 뜻으로 쓰였다. 亭에는 우뚝 솟는다는 뜻도 있다. •漏: 빠트리다. •司: 지키다. •南: 나무(南無)의 준말로 보아야 수미일관한다. •覃은 운자가 많지 않아 覃운을 활용한 작품은 많지 않다. •제8구는 5언의 함축으로 인해 다른 풀이도 가능할 것이다.

제3구 殊方聽有異　평평평측측
제4구 失次曉無慚　측평측평평

　殊/方과 失/次는 동사/목적어 구성이다. 殊方을 타향으로 풀이하면 더욱 알맞지만, 대장 여부에 중점이 있으므로 이처럼 나누어 분석해둔다. 聽과 曉는 동사, 有/異와 無/慚은 부사/동사 형태의 구성이다. 有와 無는 선명한 대장을 이루며, 상용하는 방법이다.

제5구 問俗人情似　측측평평측
제6구 充庖爾輩堪　평평측측평

　問/俗과 充/庖는 형용사/명사, 人과 爾는 명사/대명사, 情과 輩는 명사, 似와 堪은 동사의 구성이다.

嚴鄭公階下新松

엄 정공 댁 섬돌 아래 새로운 소나무는

弱質豈自負
약 질 기 자 부
너처럼 약한 자질 어찌 홀로 떠맡았는가!

移根方爾瞻
이 근 방 이 첨
뿌리 옮겨지자 너에 견주어 나 바라보네

細聲聞玉帳
세 성 문 옥 장
부드러운 소리 옥 휘장에서 들리고

疏翠近珠簾
소 취 근 주 렴
성긴 비취 깃으로 주렴 가까이 있네

未見紫煙集
미 현 자 연 집
아직 자색 안개 집중을 볼 수 없으니

虛蒙清露霑
허 몽 청 로 점
허무하게 무릅쓰는 맑은 이슬방울이여!

何當一百丈
하 당 일 백 장
어느 때에서야 일백 장 높이로 자라

歆蓋擁高簷
의 개 옹 고 첨
아~아! 높은 처마 덮어 가리겠는가!

•霑을 압운으로 얻었다고 했으므로 제6구를 염두에 두고 구성한 것이다. •소나무는 소나무가 아니요, 엄 정공 댁 섬돌 아래는 실제 섬돌 아래가 아니다. 霑을 얻은 까닭이다. •新松은 앳된 처녀를 뜻하며, 新松의 표현으로 보아 포로는 아님을 짐작할 수 있다. 엄 정공이 어린 애첩을 얻어 매우 아끼고 있음을 짐작할 수 있다. 경련은 어린 애첩이 엄 정공을 받아내는 상상으로, 실제로 볼 수는 없는 일이다. •紫煙: 풍만한 미인의 자태를 상징한다. •함련과 경련은 속내를 들키지 않아야 하므로 의역해둔다. •方: 본뜨다. 견주다. •方爾瞻은 동사/목적어/동사로 풀이해야 한다. •제2구는 옮겨진 소나무의 모습에서 자신의 모습을 본다는 말이다. •蒙: 무릅쓰다. •歆: 아! 감탄 또는 탄식의 감탄사. •제8구는 또 다른 애첩일 뿐이라는 반어 표현이다. •제3구와 제4구에서 細聲과 疏翠는 형용사/명사, 聞/玉帳과 近/珠簾은 동사/목적어로 상징 대장이다.

入宅 (1)

이사한 집에 들어서서 (1)

奔峭背赤甲　내달리듯 가파른 적갑산 배경
분초배적갑

斷崖當白鹽　절단된 벼랑 백염산 마주 보네
단애당백염

客居愧遷次　객의 거처 옮긴 회차 부끄러워
객거괴천차

春酒漸多添　봄날 술 점점 겹치고 더해지네!
춘주점다첨

花亞欲移竹　화아는 죽간 서적 옮기려 하고
화아욕이죽

鳥窺新卷簾　조규는 새로 주렴 말아 올리네
조규신권렴

衰年不敢恨　만년에 감히 한탄조차 못 할 판
쇠년불감한

勝概欲相兼　온통 대충 서로 아우르려 하네
승개욕상겸

•경련의 花亞와 鳥窺, 미련의 勝概가 풀이의 핵심이다. 花亞와 鳥窺는 아이들의 별명으로 보아야 한다. •勝: 제멋대로. •槪: 대충. 또 이사할 것이 뻔하므로 대충대충 정리한다는 뜻이다. •수련의 적갑과 백염산은 암울한 앞날의 상징이다. •峭: 가파르다. 높고 험하다. •當: 상당하다. 필적하다. 마주 보다로 풀이해둔다. •竹: 서적. •경련은 아이들이 이삿짐을 정리하는 모습이다. •兼: 아우르다.

제3구 客居愧遷次 측평측평측
제4구 春酒漸多添 평측측평평

客居와 春酒는 居와 酒에 중점이 있다. 愧遷次와 漸多添은 관대에 속한다.

제5구 花亞欲移竹 평측측평측
제6구 鳥窺新卷簾 측평평측평

花亞와 鳥窺는 인명 개념, 欲/移/竹과 新/卷/簾은 부사/동사/목적어의
구성이다.

入宅 (2)
이사한 집에 들어서서 (2)

亂後居難定　전쟁 후 거주처는 어렵사리 정했지만
난 후 거 난 정

春歸客未還　봄 끝나도 객의 관직 귀환 미정이네
춘 귀 객 미 환

水生魚復浦　물에서는 물고기 생산해야 포구 회복시키고
수 생 어 부 포

雲暖麝香山　구름조차 사향 따뜻이 해야 산 향기롭다네
운 난 사 향 산

半頂梳頭白　정수리 절반만 남은 머리 빗는데 온통 백발
반 정 소 두 백

過眉拄杖斑　눈썹 지나는 지팡이 의지에 눈물 아롱지네
과 미 주 장 반

相看多使者　서로 서로만 바라보는 여러 사자들
상 간 다 사 자

一一問函關　그래도 일일이 함곡관 소식 물어보네
일 일 문 함 관

•함련의 구성은 참으로 묘미 있다. •魚復浦와 麝香山은 지명이지만 전혀 다른 뜻으로
절묘하게 안배했다. 작시의 입장에서는 신의 경지다. •歸: 돌아가다. 끝났다는 뜻으로
쓰였다. •拄: 떠받치다. •斑: 아롱지다. •關은 한(寒)운이므로 이처럼 표현되었지만
장안의 조정 소식을 뜻한다. 전쟁이 끝났으니 이제는 도로 불러줄 것이라는 간절한
희망이다. •제7구는 물어본들 희망 줄 대답 없어 서로 얼굴만 멀뚱히 쳐다본다는
뜻이다.

제3구 水生魚復浦　측평평측측
제4구 雲暖麝香山　평측측평평

水/生/魚 雲/暖/麝는 주어/동사/목적어, 復浦와 香山은 동사/목적어 구성이다. 이와 같은 구성으로 풀이하지 않으면 본의와 완전히 어긋난다. 魚復浦와 麝香山은 서로 다른 곳이기 때문이다.

제5구 半頂梳頭白　측측평평측
제6구 過眉拄杖斑　평평측측평

半頂과 過眉는 주어/동사로 頂과 眉는 신체 구성이다. 梳/頭/白과 拄/杖/斑은 동사/목적어/색깔 개념 구성이다. 斑杖은 대나무 지팡이지만 杖斑은 대나무 지팡이로 풀이할 수 없다. 斑은 '아롱지다' '얼룩' 등으로 색깔 개념에 해당한다. 이 또한 경탄할 만한 대장 안배이다.

入宅 (3)
이사한 집에 들어서서 (3)

宋玉歸州宅	초나라 송옥이 살던 귀주 고택과
송 옥 귀 주 택	
雲通白帝城	구름은 언제나 백제성을 관통하네
운 통 백 제 성	
吾人淹老病	나는 늙음과 병으로 뒤덮인 데다
오 인 엄 노 병	
旅食豈才名	나그네 재주 어찌 명성 나겠는가!
여 식 기 재 명	
峽口風常急	협곡 입구의 바람은 항상 급하고
협 구 풍 상 급	
江流氣不平	강 흐름 기운에 평안할 수 없네
강 유 기 불 평	
只應與兒子	단지 응대는 자식만이 함께할 뿐
지 응 여 아 자	
飄轉任浮生	나부끼듯 구르듯 뜬구름 생이라네
표 전 임 부 생	

• 가장의 서글픔과 인생의 비애가 절로 밀려오는 표현이다. •歸州: 지명. •淹: 잠기다.
불우하다. •旅食: 나그네.

제3구 吾人淹老病 평평평측측
제4구 旅食豈才名 측측측평평

吾人과 旅食 네 운자의 비중은 같다. 淹/老病과 豈/才名은 동사/목적어로
老病과 才名의 네 운자 비중은 같다.

제5구 峽口風常急 측측평평측
제6구 江流氣不平 평평측측평

峽口風/常/急과 江流氣/不/平은 주어/부사/동사 구성이다.

한시의 맛 3

두보 율시 분석을 통한 율시 작법 능력 제고

1쇄 발행 2022년 3월 15일

지은이 성기옥
펴낸이 정홍재

펴낸곳 문헌재
출판등록 2018년 1월 11일 제395-2018-000010호
대표전화 0505-099-0411 **팩스** 0505-099-0826
이메일 bookconnector@naver.com
Facebook · Blog/bookconnector

ⓒ 성기옥, 2022

ISBN 979-11-90365-31-4 94810

문헌재(文憲齋)는 정연한 배움을 추구하는
책과이음의 동양철학·학술 전문 출판 브랜드입니다.